AF236178

Mordssand

Von

Ulrike Busch

Das Buch

Friso Wiborg, Star-Architekt in St. Peter-Ording, will sich am Ende seiner Karriere ein Denkmal setzen. In idyllischer Lage direkt am Strand soll der Friso-Tower entstehen, ein siebenstöckiges Luxus-Hotel.

Die Sache mit dem Denkmal gelingt ihm – allerdings auf gänzlich andere Weise, als er sich das vorgestellt hatte: Nach einem Kreativ-Workshop in der Sandskulpturenwerkstatt in Westerhever wird seine skurril verpackte Leiche entdeckt. Wurde er Opfer der ‚Grünen Windmühlen'? Die Aktivistengruppe um Lina Kraus kämpft entschlossen gegen den Bau des Hotels.

Als hätten Tammo Anders und Fenna Stern mit dem Fall allein nicht schon genug zu tun, grätscht auch noch Fennas Tochter Fee dazwischen ...

Die Autorin

Drei Herzenswünsche hat die gute Fee der gebürtigen Ruhrpottpflanze Ulrike Busch erfüllt: Erstens, in Hamburg zu wohnen, und zweitens, als Autorin von Büchern tätig zu sein, die drittens an Nord- und Ostsee spielen.

Seit 1986 lebt die ehemalige selbstständige Texterin in Norddeutschland. „Dreimal hinfallen, und ich bin an meinen Sehnsuchtsorten: Amrum, Sylt, St. Peter-Ording, Travemünde, Niendorf, Timmendorfer Strand. Überall da, wo es viel Meer, Wind und Wetter und eine salzige Brise gibt."

Bereits ihr erster Krimi, der 2015 erschienene Bestseller „Der Pfauenfedernmord", etablierte sich als Longseller. Seitdem arbeitet die hauptberufliche Autorin ständig an neuen Bänden ihrer erfolgreichen Cosy-Krimi-Reihen „Ein Fall für die Kripo Wattenmeer", „Anders und Stern ermitteln" und „Ein Fall für Molly Bleck".

Mordssand

Von

Ulrike Busch

Umschlaggestaltung:
Jan Klaas Mahler
Mahler Kommunikationsdesign
www.mahler-design.de

Umschlagmotiv:
Shutterstock #1705383913
© fritschk
iStock # 1277666636
© Antagain

Herstellung und Verlag:
BoD – Books on Demand, Norderstedt

ISBN: 978-3-75-269141-2

Vorwort

Schauplatz des Mordfalles, den die Kommissare Tammo Anders und Fenna Stern in ›Mordssand‹ aufklären, ist die Sandskulpturenwerkstatt ›Sandiek‹ in Westerhever. Und ja: Diese Einrichtung gibt es wirklich. Sie ist in dieser Form in Deutschland einzigartig. Was lag also näher, als an diesem ungewöhnlichen Ort im Nordwesten der Halbinsel Eiderstedt einen Mord geschehen zu lassen?

120 Tonnen Sand liegen in der Halle der Werkstatt bereit. Nach kurzer fachkundiger Anleitung erstellen die Teilnehmer in kleinen Gruppen ihre selbst entworfenen Skulpturen. Gern genutzt wird diese Möglichkeit von Familien, Freunden oder Betriebskollegen, die einen runden Geburtstag, ein privates oder ein Firmenjubiläum einmal auf ganz ungewöhnliche Art begehen wollen.

Das Geheimnis, wie sich Skulpturen aus dem Spezialsand herstellen lassen, vermitteln im realen Leben die Betreiber der Werkstatt, Gunda und Lars Schütt. Im vorliegenden Krimi übernimmt die fiktive Figur des Sandbildhauers Paule Gertjes diese Rolle.

Nach getaner schöpferischer Arbeit und vielleicht einem anschließenden Ausflug zum Leuchtturm Westerheversand oder in den beliebten Badeort St. Peter-Ording können die Sandkünstler in dem romantisch anmutenden, liebevoll erhaltenen Gebäude der Alten Schule Westerhever übernachten, das auf demselben Grundstück steht wie die Sandskulpturenwerkstatt.

Auch diese Räumlichkeiten spielen im vorliegenden Krimi eine Rolle, ebenso wie Westerheversand, der wohl berühmteste Leuchtturm Deutschlands.

Ins Leben gerufen haben Gunda und Lars Schütt ihre Sandskulpturenwerkstatt im Jahr 2013. Seit 2018 schnitzen – fachmännisch ausgedrückt: carven – Hobby-Sandbildhauer, die hier einen Workshop besuchen, die Skulpturen in einer lichtdurchfluteten, beheizbaren Halle mit angeschlossenem Seminarraum. So können die Kurse unabhängig von Wind und Wetter über das ganze Jahr hinweg stattfinden. Gefördert wurde der Neubau auf Initiative des schleswig-holsteinischen Ministeriums für Energiewende, Landwirtschaft, Umwelt und ländliche Räume durch den Europäischen Landwirtschaftsfonds für die Entwicklung des ländlichen Raums (ELER) und das Land Schleswig-Holstein.

Weitere Informationen über die Sandskulpturenwerkstatt finden Sie auf der Website dieser Einrichtung: www.sandiek.de

Allen, die auf Sandiek einen Workshop buchen, um in der Weite der nordfriesischen Landschaft abzuschalten, ihre Kreativität auszuleben, Spaß zu haben und nebenbei nachzuempfinden, wie Tammo Anders und Fenna Stern sich am Fundort der Leiche des vorliegenden Falles gefühlt haben, wünsche ich viel Freude bei der Sandbildhauerei.

Den Betreibern der Sandskulpturenwerkstatt, Gunda und Lars Schütt, danke ich herzlich für ihre Gastfreundschaft und das wunderschöne Gespräch, für die interessanten Stunden, die ich zu Recherchezwecken in ihrer Sandskulpturenwerkstatt und in der Alten Schule verbringen durfte, und dafür, dass dieser Krimi in ihrer Einrichtung spielen darf.

Das Stammpersonal

Tammo Anders
Kriminalhauptkommissar. Gebürtiger Ostfriese.
Gemeinsam mit Fenna Stern und den Familien Anders
und Stern ist er in Band 1 dieser Reihe, ›Mordsrevanche‹, von Ostfriesland nach Nordfriesland umgezogen.
Seit ›Mordsherz‹ wohnen die Familien Anders und Stern
in einem Viergenerationenhaus in St. Peter-Ording.

Fenna Stern
Kriminalhauptkommissarin. Gebürtige Ostfriesin.
Zunächst Kollegin von Tammo Anders. Seit ›Mordsre-
vanche‹ in zweiter Ehe mit ihm verheiratet.

Frido Anders
Onkel von Tammo Anders.

Magda Anders
Mutter von Fenna Stern. In zweiter Ehe mit Frido Anders verheiratet.

Fee und Fiona
Töchter von Fenna Stern aus erster Ehe.
In ›Mordsherz‹, Band 3 dieser Reihe, wird Fee Mutter
von Jonah. Er ist das erste Enkelkind von Fenna Stern
und somit der Stiefenkel von Tammo Anders.

Buddy
Putzmunterer Schnauzermischling mit einem Junior-
und einem Senior-Herrchen: Frido und Tammo Anders.

Dr. Gerhild Linnenbrügger
Rechtsmedizinerin. Sie ist zur gleichen Zeit wie Tammo Anders und Fenna Stern von Ost- nach Nordfriesland umgezogen und wohnt ebenfalls in St. Peter-Ording. Sie lebt in der Nähe des Viergenerationenhauses von Tammo Anders und Fenna Stern und ist mit den Ermittlern auch privat befreundet.

Eike Hoböken
Chef der Kriminaltechniker

Merle Bloom
Polizeikommissarin in Sankt Peter-Ording

Timo Derichsen
Kriminalrat in Husum

1

»Stampfen! Ihr müsst kräftig stampfen.« Rhythmisch und von dumpfem Klatschen begleitet stieß Paule Gertjes die zur Faust geballte Rechte in die Innenfläche der anderen Hand. Während der Sandbildhauer sprach, lief er von einem Teilnehmer seines Workshops zum nächsten. Jeder stand vor einer Holzverschalung, die er sich zusammengebaut hatte, um den Sandblock zu erstellen, aus dem er anschließend seine Skulptur schnitzen wollte. »Der Sand muss so festgestampft sein«, erklärte Paule, »dass ihr keinen Finger mehr hineindrücken könnt.«

Auf seinem Rundgang erreichte er den Platz, an dem Friso Wiborg werkelte. Vor der achtzig Zentimeter hohen, quadratischen Verschalung, die der Architekt errichtet und Schippe für Schippe mit Sand gefüllt hatte, blieb er stehen.

Er beugte sich vor und drückte seine Finger in den Sand. Kopfschüttelnd richtete er sich wieder auf und wies auf den Block. »Siehst du den Abdruck meiner Fingerkuppen? So wird das nix.« Kameradschaftlich kniff er den renommierten Baukünstler in den Oberarm. »Zeig deinen Leuten mal, was du in den Muckis hast.«

Frisos Lächeln gefror. In diesem Ton redete man nicht mit ihm, schon gar nicht vor versammelter Mannschaft. Später, wenn der erste Tag des Workshops beendet war und sie bei einem Absacker zusammensaßen, würde er den Bildhauer zurechtstutzen.

Paule schob Friso sanft mit dem Ellenbogen zur Seite, nahm ihm den Stampfer aus der Hand und machte ihm vor, mit welcher Kraft er das Gerät auf den mit Wasser befeuchteten Sand drücken sollte.

»Du musst die Masse zusammenpressen, als läge dein Erzfeind vor deinen Füßen. Stell dir vor, du wolltest ihm die Luft aus der Lunge treiben.«

Er hörte mit dem Stampfen auf und versuchte vergeblich, sich mit dem Handrücken eine dunkle Haarsträhne aus der Stirn zu streichen, die seinem jungenhaften Gesicht etwas Verwegenes verlieh.

Auf der gegenüberliegenden Seite der Halle rammte Knut Appel, nach Friso selbst der genialste Architekt im Team, seine Schaufel in den Sand und stützte sich mit einem Fuß darauf. »Jetzt dürfen wir alle mal raten, wen der Friso sich als seinen Lieblingsfeind vorstellt.« Er grinste in die Runde. Dann deutete er mit dem Kinn zu Paule hinüber. »Warum hast du uns nicht gleich eine Betonmischmaschine hierhin gestellt? Wäre die komfortabelste Lösung gewesen: Unser Chef legt sich in die Verschalung wie in einen Sarkophag, wir kippen den Beton über ihn, und fertig ist sein Denkmal. Das ist dann auch witterungsbeständiger als ein Friso Wiborg aus Sand.«

Die Mitarbeiter wandten sich ab. Manche schüttelten den Kopf. Andere grunzten hinter vorgehaltener Hand.

Friso warf Knut einen Blick zu, der mit jeder noch so gewaltigen Gewitterfront hätte konkurrieren können.

Berit Wilke, die Neue im Team, stellte sich demonstrativ neben ihn. »Ich finde, Knut, du wirst zu persönlich. Das ist kein Spaß mehr, was du da von dir gibst.«

»Schluss jetzt mit dem Gezicke.« Paule gab Friso den Stampfer zurück und klatschte in die Hände. »An die

Arbeit, Leute. Die Zeit läuft. Ihr wollt doch bis heute Abend ein erstes Ergebnis sehen.«

Friso umklammerte den Stampfer mit beiden Händen und blickte seufzend auf die Verschalung hinab.

»Dumm ist nur«, rief Knut erneut, »dass er sich als sitzende Figur erschaffen muss. Tausendmal lieber würde er sich aufrecht präsentieren, die Nase in den Himmel gereckt. Der personifizierte Friso-Tower. Hab ich recht, Senior?« Er lächelte übermütig. Dann warf er noch eine Schaufel Sand in die Verschalung, die er für seine Skulptur aufgefüllt hatte, nahm den Stampfer zur Hand und stellte unter Beweis, dass er bei Paules Unterricht gut aufgepasst hatte.

Grimmig setzte Friso seine Arbeit fort. Der Schweiß rann ihm über die Stirn. Mit einem Taschentuch wischte er sich die Tropfen vom Gesicht. Die Haut in seinen Handflächen warf Blasen. Er biss die Zähne zusammen.

Wieder und wieder stieß er den Stampfer auf den Sand. Er machte die Probe mit dem Fingerdruck. Endlich war der Werkstoff fest genug. Erleichtert stellte er den Stampfer weg. Nun konnte er die Verschalung lösen und die Konturen aus dem Kubus herausschnitzen, bis sein Kopf, sein Körper und der Thron für den Betrachter sichtbar wurden.

Paule half ihm, die Gurte zu lösen, die die Verschalung zusammenhielten, und die Bretter an die Hallenwand zu lehnen.

Friso nahm sich einen der Werkzeugkästen, die auf den Regalen an der Wand standen, und füllte ihn mit Spachteln, Gabeln und anderen Instrumenten, die ihm sinnvoll erschienen. Er stellte sich neben den Sandklotz, den er gefertigt hatte, und guckte nachdenklich darauf.

»Denk dran, immer von oben anfangen«, sagte Paule. »Jetzt ist räumliches Denken gefragt. Was du oben vergurkst, kannst du unten nicht mehr ausgleichen.«

»Ich weiß«, gab Friso grantig zurück. Als ob man ihn belehren müsste!

»Fang also mit der Nase an«, rief Knut ihm feixend zu. »Wie wir alle wissen, ist das bei dir immer der höchste Punkt.«

Knuts Übermut wurde langsam peinlich. Mit unbewegter Miene ignorierte Friso seine Bemerkung.

Er warf einen Blick auf die Zeichnung, die er heute Vormittag während des Theorieteils angefertigt hatte, und begann, seinen Kopf aus dem Sandblock herauszuarbeiten. Die lange, leicht gebogene Nase würde besonderes Fingerspitzengefühl erfordern. Auch die prägnanten Wangenknochen, die vollen Lippen und sein kantiges Kinn. Aber erst standen die Stirn und die Augen an.

Das Gesicht erwies sich als komplizierter, als er gedacht hatte. Es wirkte starr, so ohne Leben.

Berit stellte sich neben ihn. »Gut machst du das.«

Friso schenkte ihr ein flüchtiges Lächeln. Es war eine gute Idee gewesen, Berit einzustellen. Sie hatte Ehrgeiz, sie hatte Biss, und sie wusste, woher der Wind wehte.

»Lass dir von Berit beim Carven helfen«, rief Knut. »Sie weiß am besten, wie du aussiehst, wenn du geschafft und mit stierem Blick auf der Bettkante sitzt.«

Es reichte! Mit einem Schwung drehte Friso sich zur Wand, griff nach seinem Spaten und warf ihn wie einen Speer kraftvoll in Knuts Richtung.

Die Schaufel verfehlte seinen Mitarbeiter nur knapp. Scheppernd prallte sie gegen die Wand und landete neben Knuts Füßen auf dem Hallenboden.

Abrupt verstummte die gesamte Belegschaft. Paule guckte verwirrt in die Runde. Merten Voss, Juniorpartner des Architekturbüros Wiborg und Voss, trat aus dem Kreis hervor und blickte von einem der Streithähne zum anderen. Beschwichtigend breitete er die Arme aus. Sein angespannter Körper ließ erkennen: Er war bereit, sich im Ernstfall zwischen die Kontrahenten zu werfen.

Endlosen lange Sekunden standen sich die zwei Männer gegenüber, nur durch die riesige Sandfläche und die stechende Stille voneinander getrennt.

Vom Flur her näherten sich Schritte. Die Tür wurde aufgestoßen.

»Abendessen ist fertig«, rief die Hauswirtschafterin.

Ein Aufatmen ging durch die Halle. Die Erleichterung über die Beendigung des Disputs war in jedem Gesicht erkennbar.

Nach und nach bewegten Frisos Leute sich auf die Tür zu, die die Hauswirtschafterin sperrangelweit geöffnet hielt. Knut mischte sich unter seine Kollegen.

Friso wartete bis zuletzt.

»Da hinauf, bitte.« Die Frau in dem blau-weiß gestreiften Kittel wies mit der Hand auf die Treppe, die in den ersten Stock führte. »Aber vorher Hände waschen.«

Friso blieb vor ihr stehen, schüttelte mit verkniffenen Lippen den Kopf und stapfte hinauf.

Er fühlte sich erschöpft. So hatte er sich den Workshop mit seinen Mitarbeitern nicht vorgestellt. Was als Kombination aus Kreativitätstraining, Motivationsschub und Betriebsausflug gedacht war, drohte, aus den Fugen zu geraten. Kaum hielt sich das Team in ungewohnter Umgebung auf, verloren einige seiner Leute den Respekt und tanzten ihm auf der Nase herum.

Im Gemeinschaftsraum mit der angeschlossenen Küche angekommen, fiel sein Blick auf die weitläufige Landschaft, die ihm den Eindruck vermittelte, von hier bis ans Ende der Welt gucken zu können.

Dann sah er sie.

Die Frau mit der zotteligen rötlichblonden Mähne und dem bodenlangen schwarzen Gewand, das im Wind wehte und sie erscheinen ließ, als wäre sie der Tod persönlich, ging voran. Sie hielt einen hölzernen Stab in die Höhe, an dem ein Plakat angebracht war. Was darauf stand, wollte er gar nicht wissen. Ihm reichte, dass er selbst aus dieser Entfernung die Windmühle erkennen konnte, die sie sich auf die Stirn hatte tätowieren lassen.

Martialisch marschierten die ›Grünen Windmühlen‹, die Aktivisten um Lina Kraus, auf die Sandskulpturenwerkstatt zu. Linas Gefolgsleute hielten selbstgebastelte Transparente hoch. Sie warfen die Fäuste in die Luft und skandierten Parolen.

Paule Gertjes stellte sich hinter ihn. »Die gehören aber nicht zu eurem Team dazu, oder?«

»Soll das ein Witz sein?«, spuckte Friso ihm entgegen.

Abrupt drehte er sich um und nahm an einem freien Tisch in der hinteren Ecke des Raumes Platz.

Die teils staunenden, teils erschrockenen Gesichter seiner Mitarbeiter wandten sich mal ihm und mal den Aktivisten zu. Unruhe kam auf.

Friso erhob sich von seinem Stuhl. »Ist was?« Wie ein Blitz durchzuckte seine Stimme durch den Raum.

Niemand antwortete.

»Lasst euch den Appetit nicht verderben.« Er setzte sich wieder und begann, die Suppe zu löffeln, die die Hauswirtschafterin ihm gerade aufgetragen hatte.

Berit, die mit einer Kollegin drei Tische weiter einige Worte gewechselt hatte, setzte sich zu ihm und wies zum Fenster. »Was sagst du dazu?«

»Guck nicht hin«, erwiderte Friso. »Wir schenken ihnen keine Aufmerksamkeit. Dann werden sie sich wieder verziehen.«

Berit haderte sichtlich mit seinen Worten.

»Iss«, sagte er. »Was sich da draußen abspielt, hat für uns nichts zu bedeuten.«

Berit zuckte mit den Schultern. »Wenn du meinst.«

2

Nur noch wenige Urlauber radelten über die Strandpromenade. Einige von ihnen waren wohl auf dem Weg in ihre Ferienwohnungen im Ortsteil Dorf oder Böhl. Andere fuhren in Richtung der Seebrücke von Sankt Peter-Bad. Diejenigen, die den Weg nach Norden eingeschlagen hatten, trieb entweder der spätabendliche Hunger zum Fischrestaurant Gosch, überlegte Elisa Wiborg, oder aber sie wollten ihre Räder am Seebrückenvorplatz abstellen und noch einen Strandspaziergang machen.

Zum Abend hin hatte der Wind sich gelegt. Elisa stand auf dem Balkon im Hochparterre ihres Einfamilienhauses. Sie hob die Nase zum Himmel und genoss die salzhaltige Luft nicht weniger als die sehnsüchtigen Blicke der Passanten. Wie viele Menschen hatten ihr schon gesagt, wie sehr sie sie um die Lage ihres Heims beneideten! Zwar wurde die Sicht vom Garten oder vom Hochparterre gen Westen vom Deich gebremst. Dafür genossen Friso und sie vom ersten Stockwerk und vom Dachboden aus, den sie zu einem luxuriösen Studio hatten ausbauen lassen, eine grandiose Aussicht über den Strand und die See. Bei Sonnenuntergang und beim Herannahen von Unwettern war der Panoramablick überwältigend. Er entschädigte Elisa für alles, was die Ehe mit Friso ihr abverlangte. Für fast alles.

Wenn Friso nicht im Haus war, herrschte Ruhe. Gab es einen größeren Genuss als einen Abend wie diesen?

Das Telefon im Wohnzimmer schrillte, und zum wiederholten Mal verfluchte Elisa, dass Friso an diesem Hightech-Gerät einen Klingelton eingestellt hatte, der an die altmodischen schwarzen Telefonapparate mit den Knochenhörern erinnerte.

Sie hätte wetten mögen, dass er dieses markdurchdringende Signal absichtlich gewählt hatte, weil er wusste, wie geräuschempfindlich sie war. Es war seine Art, sie zu zwingen, so schnell wie nur irgend möglich das Gespräch entgegenzunehmen, wenn er sie von unterwegs oder vom Büro aus anrief.

Ob er es war, der gerade am anderen Ende der Leitung hing? Tapfer biss Elisa die Zähne zusammen. Ihre Hände klammerten sich am Balkongeländer fest. Sie zählte bis drei. Dann öffnete sie die Hände, hob den Kopf, drehte sich um und schritt zum Telefon.

Der Anrufer war nicht Friso, es war Harder. Ihr Sohn verlangte nach seiner Mutter. Zufall, dass er zu einem Zeitpunkt anrief, zu dem Friso nicht zu Hause war?

Still lächelnd ließ Elisa sich in den Sessel fallen und nahm den Hörer ab. »Na, mein Junge?«

Sie wusste, dass Harder diese Anrede hasste. Doch er war nun mal ihr Junge, auch wenn er weit in den Dreißigern war. Alt genug, um ihre Begrüßung richtig einordnen zu können. Mutterliebe rostete nie.

»Die wilden Krausen sind wieder unterwegs.« Harders Stimme klang besorgt und erregt zugleich.

»Na und?«, fragte Elisa lapidar.

»Linas Aktivisten hetzen wieder gegen Vater.«

»Na und?« Elisa ließ sich nicht aus der Ruhe bringen, und sie war der Meinung, dass auch Harder das nicht tun sollte. »Mach dir keine Sorgen. Lina Kraus und ihre

Aufrührer wissen zu unterscheiden zwischen dir und deinem Vater. Du wirst keinen Schaden davontragen.«

»Trotzdem«, beharrte Harder. »Es bleibt immer etwas an mir hängen. Ich bin nun mal der Sohn von Friso dem Verhassten. Heute guckt wieder ganz Eiderstedt auf die Gruppe um Lina Kraus, morgen zeigen alle Leute mit dem Finger auf Frido, und übermorgen tuscheln sie über mich, auch wenn ich mich längst von Vater distanziert habe und meine eigenen Wege gehe.«

Elisa seufzte. Harder wurde seine Angst nicht los. Er konnte noch so oft die Erfahrung machen, dass sein Architekturbüro Aufträge erhielt, auch wenn er der Sohn von Friso Wiborg war. Jedes Mal, wenn gegen seinen Vater demonstriert wurde, rutschte ihm das Herz in die Hose, und er sah sich mit dem Hut in der Hand auf der Seebrücke sitzen und betteln, weil man ihn keine Häuser mehr entwerfen ließ.

»Es ist nicht das erste Mal, dass sie gegen deinen Vater demonstrieren«, besänftigte Elisa ihren Sohn. »Und was haben sie bisher bewirkt? Viel Wind haben sie gemacht, viel Aufmerksamkeit auf sich gezogen. Viel zu viel, meiner Ansicht nach. Aber stoppen konnten sie Friso nicht, und daran wird sich auch in Zukunft nichts ändern. Warte nur, irgendwann geben sie auf.«

Harder schwieg.

Elisa hielt den Hörer von sich und starrte fragend darauf. Dann drückte sie ihn wieder ans Ohr. »Bist du noch da?«

»Ja, natürlich.«

»Und warum sagst du nichts?«

»Was soll ich auf so viel Sturheit erwidern? Ich kenne deine Ansicht über den Friso-Tower. Du weißt selbst, dass die Pläne für dieses Hotel drei Nummern zu dick aufgetragen sind und dass Vater die Ausschreibung nur gewonnen hat, weil er ...«

»Stopp. Halt die Luft an.« Elisa wusste, was Harder vorbringen wolle, aber das ging zu weit. Er hatte keine Beweise. »Komm mir nicht wieder mit diesen Schmiergeldgeschichten. Du kannst sie nicht belegen. Das sind bloße Vermutungen.«

»Ich bin aber nicht der einzige, der diese Vermutungen hat, und ich bin sicher, wenn jemand auf die Idee kommt, ein Stück tiefer zu graben, wird er fündig. Aber du hältst Vater immer die Stange. Immer, egal, was er macht. Ich kann nichts daran ändern. Sorry für den Anruf. Ich werde dich nicht weiter belästigen.«

»Hör zu, mein Sohn«, sagte Elisa schnell. Sie fürchtete, dass Harder auflegte, und wenn das passierte, würde er die nächsten Wochen auch für sie nicht zu sprechen sein. »Bist du noch dran?«

Er atmete scharf ein. »Was ist denn noch?«

»Du sagst, Lina Kraus und ihre Aktivisten ziehen durch den Ort. Okay, lass sie ziehen. Setz dich in einen bequemen Sessel, schalt den Fernseher an, trink ein Bier oder zwei, und dann leg dich ins Bett und schlaf. Morgen wird die Sonne für dich genauso scheinen, wie sie es heute getan hat.«

»Mutter«, erwiderte Harder ungewohnt pampig, »die Aktivisten ziehen nicht nur durch den Ort. Sie versammeln sich vor dem Grundstück, auf dem der Friso-Tower entstehen soll. Sie halten eine Demo auf dem Seebrückenvorplatz ab. Und sie ziehen über Eiderstedt. Sie sind auf dem Weg nach Westerhever. Zufällig dahin, wo dein unantastbarer Göttergatte sich gerade aufhält.«

»Nach Westerhever? Was wollen sie denn da?«

»Wenn du mich fragst: Da ist was im Busch. Du weißt, der Ort liegt am Ende der Welt. Kaum hundert Einwohner insgesamt, verteilt auf sieben Einwohner pro Quadratkilometer. Dagegen ist Sankt Peter-Ording eine quirlige Metropole. Außer einem Leuchtturm, einer Sandskulpturenwerkstatt und einer großen Portion Nordfrieslandidylls gibt es da nichts. Wenn die Aktivisten in Westerhever einfallen ... Weißt du, wie weit die nächste Polizeistation entfernt ist?«

Elisa legte ihre Hand aufs Herz, das bis zum Hals zu klopfen begann. Sie rang nach Atem und versuchte, sich zu beruhigen. Wenn schon Friso durch den Stress über all die Jahre herzkrank geworden war, musste sie es ihm nicht gleichtun. Sie litt genug. Mit ihm und unter ihm. Sie durfte sich nicht hineinsteigern in die Panik, die Harder verbreitete, und sich aufregen über das, was sich womöglich heute Abend im nordwestlichsten Zipfel von Eiderstedt abspielte. In ihren vier Wänden war sie geschützt. Und solange Friso nicht im Haus war, hatte sie in genau diesen vier Wänden ihre Ruhe. Die würde sie sich von Harder nicht zerreden lassen.

»Warum auf einmal diese Sorge?«, fragte sie. »Friso ist hart im Nehmen. Auch wenn er in mancher Hinsicht empfindlich ist, er wird sich zu wehren wissen.«

Harder schwieg eine Weile. Sie hörte seinen Atem.

»Ich wollt's nur gesagt haben. Das Blatt könnte sich wenden, wenn Vater den verdammten Tower aufgeben würde. Er brauchte nur einen einzigen Satz zu sagen: dass er dieses großkotzige Projekt nicht realisieren wird. Dann wäre alles gut. Der einzige Mensch, der ihn dazu bringen könnte, das zu tun, bist du. Das ist dir klar.«

Elisa schloss geduldig die Augen. »Du weißt, dass Vater sein Denkmal will«, betete sie ihrem Sohn zum x-ten Mal vor.

Ein Grunzen drang durchs Telefon. Dann erklang Harders sanfte Stimme: »Schlaf gut, Mutter. Bis dann.«

Elisa überlegte, was sie ihrem Sohn noch mitgeben könnte für die Nacht. Doch er hatte aufgelegt.

Typisch Harder. Erst einen Aufstand machen und sich dann verkrümeln. So war er immer schon gewesen.

Verärgert warf Elisa den Hörer auf die Ladestation. Ihr Sohn hatte es mal wieder geschafft, ihr den Tag zu verderben oder besser gesagt: die Nacht. Sie würde ein Baldrian-Dragée brauchen, um innerlich zur Ruhe zu kommen und nachher gut zu schlafen.

Mit schleppendem Schritt stieg sie die Treppe hinauf ins Bad und öffnete das Medikamentenschränkchen, um nach dem Baldrian zu suchen. Als Erstes gerieten ihr Frisos Herztabletten in die Hand. Sie schob die Schachtel beiseite. Dann stockte sie.

Noch einmal nahm sie die Packung zur Hand. Sie öffnete sie. Die Blisterfolie war angebrochen, elf Tabletten fehlten. Dies war nicht die Schachtel, die als Vorrat diente. Es war die, die ihr Mann zurzeit im Gebrauch hatte. Die Vorratspackung lag dahinter.

Friso hatte sein Herzmittel vergessen!

Die Schachtel mit dem Baldrian in der Hand, hastete sie die Treppe hinab. Zitternd schenkte sie sich Wasser ein und nahm eine Tablette. Sie kippte noch ein Glas hinterher, damit das Dragée ganz hinunterrutschte und sich schnell auflöste. Anschließend schlurfte sie ins Wohnzimmer, griff nach dem Telefon und wählte Harders Nummer.

»Was gibt's?«, fragte Harder unverbindlich.

»Kannst du mir bitte einen Gefallen tun?«

Elisa ärgerte sich über ihren unterwürfigen Ton. Sie hätte ihren Sohn vor vollendete Tatsachen stellen sollen: ›Ich brauche deine Hilfe, sofort.‹ Etwas in der Art hätte sie äußern müssen.

Sanft fuhr sie fort. »Vater hat seine Herztabletten vergessen. Das ist ihm wohl noch nicht aufgefallen.«

Harder lachte zynisch. »Natürlich nicht. Da, wo er sich gerade befindet, braucht er um sein ach so krankes Herz keinen Zirkus zu machen.«

»Also bitte, Harder. Wie redest du über deinen Vater! Schieb deinen Groll auf ihn mal für eine Stunde beiseite und raff dich auf. Du musst bitte für mich den Boten spielen und das Medikament nach Westerhever bringen. Oda ist bei einer Freundin. Ich passe solange auf Sophie auf. Sie schläft schon, ich kann heute Abend nicht weg. Und ich kann Vater nicht aus dem Workshop rausreißen und herkommen lassen.«

»Tut mir leid, Mutter. Ich bin Vater letzte Woche auf der Baubehörde begegnet, und öfter als einmal pro Monat ertrag ich seine Gegenwart nicht.«

»Harder! Er ist dein Vater.«

Ihr Sohn blieb so hart, wie er es schon als Jugendlicher von Friso gelernt hatte. »Wenn ich heute Abend nach Westerhever fahren würde, sähe das aus, als wollte ich Vater zu Hilfe kommen. Den Eindruck werde ich zu vermeiden wissen. Und überhaupt – ich werde mich keinesfalls wegen nichts, nichts und noch mal nichts in die Demo der Aktivisten begeben.«

»Wegen nichts?« Elisa fühlte sich wie vor den Kopf geschlagen. »Harder, es geht um ein Medikament, das für deinen Vater lebenswichtig ist. Ist dir nicht klar, was es bedeutet, wenn er die Tabletten nicht regelmäßig einnimmt?«

Harder stöhnte auf, als hätte ihm gerade jemand wehgetan. »Sag mal, Mutter, hast du wirklich keine Ahnung, dass dieses Medikament nur ein Placebo ist?«

Elisa stockte der Atem. Sie knallte den Hörer in die Ladestation.

Harder!

Sie marschierte in die Küche und schluckte ein zweites Baldrian-Dragée.

3

Zwei winzige Händchen fanden den Weg in den Möhrenbrei schneller, als Frido sie hätten bremsen können.

»Jonah!« Fenna wandte sich kopfschüttelnd ab. Der Ausruf galt weniger ihrem Enkel als ihrem Stiefvater und angeheirateten Onkel, auf dessen Schoß Jonah saß.

»Was denn?« Frido blickte sie mit großen Augen an. »Glaubst du etwa, du hättest dich in dem Alter anders benommen als mein kleiner Prinz?«

Fenna schob den Stuhl zurück und holte ein feuchtes Tuch, um die Spuren des Malheurs zu beseitigen.

Magda stand indessen vor dem Herd und befreite den Blumenkohlauflauf aus der Hitze des Backofens.

Wie unbeteiligt saß Tammo am Tisch und beobachtete das familiäre Schauspiel. Lediglich sein Magen gab unmissverständlich zu verstehen, dass seine Geduld sich an diesem Mittag in engen Grenzen bewegte.

Zum Leidwesen von Jonah, der sich über die orangefarbenen Sprenkel auf dem weißen Tischtuch freute und sich anschickte, sie mit den Fingern zu verteilen, wischte Fenna die Spritzer des Möhrenbreis weg, so gut sich das bewerkstelligen ließ.

Magda trug den Auflauf auf und setzte sich endlich zu den anderen. »Guten Appetit, meine Lieben.«

Aus der Diele drang eine Melodie bis zur Wohnküche durch und untermalte die Geräusche am Mittagstisch.

Tammo stöhnte auf. »Oh nein, bitte nicht jetzt.«

Unter Fennas ahnungsvollem Blick stand er auf, ging hinaus und nahm sein Handy von der Kommode auf. »Tammo Anders hier.« Er hörte dem Anrufer zu. Dabei zog er die Augenbrauen zusammen und biss sich nervös auf die Lippe. »Die KTU und die Rechtsmedizin sind unterwegs?« Er zog die Linke aus der Gesäßtasche und guckte auf die Armbanduhr. »Wir haben gerade noch was Wichtiges zu besprechen, dann fahren wir los. In einer dreiviertel Stunde sind wir da.«

Fennas Neugier war größer als ihr Appetit. Sie stand ebenfalls auf, wofür Frido sich mit einem missbilligenden Blick revanchierte, und stellte sich kauend neben ihren Mann.

»Gute Idee«, sprach Tammo ins Telefon. »Komm gern in zwanzig Minuten vorbei.« Er beendete das Gespräch und sah an Fenna vorbei. »Eine Sandleiche.«

»Eine was?«

»Nun kommt endlich, das Essen wird kalt«, rief Magda ihnen zu. »Oder soll ich den Blumenkohl etwa noch mal in den Ofen schieben?«

»Bloß nicht«, sagte Tammo. Er eilte zu seinem Platz zurück, trug sich von dem Auflauf auf und schlang das Mahl hinunter.

Jonah versuchte, auf den Tisch zu krabbeln, um Tammo beim Leeren des Tellers zu unterstützen. Frido verhinderte das, landete dabei jedoch mit dem Ellenbogen in dem Gericht auf seinem eigenen Teller.

Fenna bemühte sich redlich, das Spektakel zu ignorieren und ruhig zu bleiben. »Wirklich lecker, Mutti«, sagte sie und stieß kurz darauf Tammo mit der Schulter an. »Darf ich vielleicht mal erfahren, wohin wir gleich einen Ausflug machen und was genau der Anlass ist?«

»Nicht vor Jonah.« Tammo zwinkerte ihr verschwörerisch zu. »Du willst doch deinen Enkel nicht so früh schon mit der rauen Wirklichkeit konfrontieren?«

Fenna seufzte tief. Jonah sprach noch kein Wort, zumindest nicht in einer für Erwachsene verständlichen Sprache, und sie war sicher, dass der Kleine noch nicht wusste, was Begriffe wie ›Mord‹ oder ›Leiche‹ bedeuteten. Dennoch hatte Tammo recht, wenn er sich mit einer Auskunft zum Inhalt des Anrufs zurückhielt. Frido und Magda ging es schließlich nichts an, wer sein Leben gelassen hatte. Solange die Öffentlichkeit nicht informiert war, mussten auch sie zurückstecken.

Sie beeilte sich, ihren Teller zu leeren, und überlegte, ob es wirklich so eine gute Idee war, in der Mittagspause nach Hause zu gehen und sich von Magda bekochen zu lassen. Doch ihre Mutter bestand darauf, dass es gesünder sei, mittags ordentlich zu essen und dafür am Abend nur noch eine Kleinigkeit zu sich zu nehmen. Und es tat ihrem Selbstwertgefühl gut, wenn sie ihrer Tochter und ihrem Schwiegersohn eine vollwertige Mahlzeit vorsetzen und sie damit vor Fast Food bewahren konnte.

Magda schob ihr die Auflaufform hin. »Noch einen Löffel?«

Tammo grunzte. »Einen für den lieben Onkel Frido, einen fürs süße Enkelchen und einen für die Omi.«

»Spotte du nur.« Magda guckte ihn verärgert an. »Wer weiß, was für ein Anblick sich euch gleich bietet. Da ist es besser, was im Magen zu haben.«

»Kannst uns gern ein Lunchpaket machen«, erwiderte Tammo. »Heute wird es sicher spät.«

Es klingelte an der Haustür. Buddy bellte, und Tammo sprang auf und öffnete.

»Komm einen Augenblick rein, Merle. Wir sind gleich fertig mit ...« Er stockte. Merle musste nicht alles wissen.

Die Polizistin machte den Hals lang und winkte zu Frido und Jonah hinüber. »Mit eurer wichtigen Besprechung?«

»Richtig.« Tammo reichte Fenna, die nun auch in die Diele trat, ihre große Umhängetasche. »Damit du alles unterbringen kannst, was du brauchst.« Er grüßte in die Küche. »Lasst es euch schmecken. Wir sehen uns irgendwann heute Abend.«

Buddy, der durch die Aktion empfindlich bei seinem Mittagsschlaf im Korb in der Diele gestört worden war, verstand die Welt nicht mehr. Fenna redete auf ihn ein, gab ihm ein Leckerli und streichelte ihn zum Abschied.

Begleitet von Fenna und Merle ging Tammo auf den Dienstwagen zu, den die Polizeikommissarin vor dem Haus geparkt hatte.

Merle reichte ihm den Schlüssel. »Du fährst doch so gerne. Zeig uns, dass du's kannst.«

Sie nahm auf der Rückbank Platz, Fenna auf dem Beifahrersitz.

»Wenn du mir verrätst, wohin es genau gehen soll?« Tammo ließ den Motor an und guckte erwartungsvoll in den Rückspiegel.

»Westerhever, Dorfstraße Nummer drei. Westerhever ist euch sicher ein Begriff.«

»Das Dorf«, sagte Tammo wie ein Schüler im Erdkundeunterricht auf, »bei dem der berühmte Leuchtturm Westerheversand steht, der das südliche Ende des Nordfriesischen Wattenmeeres markiert.«

Er steuerte den Wagen auf die Bundesstraße zu, die sie auf die Kreisstraße in Richtung Westerhever führte.

Währenddessen gab Fenna die Adresse ins Navigationssystem ein.

»Sehr gut«, sagte Merle in gespielt oberlehrerhaftem Ton. »Weißt du auch, dass die Landzunge, auf der Westerhever liegt, früher mal eine Insel war?«

»Echt? Nein, das war mir nicht bekannt.« Tammo bog auf die Kreisstraße ab und beschleunigte auf die erlaubten einhundert Kilometer pro Stunde.

»Im zwölften Jahrhundert«, redete Merle weiter, »haben sich die ersten Menschen in Westerhever angesiedelt. Sie haben Warften, einen Deich und eine Kirche errichtet. Bei der großen Sturmflut im Jahr 1362 wurde die Kirche zerstört, später aber neu errichtet.«

Fenna drehte sich zu ihr um. »Das ist alles furchtbar spannend. Aber wann wollt ihr zwei mich endlich darüber unterrichten, aus welchem Grund wir gerade nach Westerhever fahren? Doch wohl nicht, um die Sankt-Stephanus-Kirche zu besichtigen?«

»In der Nähe der Kirche ist ein Mord geschehen«, gab Merle in einem Ton zur Antwort, als handelte es sich um die logische Fortsetzung ihres Heimatkundeunterrichts. »In der Sandskulpturenwerkstatt.«

»Auf Sandiek?«, fragte Fenna. »Über die Einrichtung hab ich schon mal in den Medien gelesen.«

Merle nickte. »Sandiek ist zurzeit die einzige Sandskulpturenwerkstatt dieser Art, die es in Deutschland gibt. Darüber wird ab und zu berichtet. Einer der Teilnehmer eines Workshops ist in der letzten Nacht ums Leben gekommen. Wie, das konnte uns der Melder nicht sagen. Das Opfer wurde heute Morgen entdeckt.«

»Warum werden wir dann erst jetzt informiert?« Fenna wurde ungehalten. »Ich meine, es ist später Mittag.

Wenn die Leiche am Morgen entdeckt wurde, warum haben die so lange damit gewartet, uns anzurufen?«

»Das fragt ihr die Leute am besten selbst. Die Umstände sind ein bisschen merkwürdig.«

»Welche Umstände meinst du?«, fragte Fenna. »Die, unter denen der Teilnehmer ums Leben kam, oder die, unter denen er gefunden wurde? Und über wen sprechen wir überhaupt?«

»Der Mann, um den es geht, stammt aus Sankt Peter-Ording«, sagte Merle. »Er ist ein Lokal-Promi, aber auch über Nordfriesland hinaus bekannt.«

»Hat der Promi auch einen Namen?« Fenna rollte mit den Augen, was Merle zum Glück verborgen blieb.

»Es ist Friso Wiborg, der Star-Architekt. Seine Leiche war etwas ungewöhnlich hergerichtet. Die anderen Teilnehmer des Workshops waren sich zuerst nicht sicher, ob es sich um einen Toten handelte oder um ... Ach, was rede ich. Ich kann nur das Wenige wiederholen, das ich am Telefon erfahren habe, und das klang wirr. Guckt ihn euch selbst an.«

Tammo stieß einen Fluch aus, bremste kurz ab und beschleunigte gleich darauf wieder. Fenna guckte konzentriert nach vorn und sah den Grund des Fluchs. Die Straße war schmal, fast zu schmal für Gegenverkehr. Und doch kam ihnen ein Wagen entgegen.

Tammo machte einen leichten Schlenker nach rechts und raste anschließend unbeeindruckt auf eine S-Kurve zu. Er dachte im Traum nicht daran, die Geschwindigkeit zu reduzieren.

Die Kommissarin hob die Hände vors Gesicht. »Vorsicht! Du fährst heute wirklich abenteuerlich. Ich möchte heute Abend heil nach Hause kommen.«

»Um dich von deinem Enkel von oben bis unten mit Möhrenbrei beschmieren zu lassen, schon klar. Aber bitte, hier ist überall Tempo 100 erlaubt.« Er deutete mit ausgestrecktem Arm auf ein Verkehrsschild, das hinter der Einmündung einer Nebenstraße stand und seine Aussage bestätigte. »Entspann dich, wir sind gleich da.«

Fenna lehnte den Kopf zurück. »Das wird auch Zeit«, sagte sie mit halb geschlossenen Augen. »Sonst gibt es noch eine Leiche, in einem Auto kurz vor Westerhever, und du stehst demnächst wegen fahrlässiger Tötung vor Gericht.«

Tammo bog in die Dorfstraße ein und ging vom Gas.

Fenna richtete sich noch einmal an Merle. »Sind die Angehörigen des Opfers informiert?«

Merle steckte den Kopf zwischen die beiden Vordersitze und legte die Hände auf die Rückenlehnen. »Als ich losfuhr, noch nicht. Die Kollegen haben versucht, die Ehefrau telefonisch zu erreichen, aber sie meldet sich nicht. Sie wollen gleich zu ihr nach Hause fahren. Wenn sie sie da nicht antreffen, werden sie es bei der Tochter oder dem Sohn probieren.«

»Hoffen wir, dass sie jemanden erreichen.«

»Sandiek«, rief Merle auf einmal aus. Sie zeigte nach links. »Guckt, es steht groß auf der Hallenwand. Tammo, ich glaube, du bist ein Stückchen zu weit gefahren.«

Die Polizistin hatte den Satz noch nicht ganz ausgesprochen, da verkündete die Stimme des Navigationssystems, dass das Ziel erreicht sei.

Fenna atmete auf, als Tammo auf den Parkplatz des Hauses Dorfstraße 3 fuhr, der vor einem lang gezogenen Backsteingebäude mit grün-weiß gerahmten Fenstern lag. Auf demselben Grundstück stand die Halle der

Sandskulpturenwerkstatt, und vor der Halle befand sich ein weiterer großer, mit Kies bedeckter Platz.

Eine Gruppe von rund einem Dutzend Leuten stand dort beieinander. Einige diskutierten eifrig, andere guckten wie unbeteiligt in die Gegend.

Abseits der Gruppe, am Ende des Parkplatzes, standen zwei junge Frauen mit zwei Mädchen, deren Alter Fenna auf zehn und zwölf Jahre schätzte. Die Kinder mussten Schwestern sein, so ähnlich, wie sie einander und der Frau sahen, die sie an den Händen hielt.

Die andere Frau, die mit dem Rücken zu den Neuankömmlingen stand, kam Fenna seltsam bekannt vor. Die schmale Silhouette. Der silbrig blonde Ton ihrer schulterlangen Mähne, der der Farbe ihrer eigenen Haare glich. Die katzenhaften Bewegungen, als sie sich halb zur Seite drehte und die Haare zurückstrich, die der Wind ihr ins Gesicht wehte.

Merle und die Ermittler stiegen aus dem Wagen.

Tammo blieb neben der offenen Tür stehen, fokussierte die beiden Frauen und runzelte die Stirn. »Sag mal, das ist doch ...«

Die Frau, die mit dem Rücken zu ihnen stand, drehte sich ganz zu ihnen um.

Fenna hielt die flache Hand über die Stirn, um die Augen vor dem Sonnenlicht abzuschirmen. Sie öffnete den Mund. »Um Himmels willen!«

4

Fee schien nicht erstaunt, ihre Mutter auf dem Gelände der Sandskulpturenwerkstatt zu sehen. Zwar wirkte ihr Gesicht im Augenblick der Ankunft der Ermittler seltsam bedrückt, doch dann winkte sie zu Fenna und Tammo hinüber, sprach kurz mit der Mutter der zwei Kinder, bei der sie stand, und lief auf die Ermittler zu.

»Was machst du denn hier?«, fragte Fenna.

Wenn der Mann, der letzte Nacht ums Leben gekommen worden war, Fees Freundeskreis angehörte, würden Tammo und sie die Ermittlungen womöglich gar nicht aufnehmen können.

»Ich begleite nur eine Freundin«, sagte Fee. »Hilke, ihre Töchter und ich wollen heute Nachmittag zum Shoppen nach Husum fahren. Auf dem Weg dahin wollten wir uns Sandiek angucken. Hilke will im Sommer einen Kindergeburtstag veranstalten und hat einen Besprechungstermin mit Paule. Er hat uns auch erlaubt, ein bisschen beim Workshop zuzugucken.«

»Paule? Wer ist das?«

»Paule Gertjes, der berühmte Sandbildhauer.«

»Du kennst ihn näher?« Fenna wurde mulmig.

Fee lächelte verlegen. »Was du schon wieder denkst! Ich bin ihm mal am Strand in Sankt Peter begegnet und habe mich an ihn erinnert, als Hilke mich gefragt hat, ob ich nicht eine spannende Location für einen Kindergeburtstag wüsste.«

Fenna taxierte Fees Freundin skeptisch. »Dem Alter ihrer Töchter nach müsste sie eigentlich mehr Erfahrung darin haben als du, wo man in dieser Gegend am besten eine Kinderparty veranstaltet. Oder ist sie gerade erst hierhergezogen?«

»Nein, sie ist hier geboren. Aber du weißt doch, wie das ist, Mutti. Als neu Zugezogene interessiert man sich für die Sehenswürdigkeiten der Umgebung viel mehr als die Alteingesessenen. Man hat viel heißere Tipps.«

»Heißer, soso.«

Tammo trat näher an Fenna heran, griff fordernd nach ihrem Arm und rüttelte leicht daran. »Entschuldigt, wenn ich störe, aber schnacken könnt ihr später noch. Dahinten wartet 'ne Leiche auf uns.«

»Sofort«, erwiderte Fenna. »Kurze Frage noch, Fee. Hast du irgendwas mitbekommen von dem, was hier passiert ist? Du bist doch nicht in die Sache verwickelt?«

»Was ist denn das für eine Frage?«, gab Fee patzig zurück. »Natürlich nicht.« Sie machte zwei Schritte rückwärts. »Viel Erfolg bei den Ermittlungen. So einen Fall habt ihr noch nie erlebt.« Grußlos drehte sie sich um und kehrte zu ihrer Freundin zurück.

Wie festgewachsen und versteinert war Hilke hinten auf dem Parkplatz stehengeblieben. Ihre Kinder hatten sich mit dem Rücken an sie gelehnt und beobachtet, wie Fee auf Fenna zugegangen war und mit ihr sprach. Die Mutter hatte ihre Arme schützend auf die Schultern der beiden Töchter gelegt.

Ein Mann, der in den Dreißigern sein mochte, löste sich aus der Gruppe, die auf dem Parkplatz stand. Er kam auf die Ermittler zu, streckte ihnen die Hand entgegen und fuhr sich durch sein wirres dunkles Haar.

»Ich bin Paule Gertjes. Sie sind die Kommissare aus Sankt Peter, vermute ich. Ihre Ähnlichkeit mit Fee«, sagte er vertraulich zu Fenna, »ist nicht zu übersehen.«

Fenna schnappte nach Luft. Wie gut kannte dieser Mann ihre Tochter?

»Sie sind der Inhaber der Sandskulpturenwerkstatt?«, fragte Tammo währenddessen.

»Nicht ganz. Die Anlage gehört mir nicht, ich hab sie nur gepachtet. Ich bin Künstler.« In seiner Stimme lag ein Anflug von Stolz, den er durch eine rhetorische Pause wabern ließ. »Ich bin überregional bekannt für meine Sandskulpturen. Schon als Kind habe ich ...«

Tammo trat ungeduldig von einem Fuß auf den anderen. »Danke, Herr Gerjets, aber ...«

»Gertjes.«

»Wie?« Tammo guckte irritiert.

»Sie haben ›Herr Gerjets‹ gesagt. Ich heiße aber Gertjes. Nennen Sie mich einfach Paule. Das kann sich jeder merken. Ist auch mein Künstlername.«

»Okay, also Paule. Wo liegt denn die Leiche?«

»Da kommen Sie mal mit.«

Paule ging voran. Dabei legte er einen Elan an den Tag, als ginge es darum, Besuchern der Sandskulpturenwerkstatt ein besonders sehenswertes Exemplar zu zeigen, das jeden Moment in sich zusammenfallen könnte.

Und in der Tat: Auf dem Rasen auf der anderen Seite der Halle befand sich eine Skulptur aus Sand. Sie war das einzige Kunstwerk auf der Fläche.

Mit dem Abstand, der sie noch davon trennte, meinte Fenna, die Rückseite eines kantigen Sessels zu erkennen. Über der Rückenlehne ragte ein Hinterkopf hervor, von dem wohl Sand herabgebröselt war.

Während sie sich der Skulptur näherten, erkannte sie weizenblondes Haar mit grauen Strähnen. Mit jedem Schritt ahnte Fenna mehr, was sich unter der Schicht aus Sand verbarg. Eilig lief sie um den Sessel herum und hatte doch den Eindruck, wie in Zeitlupe zu schweben.

Ihre Blicke hefteten sich an den Kopf, bis sie endlich frontal vor der Skulptur stand.

»Das ist Friso Wiborg«, sagte Paule und faltete die Hände vor dem Bauch zusammen. »Das heißt: Das war er. So hat er sich am liebsten gesehen. Mit hoch erhobenem Haupt auf einem Thron sitzend. Während unseres Workshops wollte er der König von Westerhever sein.«

»Was ihm nicht ganz gelungen ist.«

Fenna drehte sich um. Die Stimme mit dem sarkastischen Unterton gehörte Eike Hoböken, dem Chef der Kriminaltechniker.

»Moin, ihr beiden. Willkommen in Westerhever.«

»Der Mann ist tatsächlich ermordet worden?« Fenna hielt Ausschau nach Gerhild Linnenbrügger, der Rechtsmedizinerin.

»Gerhild ist mal kurz für kleine Mädchen«, erklärte Eike. »Sie ist gleich wieder da. Und ja, es handelt sich um Mord. Der Mann hat was auf den Schädel bekommen. Aber das erklärt die Fachfrau euch gleich selbst.«

Blut oder eine Platzwunde waren Fenna nicht aufgefallen, als sie sich dem Toten von hinten genähert hatte. Sie wollte nicht noch einmal um die Skulptur herumgehen, denn die Kriminaltechniker begannen gerade erst mit der Arbeit. Tammo und sie mussten darauf achten, keine Spuren zu vernichten. Daher war die Anzahl der Schritte, die sie rund um den Fundort der Leiche tun durften, streng begrenzt.

»Schon was gefunden?«, fragte Tammo den Chef der Kriminaltechniker.

»Jede Menge Sand«, erwiderte Eike. Er wies auf die Fläche um die Skulptur herum. »Hier liegt überall Sand auf dem Rasen. Und da vorne lehnen Bretter an der Wand. Die dürften für die Verschalung verwendet worden sein, die man braucht, um den Sandblock zu pressen, aus dem man so eine Skulptur erstellen kann.«

Fenna stemmte staunend die Hände in die Hüften. »Du kennst dich ja richtig gut aus. Hast du selbst mal einen Workshop mitgemacht?«

»Mitgemacht nicht, aber angemeldet habe ich mich vorhin. Der Sandbildhauer hat mir Appetit darauf gemacht.« Er guckte Paule an. »Nicht wahr, wir beide legen demnächst gemeinsam los?«

»Dann erzählt uns doch mal«, sagte Tammo schnell, bevor Paule wieder anfing, von seiner Kunst zu schwärmen, »wie man eine Leiche derart als Skulptur verpackt, dass erstmal niemand mitbekommt, was unter dem Sand verborgen ist. So war es doch, oder?«

Beschämt kratzte Paule sich hinterm Ohr. »Ich hätt's eigentlich sofort merken müssen. Ich hätte mir auch denken können, dass Friso selbst auf dem Thron sitzt. Dass es keine Nachahmung ist. Ich hab mir nur überhaupt nicht vorstellen können, dass jemand aus dem Workshop dazu in der Lage ist, so eine Skulptur zu fertigen. Nach einem Tag kann man schon eine Menge. Aber so eine große Skulptur? Der Sand hält natürlich auf einem echten menschlichen Körper nicht. Der war mit den Händen daran festgedrückt, und nach ein paar Stunden, als er trocken war, ist er immer weiter abgebröckelt. Da kam dann die Leiche zum Vorschein.« Paule zeigte auf den Sessel mit der Leiche. »Da muss jemand eifrig zugelangt haben.«

»Eifrig zugelangt, so würde ich das auch bezeichnen.« Gerhild Linnenbrügger näherte sich ihren Kollegen mit raumgreifenden Schritten. »Dem Mann hat jemand mit einem länglichen Gegenstand auf den Hinterkopf geschlagen. Und zwar mit Wucht. Das hat gesessen.«

»War es ein einziger Schlag?«, fragte Fenna.

»Soweit ich das auf den ersten Blick beurteilen kann, ja. Nagele mich aber bitte nicht darauf fest. Mit Gewissheit kann ich das erst nach der Obduktion sagen.«

»Woran erkennst du den Schlag?«, fragte Tammo.

»Wenn du in der Schule im Biologieunterricht aufgepasst hast«, sagte Gerhild, »weißt du, dass der Schädel des Menschen gewölbt ist.« Mit bedächtigen Schritten ging sie um den Sandthron mit der Leiche herum. »Als rund kann man diesen Schädel nicht mehr unbedingt bezeichnen.« Die Rechtsmedizinerin machte eine kreisende Bewegung um den Kopf der Leiche, ohne ihn zu berühren. »Hier oben hat jemand mit einem schmalen länglichen Gegenstand draufgeschlagen, und zwar mit aller Heftigkeit. Dabei ist eine Platzwunde entstanden, und die Schädeldecke ist gebrochen. Sie hat eine Delle abbekommen, wie man unschwer erkennen kann. Ich vermute, dass es sich bei der Tatwaffe um eine Stange aus Metall oder etwas Ähnliches handelt.«

»Bestimmt der Klassiker«, rief Tammo ihr zu. »Ein Regenschirm.« Sofort wurde ihm der Ernst der Lage bewusst. Er drückte sich die Hand vor den Mund, als wollte er sich selbst daran hindern, weiterzuspechen.

Fenna ließ seiner unangebrachten Bemerkung keinen Raum. »Er hat eine Platzwunde?« Sie stellte sich auf die

Zehenspitzen, wohl wissend, dass sie von ihrer Position den Hinterkopf des Opfers auf diese Weise nicht sehen konnte. »Ist mir gar nicht aufgefallen.«

»Wie ihr seht, hat das Opfer sehr dichtes Haupthaar«, erklärte Gerhild. Sie zog sich Latexhandschuhe über. Mit zwei Fingern zupfte sie einige Haarsträhnen der Leiche auseinander. »Das Blut, das aus der Platzwunde lief, ist in den Boden gesickert.«

Sie unterbrach sich, sah zu dem Chef der Kriminaltechniker hinüber, der sich kurz mit Merle Bloom unterhielt, und übergab ihm das Wort.

Eike zeigte auf die dichten Büsche, die vor der Wand der Halle standen. Zwei seiner Mitarbeiter hockten dort und suchten den Boden ab. »In den Erdboden unter den Sträuchern ist Blut geflossen und in die Rasenfläche, die direkt daran angrenzt, ebenfalls. Es dürfte von dem Opfer stammen. Das untersuchen wir natürlich noch im Labor, um den Beweis zu erbringen.«

»Dann ist das der Tatort?«, fragte Fenna.

»Nein, erstaunlicherweise nicht.« Eike ging auf den Parkplatz zu und gab den Ermittlern mit einer Geste zu verstehen, dass sie ihm folgen sollten. Am Rand der mit Kies bedeckten Fläche blieb er stehen. Zwei seiner Leute sperrten von dem Platz ein längeres Stück ab, das an den Rasenstreifen zur Straße hin angrenzte.

»Der Mord dürfte auf dem Parkplatz geschehen sein. Auch auf den Kieselsteinen haben wir Blut gefunden. Der Täter muss den leblosen Mann zur Wiese hinter der Halle getragen haben. Auf dem Weg von da vorne nach da drüben«, Eike zeigte auf den mutmaßlichen Tatort und anschließend auf den Fundort der Leiche, »haben wir in Abständen Spuren von Blut gefunden.«

»Habt ihr auf dem Rasen oder dem Erdboden auch Schuhabdrücke sicherstellen können?«, fragte Tammo.

»Haben wir. Wir dokumentieren sie alle. Die könnten allerdings auch vom Gärtner stammen. Darauf würde ich also nicht allzu viel geben.«

»Wieso?« Tammo hob die Achseln. »Du weißt doch, der Mörder ist immer der Gärtner.«

Gerhild blickte ihn tadelnd an. »Mag ja sein, Tammo, dass dich das künstlerisch-kreative Ambiente der Sandskulpturenwerkstatt zu ausgefallenen Gedanken anstachelt. Aber du bist hier nicht als Komiker engagiert.«

»Entschuldigung«, erwiderte Tammo zerknirscht. »Irgendwie bin ich noch nicht in diesem Fall angekommen. Die Umgebung wirkt so harmlos, die Atmosphäre ist derart friedlich und entspannt, dass ich nicht begreife, wie hier ein Mord geschehen konnte. Es ist zu idyllisch.«

Er breitete die Arme aus und drehte sich im Kreis. »Seht euch doch mal um. Alles flach und weit und grün und hell. In drei Himmelsrichtungen guckt man bis zum Horizont und weiter, und in der vierten steht hinterm Deich der Leuchtturm Westerheversand und zwinkert den Seeleuten zu. Ist das nicht ur-nordfriesisch?«

Fenna trat an seine Seite und zupfte ihn am Ärmel. »Wenn ich dich mal unterbrechen darf?«

Er nickte irritiert, als hätte sie ihn aus einem schönen Traum geweckt.

»Wir sind zum Arbeiten hier.« Sie wandte sich der Rechtsmedizinerin zu. »Was meinst du, Gerhild, wann ist der Tod dieses Mannes eingetreten?«

»Das dürfte zwischen Mitternacht und sechs Uhr gewesen sein. Wenn ich es genauer eingrenzen sollte, wohl zwischen zwei und vier Uhr heute Morgen.«

»Zu der Zeit dürfte in Westerhever nicht viel losgewesen sein.« Die Kommissarin guckte Paule Gertjes an.

»Ein Rotlichtviertel gibt es hier nicht«, sagte er. »Und nächtliche Ruhestörung ist auch nicht das, worüber die Bewohner von Westerhever klagen könnten.«

Fenna nickte und trat einen Schritt zurück. Sie beäugte das Opfer. »Dieser klobige Sessel erinnert mich an etwas. Mir kommt es vor, als säße einer dieser früheren amerikanischen Präsidenten vor mir. Gibt es nicht eine Statue von Abraham Lincoln auf so einem Riesenteil?«

»Stimmt«, sagte Gerhild. »Das Lincoln Memorial in Washington ist so ein Trumm. Auch wenn diese Skulptur hier natürlich längst nicht so ausgefeilt ist wie das Denkmal, erinnert sie in gewisser Weise daran.«

»Ich bin sicher«, überlegte Fenna, »der Mörder wollte etwas ganz Bestimmtes damit ausdrücken, dass er sein Opfer in dieser Position zurückgelassen hat. So ein monumentaler Sessel ist kein Zufall. Er hat Symbolkraft.«

»Kennen Sie Friso Wiborg?«, fragte Paule.

»Nein.« Fenna sah dem Mann an, dass er ihr etwas zu sagen hatte. »Wo, bitte, können wir uns ganz in Ruhe mit Ihnen unterhalten?«

Paule löste seine Hände, die er so krampfhaft verschränkt gehalten hatte, dass die Knöchel weiß durchschimmerten. Mit einer zaghaften Geste deutete er zum ersten Stock der Halle hinauf. »Da oben haben wir einen großen Raum mit Tischen und Stühlen und Getränken. Da können wir uns reinsetzen.«

»Dann folgen wir Ihnen mal unauffällig.«

Diesmal ging Fenna voran. Als sie an dem Sandbildhauer vorbeiging, streckte sie fürsorglich den Arm nach ihm aus und hakte sich bei ihm unter. »Kommen Sie.«

»Nur ich?«, fragte er. »Soll ich nicht die anderen dazurufen?«

»Nicht alle auf einmal«, antwortete Tammo an Fennas Stelle. »Mit den anderen reden wir später auch. Aber zuerst mit Ihnen als Chef des Ladens.«

Paule zuckte ergeben mit den Schultern.

Fenna ließ seinen Arm los und scherte aus. »Ich gebe den Leuten Bescheid, dass sie warten und sich nicht vom Gelände entfernen sollen. Paule, Sie haben doch bestimmt eine Liste aller Teilnehmer?«

»Hab ich irgendwo in meinem Büro. Ich muss nur ein bisschen danach suchen.«

»Gut. Dann kann uns zumindest namentlich niemand entwischen. Bin gleich bei euch.« Sie huschte über den Rasen.

»Warte, Fenna«, rief Tammo. »Bleib hier, wir machen das anders.« Er wandte sich an Merle Bloom, die sich mit den Kriminaltechnikern unterhielt. »Merle, nimmst du bitte die Namen und Kontaktdaten aller Teilnehmer des Workshops auf? Und bereite sie schon mal freundlich darauf vor, dass wir mit jedem von ihnen sprechen möchten.«

Fenna kehrte zu Tammo und Paule zurück.

»Aber das werden doch keine Verhöre?«, fragte der Sandbildhauer die Kommissarin.

Sie überließ Tammo die Antwort. Doch auch er erwiderte nichts darauf.

5

Fenna verstand Tammos Faszination von Westerhever. Der Blick übers Land, erst recht vom ersten Stock der Halle aus, war grandios. Die Weite, die sich dem Auge bot, veranlasste die Seele, ihre Flügel auszubreiten.

Paule bat die Ermittler, in dem lichtdurchfluteten Raum mit der angeschlossenen Küche Platz zu nehmen. Er öffnete die Kühlschranktür. »Cola, Wasser, Limo?«

»Ein Wasser nehm ich gerne«, sagte Fenna.

»Ich auch bitte, wenn's schon kein Bier gibt.« Tammo zwinkerte dem Bildhauer zu.

Paule stellte ihnen Gläser und Flaschen hin und legte einen Flaschenöffner dazu. »Wenn Sie ein Bier möchten, müssen Sie bis heute Abend bleiben.«

Tammo grinste. »Wir nehmen Sie beim Wort.«

Erschrocken guckte der Künstler den Kommissar an. »So lange wollen Sie uns verhören?«

Fenna hob beschwichtigend die Hände. »Setzen Sie sich doch erst mal hin, und trinken Sie einen Schluck. Wir haben eine Menge Fragen, und im Laufe des Gesprächs dürften noch weitere aufkommen. Aber keine Angst, übernachten werden wir bei Ihnen nicht.«

Paule hockte sich auf die Kante eines der Stühle. Er machte den Eindruck, in jeder Sekunde, die er mit den Ermittlern verbrachte, fluchtbereit sein zu wollen.

Demonstrativ entspannt lehnte Fenna sich zurück und streckte die Beine von sich wie in einem bequemen

Sessel. »Erzählen Sie uns bitte, wie erstellt man eine Sandskulptur?«

Impulsiv sog Tammo die Luft durch die Zähne, als hätte er sich gerade mit dem Hammer auf den Daumennagel geschlagen. Fenna schloss daraus, dass er die Frage so nicht gestellt hätte.

Paule dagegen strahlte sie an. »Eine Sandskulptur? Also, passen Sie auf.«

Endlich rutschte auch er auf der Sitzfläche nach hinten und rückte mit dem Stuhl näher an den Tisch. Lebhaft gestikulierend erzählte er den Ermittlern in Kurzform all das, was er den Teilnehmern seines Kurses gestern im Theorieteil beigebracht hatte.

Amüsiert bemerkte Fenna, dass er dabei immer wieder ins ›Du‹ verfiel. Die Schranke zwischen ihr und Tammo auf der einen und ihm auf der anderen Seite war anscheinend aufgehoben.

»Wie ist das mit den Teilnehmern Ihres derzeitigen Workshops?«, fragte Fenna. »Gehört die Gruppe auch im wahren Leben zusammen?«

Paule warf einen verstohlenen Blick auf den Rasen, auf dem der tote Friso Wiborg die Arbeit der Gerichtsmedizinerin und der Kriminaltechniker wehrlos über sich ergehen ließ.

Aufgrund der Haltung auf dem monströsen Thron strahlte die Leiche wenigstens eine gewisse Würde aus.

»Das sind die Mitarbeiter des Architekturbüros Wiborg und Voss«, sagte Paule. »Von denen haben Sie sicher schon mal gehört. Ganz bekannt auf Eiderstedt.« Er hob den Finger. »Und nicht nur hier. Die nehmen sogar an Ausschreibungen in Hamburg und, wenn es passt, auch im Ausland teil. Frankreich, Schweiz.«

Plötzlich erinnerte Fenna sich an etwas. »Haben die nicht auch diesen Hotelturm entworfen, der in letzter Zeit so viel Aufsehen an der Küste erregt?«

Paule hängte einen Arm lässig über die Stuhllehne. Er schmunzelte, nahm mit der anderen Hand einen der Bierdeckel, die auf der Fensterbank aufgestapelt waren, und spielte damit. »Sie meinen den Friso-Tower, diese Luxushütte, die direkt am Dünenrand stehen soll. Wenn Sie meine Meinung hören wollen: Das Gezeter darum wird noch lange nicht verstummen.«

»Wieso? Was ist denn damit?«, fragte Tammo.

»Hast du es nicht in der Zeitung gelesen?« Fenna notierte den Namen des Hotels in Druckbuchstaben auf ihrem Notizblock und unterstrich ihn zweimal. Daneben malte sie einen Pfeil, der auf den Namen des Architekturbüros wies.

»Meine Zeitung heißt Frido«, entschuldigte Tammo sich. »Und der hat mir nichts davon berichtet. Hat ihn wohl nicht sonderlich interessiert.«

»Was mich allerdings schwer wundern würde. Er geht doch sonst immer auf die Palme, wenn er von Projekten erfährt, die die Nordseeküste verschandeln.«

Paule mischte sich ein. »Wenn ich das kurz erklären darf?« Höflich wartete er das Nicken beider Ermittler ab. Dann fuhr er fort. »Friso Wiborg hat seine Leute zu diesem Workshop angemeldet, damit sie neue Kreativität entwickeln. Der Entwurf des Hotels hat zwar den Zuschlag der Jury erhalten, die über die Bebauung des Grundstücks abstimmt. Aber es gibt noch viele Kritiker, so wie sich die Sache im Moment gestaltet. Daher sah Wiborg sich gezwungen, mit zusätzlichen Ideen zu überzeugen.«

»Wo soll das Haus stehen?«, fragte Tammo.

»In Böhl«, antwortete Fenna. »Frag Frido.«

Erneut zeigte Paule sich auskunftsfreudiger als die Kommissarin. Sicher lag hier ein Fall dieser stillschweigenden Solidarität vor, wie sie unter Männern herrschte.

»Im Süden von Böhl soll es hochgezogen werden«, sagte der Sandbildhauer. »In der Nähe des Golfclubs. Ein Teil soll bis auf den Strand hinausreichen, das eigentliche Gebäude aber soll sieben Stockwerke in den Himmel ragen, wie der Kamm einer riesigen Welle.«

Tammo nickte verständig. »So einen Schattenwerfer will natürlich niemand an der Küste haben. Da kommt Unmut unter der Bevölkerung auf.«

»Ja und nein«, erwiderte Paule. »Es gibt Leute, die finden das toll. Sie wissen doch, Sankt Peter-Ording hat das Zeug, Sylt den Rang abzulaufen, wenn es sich so weiterentwickelt. Solche Häuser gehören dann wohl dazu. Und auf dem Grundstück, auf dem das Hotel gebaut werden soll, steht es niemandem direkt im Weg.«

Fenna guckte ihn ungläubig an.

»Mit Ausnahme des Mannes, der Wiborg das Grundstück verkauft hat«, erklärte Paule ihr, »gibt es im ganzen Umkreis keine Anwohner, die Angst davor haben müssten, dass ihnen die Sonnenblumen eingehen, wenn der Klotz da steht. Und der frühere Besitzer des Grundstücks hat nichts gegen diesen Bau. Er selbst hat eine schicke Villa auf dem Nachbargrundstück und guckt weiter aufs Meer, auch wenn der Turm errichtet ist.«

»Aber?«, fragte Tammo. »Es gibt doch einen Haken.«

»Es könnte ein Anfang sein. Der Beginn eines Baubooms, bei dem ein Hotelturm den nächsten nach sich zieht. Wenn einmal eine Genehmigung für ein derart extravagantes, augenfälliges Gebäude erteilt wurde, gibt es kein Argument mehr, Grundstücke in vergleichbarer Lage von der Bebauung auszuschließen oder anderen Architekten einen ähnlich spektakulären Entwurf zu verweigern. Wenn der Friso-Tower steht, geht es in den darauffolgenden Jahren ständig weiter. Und es wird einen Wettbewerb an spleenigen Entwürfen geben, die nicht nach jedermanns Geschmack sein dürften.«

»Immer noch besser, Gebäude mit Charakter in unserer Region zu haben«, sagte Tammo, »als so seelenlose Kästen, wie sie mitten in Westerland auf Sylt stehen.«

Paule hielt mit seiner Meinung nicht hinter dem Berg. »Wenn ich meinen Senf dazugeben dürfte – ich würde alles verbieten, was höher ist als drei, vier Etagen.«

»Ausnahmslos?«, fragte Tammo.

Fenna rückte verwundert von ihm ab. »Seit wann interessierst du dich für Architektur?«

»Seit es eine Leiche gibt«, konterte er sachlich, »die möglicherweise Opfer eines Streits geworden ist, bei dem es um die architektonische Gestaltung der Zukunft unseres neuen Heimatortes ging.«

Fenna ergab sich. »Okay. Aber dann lasst uns bitte auf unseren Mordfall zurückkommen.« Sie wandte sich Paule zu. »Was hat der Workshop mit all dem zu tun? Gab es während des Kurses unter den Mitarbeitern von Wiborg und Voss Streit über die Gestaltung des geplanten Hotels oder einen Wettbewerb um die beste Idee?«

Das Gesicht des Befragten versteinerte – kaum merklich, aber doch erkennbar. Was war der Grund?

Paule wurde hektisch. »Zieht es Ihnen?« Er sprang auf, hechtete zu einem schräggestellten Fenster an der gegenüberliegenden Wand und schloss es. Auf dem Weg zurück strich er mit der Hand über die Tische. Er besah sich seine Handfläche und setzte sich wieder hin.

»Gab es Streit?«, fragte Fenna erneut.

»Streit? Öööh, na ja. So ganz friedlich läuft ein Workshop nicht immer ab. In den meisten Fällen wohl. Es ist der Normalfall, aber nicht unbedingt die Regel.«

Er wand sich auf seinem Stuhl, dass Fenna Mitleid für ihn empfunden hätte, wenn dies eine private Unterredung gewesen wäre. Aber hier ging es um Mord.

»Bitte, Herr Gertjes.« Sie betonte das ›Herr‹, um den dienstlichen Charakter des Gesprächs zu unterstreichen.

»Paule. Wie schon gesagt, nennen Sie mich Paule.«

»Zwischen welchen Teilnehmern, Paule? Zwischen welchen Teilnehmern gab es Streit?«

Endlich rückte Paule mit der Sprache heraus. »Wiborg und Knut Appel, sein bester Mitarbeiter, soweit ich weiß.«

»Worum ging es dabei?« Fenna atmete lautstark durch. Warum musste man die wichtigen Informationen immer aus den Menschen herauspressen?

Paule guckte sie mit unschuldiger Miene an. »Worum es ging, kann ich eigentlich nicht sagen.«

»Und uneigentlich?« Fenna sah keine Veranlassung, ihre Ungeduld zu verbergen. Sie trommelte mit den Fingern auf den Tisch, bis Tammo seine Hand auf ihre legte und Paule die Geste staunend beguckte.

Unter den strengen Blicken der Kommissarin ergriff Paules Sturheit die Flucht. »Platzhirschgehabe. Die können nicht miteinander. Der Appel ist ein genialer Architekt. Es heißt sogar, er sei noch genialer als Friso Wiborg und Friso habe sich einiges von ihm abgeguckt.«

»Und wie steht der Herr Voss dazu?«, fragte Fenna.

»Der Merten? Ich glaube, der sieht das ganz gelassen. Er hat seinen Status als Juniorchef des Büros. Friso hat sich den Mann selbst ausgeguckt. Lange will er den Job nicht mehr machen. Der bringt den Friso-Tower noch auf den Weg, dann mischt er nur noch als Berater mit.«

»Diese Überlegungen dürften sich in der vergangenen Nacht erledigt haben«, meinte Tammo.

Es dauerte einen Moment, bis Paule schaltete. »Oh, stimmt. Da haben Sie recht.«

Jetzt fing es an, interessant zu werden. Fenna beugte sich ein wenig über den Tisch und sah den Bildhauer aufmerksam an. Sie bemühte sich um einen plätschernden Tonfall. »Erzählen Sie uns ein wenig über die Diskrepanzen zwischen Herrn Wiborg und Herrn Appel. Was ist Ihnen im Einzelnen aufgefallen?«

Paule wich zurück. Er drehte sich zur Seite, schlug die Beine übereinander und griff wieder nach dem Bierdeckel. Hektisch knickte er ihn mit beiden Händen um, sodass er zerbrach. Er warf die Stücke in einen Papierkorb, der unweit des Tisches stand. Dann verschränkte er die Arme, spitzte die Lippen und schob sie nach rechts und links.

»Ich denke, es gibt Kompetenzstreitigkeiten zwischen dem Wiborg, dem Voss und dem Appel. Eins dieser typischen Probleme, die auftreten, wenn ein Firmengründer dabei ist, den Absprung zu machen, und ein neuer wird als zukünftiger Chef in die Firma geholt. Dann kommt einer, der schon lange im Unternehmen ist, und meint, allen zeigen zu müssen, dass er der eigentliche Nachfolger des Seniors ist und den Ton angibt.«

»Sie meinen«, sagte Tammo, »der Appel glaubt, besser zu sein als der Junior- und der Seniorchef zusammen?«

»Das haben Sie jetzt gesagt.« Paule lachte übertrieben laut und zeigte mit dem Finger auf den Kommissar. »Aber ja, das war der Eindruck, den ich hatte. Ich hab das Team und das Gerangel um die Vorreiterrolle bei kreativen Ideen einige Stunden lang beobachtet.«

»Worum ging es dabei?«, fragte Fenna.

»Weiß ich nicht«, erwiderte Paule eine Spur zu spontan. »Sie müssen das bitte verstehen: Mein Job war es, den Leuten beizubringen, wie man Sandskulpturen entwickelt. Die ganze Schiene, von der Idee bis zur Umsetzung. Manch einer der Teilnehmer meinte zuerst, ihm fällt kein Motiv für eine Sandskulptur ein.« Er schlug sich vor die Stirn. »Das müssen Sie sich mal vorstellen: Diese Leute entwerfen Häuser, Brücken und ich weiß nicht was alles. Dann stehen sie auf einmal vor einer Halle voll Sand und wissen nichts damit anzufangen.«

»Aber Herr Wiborg«, wandte Fenna ein, »der wusste sofort, was er machen wollte?«

»Ein Denkmal«, platzte es aus Paule heraus. Bei diesen Worten schlug er mit der Faust auf den Tisch. »Ein Denkmal für Friso Wiborg wollte er schnitzen.«

Fenna kräuselte die Stirn. »Sollte das etwa so ähnlich aussehen wie das Monstrum, das da unten steht?« Sie erhob sich leicht vom Stuhl und deutete auf die Wiese.

»Ja, das war genau sein Entwurf. Ein Sessel, auf dem er thront wie ein König.«

»Oder ein Präsident«, sagte Fenna leise und mehr zu sich selbst. In lauterem Ton fuhr sie fort. »Warum hat er sich auf diesem Sessel darstellen wollen? Warum nicht stehend? Das wäre doch das Naheliegende.«

»Das sagen Sie so einfach.« Paule wandte sich ihr wieder zu und verschränkte die Hände hinter dem Kopf.

»Wir haben schon im Vorfeld der Veranstaltung darüber gesprochen, der Herr Wiborg und ich. Er hat mir vorgeschwärmt, was für eine Statue ihm vorschwebte. Er selbst, aufrechtstehend, den Blick in die Ferne schweifend und mit auseinandergefalteten Hotelplänen in den Händen. Ich musste ihm erst mal erklären, dass das viel zu aufwändig und umständlich wäre, selbst für einen dreitägigen Workshop, und so nicht machbar ist.«

»Wieso nicht?«, fragte Tammo. »Was ist bei einer stehenden Skulptur aufwändiger als bei einer sitzenden?«

Paule legte die Arme wieder auf den Tisch. »Für eine Skulptur, die mannshoch wird, brauchen Sie Stangen zur Stützung. Sonst bricht Ihnen die Statue zusammen.«

»Das heißt«, folgerte Tammo, »die Stangen müssten in den Sand geschoben werden, der in der Verschalung festgestampft wird.«

»So ist es.« Paule nickte erfreut. »Ich glaube, Sie haben Talent. Sie hätten bestimmt Spaß an einem Workshop. Wenn Sie mögen, melden Sie sich doch an.«

»Darüber reden wir später mal«, fuhr Fenna dazwischen. »Bevor mein Kollege einen Workshop bei Ihnen bucht, muss er den Mordfall Friso Wiborg lösen. Aber Theorieunterricht nehmen wir beide heute gerne bei Ihnen.« Sie lächelte wieder. »Die Skulptur, die unten steht, mit der Leiche darin, die war doch sicher auch sehr aufwändig zu erstellen. Allein der Sandblock, der für den Thron notwendig war.«

»Das sag ich Ihnen.«

»Wie lange braucht man dafür?«

Paule blies die Backen auf, hielt die Luft an und stieß sie wieder aus. »Das dauert. Selbst wenn man geübt ist, muss man eine gewisse Zeit dafür rechnen.«

»Kann das einer alleine in einer Nacht schaffen?«

»Ich würde sagen, nein. Da dürften mindestens zwei Leute am Werk gewesen sein. Oder einer, der besonders kräftig ist. Aber nein, ich denke, eher zwei. Wenn man berücksichtigt, dass in den Sand eine Leiche eingearbeitet wurde.« Er wischte sich mit den Fingern über die Augen. »Ich darf mir das gar nicht vorstellen.«

»Wenn Sie es doch täten, wie würde sich die Aktion aus Ihrer Sicht darstellen?«

Paule atmete durch, senkte den Blick und konzentrierte sich auf seine Hände, die er heftig knetete. »Die müssen zuerst den Sand für den Sessel in der Verschalung zusammengepresst und den Sessel herausgeschnitzt haben. Ich vermute, dass sie dazu die Verschalung nur an der Vorderseite gelöst haben. Dann haben sie die Leiche reingesetzt, nochmal alles mit Sand aufgefüllt, wieder gestampft. Und dann haben sie den Sand um Friso ganz vorsichtig beseitigt, bis auf eine Schicht von einigen Zentimetern rund um seinen Körper.«

Fenna schüttelte sich. »Dazu gehört Geschick.«

»Und Optimismus. Sand um eine Leiche herum hat, wie ich schon sagte, keinen wirklichen Halt.«

»Sie haben das Team von Wiborg und Voss kennengelernt«, sagte Tammo. »Nur mal unter uns: Wem von all den Leuten würden Sie die körperliche Kraft und das Geschick zutrauen, so eine Skulptur fertigzustellen?«

Fenna beobachtete den Sandbildhauer eingehend. Er wirkte erschöpft und mitgenommen. Seine Miene war nicht geschauspielert.

Er schüttelte den Kopf. »Ich frage mich vielmehr, wer die Kaltblütigkeit hat, eine Leiche in ein Sandkunstwerk hineinzupressen.«

»Sie kennen doch den Spruch ›Angst macht stark‹«, sagte Fenna. »Manche Menschen entwickeln aus einer Furcht heraus ungeahnte Kräfte. Nicht anders sieht es mit der Kaltblütigkeit aus. Wenn bestimmte Gefühle verletzt werden, kann daraus eine Skrupellosigkeit entstehen, die niemand vorher der betreffenden Person zugetraut hätte.«

Paule wurde nachdenklich. Er neigte den Kopf ein wenig zur Seite. »An welche Gefühle denken Sie da?«

»Verletztheit«, antwortete Fenna. »Oder Eitelkeit.« Sie ließ ihre Worte in der Stille des großen Gemeinschaftsraumes nachhallen. »Hat Friso Wiborg jemanden während Ihres Workshops beleidigt?«, fragte sie dann. »Sie erwähnten vorhin den genialen Knut Appel. Hat Wiborg ihn in seinem Ansehen, seiner Eitelkeit verletzt?«

Paules Blick verdüsterte sich. »So war es nicht.« Er schüttelte leicht den Kopf, und seine Mundwinkel zuckten. »Bitte haben Sie Verständnis, ich kann Ihnen dazu nichts sagen. Ich stecke nicht in dem Team drin.«

»Dafür, dass Sie nicht dazugehören, haben Sie uns aber erstaunlich tiefe Einblicke gegeben«, sagte Fenna.

Paule stemmte die Hände gegen die Tischkante. »Ich bin für das Entwickeln von Sandskulpturen zuständig, nicht für die seelische Befindlichkeit der Teilnehmer meiner Workshops.«

Die Körperhaltung des Sandbildhauers signalisierte: Mehr würden sie nicht aus ihm herausbekommen.

Fenna lächelte den Mann an. »Wir danken Ihnen für das Gespräch, Herr Gertjes.«

6

»Das Feuer ist weg.« Elisa Wiborg setzte die Teetasse mit dem Zwiebelmuster ab und vergriff sich ein drittes Mal an Mareikes selbst gebackener Friesentorte.

Stumm beobachtete Mareike ihre Freundin dabei, wie sie die Kuchengabel zum Mund führte. Wie in Zeitlupe schloss Elisa die Augen. Was ging in ihr vor? Dachte sie an das Leben, das sie geduldig an der Seite ihres chronisch egozentrischen Gatten ertrug? Schützte sie sich vor der Sonne, deren Licht auf den frühlingshaft dekorierten Kaffeetisch fiel? Oder genoss sie das Glück, einen Nachmittag lang ohne Frisos beißende Kommentare über ihre üppige Figur in Torte baden zu können?

Elisa öffnete die Augen. »Unsere Ehe steckt in einer Sackgasse«, setzte sie ihren Monolog fort. »Wir finden nicht mehr raus.«

»Wenn das so ist«, erwiderte Mareike, »warum vermisst du Friso dann?« Sie beäugte Elisa noch schärfer.

Die Ärmste war sichtlich zermürbt, mehr als sonst, wenn ihr Mann wieder tagelang ohne sie unterwegs war. Nach siebenunddreißig Ehejahren voller Frust sollte sie sich doch daran gewöhnt haben, nichts weiter als eine Dekorationskirsche im Leben des Friso Wiborg zu sein. Oder einfach mal die Scheidung einreichen. Wäre sowieso die beste Lösung. So konnte es nicht weitergehen.

Elisa riss den Mund auf und schob noch einen Bissen Torte hinein. Für einen kurzen Moment schloss sie die

Augen wieder. Kauend formte sie Daumen und Zeigefinger zu einem Kreis. »Göttlich, absolut göttlich. Ist der wirklich selbst gebacken?«

Mareike nickte. »Ganz wirklich.«

Nach einigen Sekunden des Schweigens, in denen sie den Mund leerte, kehrte Elisa gedanklich wieder ins Hier und Jetzt zurück. »Wer sagt denn, dass ich Friso vermisse? Ich finde es nur nicht in Ordnung, dass er dauernd weg ist. Was sollen die Leute davon halten?«

Jetzt war der Augenblick gekommen, Elisa auf die Sprünge zu helfen. Mareike nahm Anlauf. »Elisa, wie lange willst du dir das noch gefallen lassen? Was glaubst du wohl, was dein Mann macht, wenn er tagelang ohne dich verreist?«

Der Westwind trieb ein Wolkenband über den Himmel. Elisa verfolgte das Schauspiel. So intensiv, wie sie hinaufblickte, musste sie damit rechnen, dass jeden Moment Goldbarren in Mengen herunterfielen.

»Er bildet sich weiter.«

»Dass ich nicht lache!« Mareike warf sich auf dem Stuhl nach hinten. »Klar, er bildet sich weiter. Und seine Lehrerin heißt Berit Wilke. Den Namen schreien die Möwen am Strand jedem ins Ohr, der dahergelaufen kommt. Kennst du das Fach, das sie unterrichtet?«

Beleidigt blickte Elisa sie an. Der Mürbeteig krümelte ihr aus den Mundwinkeln. Sie leckte Pflaumenmus und Sahne vom Finger ab und wischte sich mit dem Handrücken über die Lippen. »Was weißt denn du?«

»Ich weiß das, was jeder weiß. Jeder, mit einer einzigen Ausnahme, und die heißt Elisa Wiborg.«

Mareike kochte innerlich. Fahrig nahm sie den Tortenheber, schob die Kuchenkrümel auf der Tortenplatte zusammen und hob sie auf ihren Teller. Sie drückte die Kuchengabel darauf und vernaschte gierig den süßen Rest. Der Zucker verfehlte seine beruhigende Augenblickswirkung nicht.

Wann würde Elisa endlich die Augen öffnen und hingucken, und wann würde sie sich durchringen können, eine Entscheidung zu treffen? Seit Wochen drehten sich ihrer beider Gespräche im Kreis, und sie zirkulierten um nichts anderes mehr als um Friso und darum, wie trostlos die Ehe geworden war.

»Verlass ihn endlich«, sagte Mareike streng. »Stell dir bitte mal bildlich vor, er wäre nicht mehr da. Was würdest du anfangen mit deinem Leben? Du hast doch noch Träume, oder hat er sie dir alle ausgetrieben?«

Elisa schüttelte resolut den Kopf. »Hat er nicht.«

Mareike spürte einen Hoffnungsschimmer. War Elisa doch noch zu retten? »Erzähl.«

»Zuerst würde ich das Porzellan entsorgen, das wir von meinen Schwiegereltern geerbt haben. Dann würde ich neue Sofas kaufen. Und eine Kreuzfahrt buchen.«

»Wohin? In die Karibik?« Mareike sah sich Seite an Seite mit Elisa im Liegestuhl auf dem Sonnendeck, eine Caipirinha in der Hand. Ab und zu im Whirlpool baden. Stippvisiten auf die Bahamas, nach Kuba und Jamaika.

»Die Hurtigruten. Mit dem Postschiff die norwegische Küste rauf und runter, von Bergen nach Kirkenes und zurück. Die Fjorde abfahren, Trondheim besuchen, den Polarkreis passieren.« Elisas Augen strahlten. »Einmal das Nordlicht sehen, das wäre mein Traum.«

Mareike lehnte sich enttäuscht zurück. »Was willst du denn in Trondheim?«

»Es heißt, da gibt es viel Kultur.«

Theater also. Und das Nordlicht. Mareike dachte über Elisas Worte nach. Ihre eigenen Träume unterschieden sich von denen ihrer Freundin, aber alles war besser, als den bisherigen Weg fortzusetzen. »Na gut, Elisa. Das ist eine Perspektive. Dann nutz doch die Zeit, in der Friso weg ist, um ganz in Ruhe deine Koffer zu packen. Du kannst bei mir im Gästezimmer wohnen, bis die Scheidung durch ist und du dir was Eigenes leisten kannst.«

Erschrocken wich Elisa zurück. »Wie stellst du dir das vor? Friso und sein Team gehen gerade in die entscheidende Phase für sein letztes großes Werk. Das wird ein echtes Leuchtturmprojekt. Wenn ich ihn jetzt allein lasse und sein ganzes Privatleben durcheinanderschmeiße, verhagele ich ihm seinen Lebenstraum. Dann würde ich mir ewig Vorwürfe machen.«

Mareike presste die Lippen zusammen. Es war, wie sie erwartet hatte: Elisa konnte noch so laut über das Leben mit Friso stöhnen, wenn man ihr einen Weg aufzeigte, wie es ohne ihn gehen könnte, ruderte sie zurück.

Indigniert hob sie die Augenbrauen. »Was für ein Leuchtturmprojekt das ist, wissen wir alle. Aber eins sag ich dir: Wenn er es schafft, den Friso-Tower hochzuziehen, wird er noch arroganter. Dann sieht er sich erst recht als Nabel der Welt. Dann sieh zu, wo du bleibst.«

Elisa stützte die Ellenbogen auf den Tisch und legte die Fingerkuppen gegeneinander. »Friso braucht diesen Zirkus um seine Person.«

»Und du? Brauchst du den auch?«, fragte Mareike.

Verlegen reichte Elisa ihr den Kuchenteller an.

Mareike stellte ihn auf ihren eigenen. »Ein viertes Stück wirst du nicht schaffen«, sagte sie mit süffisantem Lächeln.

Langsam erhob sie sich und nahm das Geschirr vom Tisch auf. »Mit allem, was du für Friso tust, bestärkst du ihn in seiner Haltung. Merkst du gar nicht, wie du selbst dabei vor die Hunde gehst? Guck dich doch mal im Spiegel an, und dann sieh dir ein Foto von dir aus der Zeit vor dreißig, vierzig Jahren an. Das sagt alles.«

Sie wandte sich ab und brachte die Teller in die Küche. Ohne Rücksicht auf die Zerbrechlichkeit von Porzellan sortierte sie das teure Geschirr, wie bei Elisa ein Familienerbe, in die Spülmaschine ein. Zum Glück blieb es heil. Tante Wilma hätte sich im Grab umgedreht.

Mareike guckte ängstlich zum Himmel, schloss die Klappe der Maschine und kehrte zu Elisa zurück.

Typisch. Elisa hatte ihr Smartphone aus der Handtasche geholt, eine Nummer gewählt – sicher die von Friso – und wartete mit durchgedrücktem Rücken darauf, dass der Teilnehmer sich meldete. Mit der freien Hand zupfte sie nervös am Ohrläppchen. Die Haut leuchtete bereits flammend rot.

Nach längerem Warten gab sie auf. Mit spitzem Finger tippte sie auf das Symbol mit dem roten Hörer, legte das Handy neben ihre Kaffeetasse und fixierte das Display, als erwartete sie einen Tipp für den Lottogewinn.

Mareike saß längst wieder am Tisch und ärgerte sich. War das Smartphone für Elisa so viel wichtiger als sie? Sie donnerte beide Fäuste auf den Tisch. »Ich bin aus der Küche zurück.«

Verdattert blickte Elisa auf.

»Hast du IHN angerufen?«, fragte Mareike. »Musstest du unbedingt SEINE Stimme hören?«

»Er ist weg«, sagte Elisa tonlos. »Seit gestern Abend geht er nicht mehr dran.«

Mit blassen Wangen saß sie da, schwieg und guckte aus dem Fenster.

Eine Wolke schob sich vor die Sonne. Über den Deich radelte eine Familie mit kleinen Kindern. Der Vater hielt an und machte ein Foto von den Kleinen.

Mareike wurde traurig. Seit vierzig Jahren war sie mit Elisa befreundet. Aber es würde nicht mehr lange gutgehen. Entweder gab es bald ein reinigendes Donnerwetter und Elisa trennte sich von Friso. Oder Mareike würde ihrerseits die Trennung von Elisa vollziehen. Dieses ewige Hin und Her, diesen Zirkus um Friso den Wichtigen, würde sie nicht mehr unterstützen.

Das Handy schrillte, und den Bruchteil einer Sekunde später schrak Elisa zusammen. Hektisch griff sie nach dem Telefon, fummelte daran herum und aktivierte beim Annehmen des Gesprächs versehentlich den Lautsprecher. Sie bemerkte es nicht, so zerstreut war sie.

»Oda hier. Mutti, sitzt du gerade?«

»Ich sitze, mein Kind.« Elisa zwinkerte Mareike zu.

Sie zerschmolz mal wieder in der Rolle der Familienmutter. Elisa, die Möchtegern-Matriarchin.

»Wo bist du denn? Die Polizei sucht dich seit Stunden.« Odas Stimme klang genervt und kratzig.

»Die Polizei? Seit Stunden?« Elisa zog die Schultern hoch. »Warum das denn?«

»Wegen Papa. Mutti, es ist was passiert.«

Elisa schlug sich die Hand vor den Mund. »Oh, mein Gott. Mit Papa? Was denn?«

»Du hast ihn doch gestern gesucht.«

»Nicht nur gestern. Gerade eben noch.«

»Jemand aus dem Team hat Papa heute Mittag entdeckt.« Sie räusperte sich. »Als Denkmal.«

»Als Denkmal?« Verwirrt zupfte Elisa wieder an ihrem Ohrläppchen. »Davon hat er ja schon immer geträumt. Wo ist es? Ist Papa auch da?«

Sie schob den Stuhl zurück, angelte nach ihrer Handtasche, die irgendwo zwischen ihren Füßen und den Stuhlbeinen auf dem Boden stand, und stellte sie vor sich auf den Tisch.

»Mutti, ich glaube, du verstehst nicht: Papa ist tot.«

»Nein.« Elisa nahm das Handy vom Ohr, ließ die Hand auf die Tischplatte sinken und sah irritiert zu Mareike hinüber. Dann stierte sie auf das Telefon.

»Doch.«

Auf einmal begriff Elisa, dass der Lautsprecher eingeschaltet war. »Das glaub ich nicht«, rief sie dem Telefon zu. »Wenn es so wäre, würde die Polizei es mir sagen.«

»Sie haben es versucht, Mutti, aber sie haben dich zu Hause nicht angetroffen. Wo bist du gerade?«

Ratlos blickte Elisa ihre Freundin an. »Wo ist Friso?«, rief sie, und ihre Stimme nahm einen scharfen, fordernden Klang an.

»Ich hab es dir gerade erzählt. Es bringt nichts, es dir noch einmal zu sagen. Wo bist du jetzt?«

»Bei Mareike. Wo sonst?«

Mareike lehnte sich zurück. Sie war die einzige Freundin, die Elisa während der schon viel zu lange währenden Ehe mit diesem Scheusal die Treue gehalten hatte.

»Bleib da, Mutti«, sagte Oda. »Ich hol dich gleich ab. Dann fahren wir zusammen nach Westerhever.«

Elisa nickte nur. Sie hielt das Smartphone noch in der Hand, als ihre Tochter das Gespräch längst beendet hatte. Vermutlich saß Oda bereits im Auto und hatte die ersten Kilometer hierhin zurückgelegt.

Mareike nahm der frischgebackenen Witwe das Telefon aus der Hand und verstaute es in deren Handtasche. Sie versuchte, im Blick ihrer Freundin zu lesen. War es Erleichterung, die aus Elisas Augen blitzte, oder durfte man es getrost heimliche Freude nennen?

Plötzlich wurde Mareike bewusst, dass das Drama um Friso und Elisa nun ein Ende hatte. Sie wurde ein bisschen traurig. Ab jetzt würde ihr etwas fehlen im Leben.

Aber wenigstens würde Elisa nun keine Entscheidung mehr treffen müssen. Das Schicksal hatte der Ärmsten diesen letzten Schritt abgenommen.

7

Aus dem Fenster der Halle blickte Fenna auf den Platz vor der Werkstatt hinab. Amüsiert beobachtete sie, wie die Teilnehmer des Workshops Paule Gertjes nach dem Gespräch mit Tammo und ihr empfingen. Einige klopften dem Sandbildhauer auf die Schulter, andere tätschelten seinen Hinterkopf und redeten ihm zu. Fenna öffnete das Fenster. Stimmen drangen zu ihr hinauf.

»Haben sie dich also wieder freigelassen?«

»Was wollten die von dir wissen?«

»Du hast hoffentlich niemanden angeschwärzt.«

Paule wand sich aus den Armen, die sich nach ihm ausstreckten, und löste sich von der Gruppe. Er hob die Hände, um anzudeuten, dass er ihnen etwas zu sagen hatte. »Ruhig, Leute, keine Panik. Ihr sollt bitte alle in die Halle gehen und unten warten. Die Kommissare haben ein paar Fragen an euch. Kann sein, dass sie anschließend den einen oder anderen gesondert sprechen wollen. Ist aber alles ohne Verdacht. Die müssen sich erst mal ein Bild von der Situation gestern Abend machen.«

Tammo stellte sich neben Fenna. »Der Typ macht das gar nicht schlecht. Der hätte auch Schauspieler werden können.«

Fenna lehnte sich an ihn. »Ich hab den Eindruck, er suhlt sich regelrecht in der Rolle des Anführers. Er hat ein bisschen was von einem Alphatier.«

»Willst du damit andeuten, dass er sich selbst mit Friso Wiborg angelegt haben könnte?«

Die Gruppe bewegte sich auf den Eingang der Halle zu. Die ersten Stimmen waren im Flur zu hören.

Fenna schmunzelte, dankbar dafür, dass sie einen Grund hatte, keine Antwort zu geben. »Komm, lass uns runtergehen.«

Das Gemurmel wurde lauter, verstummte aber jäh, als Fenna auf dem Treppenabsatz für die Teilnehmer des Workshops sichtbar wurde.

So, wie die Leute sie anstierten, fühlte sie sich wie ein Model, das vor den Kameras und unter den Augen der Fans die Show-Treppe hinabtigerte.

Tammo blieb dicht neben ihr. Er konnte es sich nicht verkneifen, eine Hand an ihren Ellenbogen zu legen und damit seinen Besitzanspruch zu dokumentieren.

Fenna postierte sich vor der versammelten Mannschaft. Tammo blieb wie ein Leibwächter schräg hinter ihr stehen.

»Moin zusammen«, sagte die Kommissarin.

Sie erhielt ein vielstimmiges »Moin« zur Antwort.

»Ich bin Fenna Stern von der Kripo Husum. Das hier«, sie deutete mit der Hand auf Tammo, »ist mein Kollege Tammo Anders. Was letzte Nacht geschehen ist, müssen wir Ihnen nicht weiter erläutern. Aber wie es geschehen ist, das möchten wir gemeinsam mit Ihnen herausfinden. Deshalb bitten wir Sie zunächst, sich in zwei Gruppen aufzuteilen. Die einen sind die, die uns zu dem Geschehen etwas mitteilen können, und wenn es noch so kleine Informationen sind. Diejenigen von Ihnen, auf die das zutrifft, stellen sich bitte auf dieser Seite des Flures auf.«

Sie deutete mit der Hand auf eine Fläche gegenüber der Eingangstür.

»Die anderen ziehen sich bitte auf den Bereich vor dem Eingang zurück.«

Sie wartete ab, was nun geschehen würde.

Das Gemurmel hob wieder an. Einige Teilnehmer guckten die Männer oder Frauen an, die unmittelbar neben ihnen standen, hoben die Augenbrauen und zuckten mit den Schultern.

Der einzige Bartträger der Gruppe wurde von seinem Nebenmann angestoßen. »Du bist doch immer bestens informiert. Wenn du nichts sagen kannst, wer dann?«

Der Bärtige wehrte ihn jedoch unwillig ab und maulte: »Das ist kein Spaß, ey. Hör auf mit dem Scheiß.«

Ein anderer Mann hob einen Finger. »Darf ich etwas dazu sagen?«

»Bitte.« Fenna nickte ihm freundlich zu. »Wenn Sie mir bitte als Erstes Ihren Namen nennen würden?«

Tammo hielt Stift und Notizblock bereit.

»Knut Appel ist mein Name.«

Fenna erkannte aus dem Augenwinkel, dass Tammo einen Moment erstarrte, bevor er den Namen niederschrieb. Sie selbst blickte kurz zu Paule Gertjes hinüber, der seinerseits ebenfalls Blickkontakt mit ihr suchte. Seine Miene blieb unbeweglich, doch seine Augen sprachen Bände.

»Herr Appel«, sagte Fenna so unbefangen wie möglich. »Was möchten Sie uns erzählen?«

»Ich glaube«, fing der Mann mit der tiefen Stimme an zu reden, »ich kann für alle zusammen sprechen, ohne dass wir uns vorher abgestimmt hätten.«

Er blickte fragend in die Runde.

Einige der Teilnehmer nickten, andere konzentrierten sich wie unbeteiligt auf ihre Fußspitzen.

»Wir sind alle total überrascht von dem, was dem Friso passiert ist. Regelrecht überrumpelt, kann man sagen. Niemand von uns wird Ihnen wirklich weiterhelfen können. Stimmt's?«

Noch einmal vergewisserte er sich der Zustimmung der Umstehenden.

Damit hatte er seine eigene Haltung und gleichzeitig die der anderen festgeklopft. Doch Fenna wusste mit derartigen Sturköpfen umzugehen.

»Ach, wissen Sie.« Sie machte eine Kunstpause und setzte ihr selbstsicherstes Lächeln auf. »Fast alle Menschen, denen wir im Zuge unserer ersten Ermittlungen begegnen, sind für gewöhnlich der Meinung, nichts bemerkt zu haben. Vor allem, wenn sie in einer Gruppe zusammenstehen. Aber in den Einzelgesprächen, die wir dann führen und die manchmal sehr, sehr lange dauern können, kommt doch immer etwas zum Vorschein. Notfalls bei uns auf der Polizeistation.«

»Und wenn es ganz schlimm kommt, in der Erzwingungshaft«, ulkte Tammo. »Aber so weit werden Sie es nicht kommen lassen. Das sehe ich Ihnen an. Wir bauen jedenfalls auf fruchtbare Gespräche mit Ihnen.«

»Ich möchte auch gleich die erste Frage an Sie richten«, setzte Fenna fort. »Sie haben den gestrigen Tag gemeinsam in dem Workshop von Herrn Gertjes zugebracht. Was haben Sie anschließend gemacht?«

Knut Appel zeigte in den ersten Stock hinauf. »Uns haben die Mägen geknurrt. Wir haben da oben was gegessen. Und weil das Trockene auch rutschen musste, haben wir ordentlich was hinterhergekippt.«

»Übertreib mal nicht«, rief eine Frau ihm zu. »So viel war das nun auch wieder nicht.«

»Sie haben also den Abend alle gemeinsam verbracht, verstehe ich das richtig?«, fragte Fenna.

Die Teilnehmer nickten. Sie hingen an ihren Lippen und warteten gespannt auf die nächste Frage.

»Wie lange haben Sie zusammengesessen?«

»Unterschiedlich«, rief eine Frau ihr zu. »Ab zehn, halb elf sind die Leute nach und nach ins Bett gegangen. Wann ist der Letzte gegangen – um elf, halb zwölf?«

Tammo notierte die Aussage.

Die Gesellschaft hatte sich also vermutlich aufgelöst, bevor Friso Wiborg ums Leben gekommen war. Damit hatte praktisch jeder von ihnen die Gelegenheit gehabt, ihn im Dunkeln zu überfallen, ohne dass den anderen etwas aufgefallen wäre.

»Sie übernachten in Einzelzimmern?«, fragte Fenna.

Jemand prustete laut. »Nur die Wichtigen unter uns.«

Fenna blieb geduldig. »Würden Sie mir das bitte näher erklären?«

Eine Frau trat vor. »Ich bin Berit Wilke. Wir sind mit drei Frauen hier. Meine Kolleginnen teilen sich einen Raum. Ich selbst habe ein Doppelzimmer zur Einzelbelegung. Die Männer schlafen alle in Doppelzimmern.«

»Alle bis auf einen«, rief Knut Appel aus.

»Und wer ist der eine?«, fragte Fenna.

»Der ist nicht mehr.« Appel zeigte keine Regung. Er stand breitbeinig da, die Daumen in den Gürtel seiner Jeans gehängt, den Kopf leicht zur Seite geneigt.

»Der Herr im Einzelzimmer war Friso Wiborg, entnehme ich Ihren Worten«, sagte Fenna ebenso ungerührt.

Appel nickte andeutungsweise.

Fenna merkte, dass sie bei den Ermittlungen zu diesem Fall scharf aufpassen musste. Sie mochte diesen Mann nicht, und ihre Kriminalistenseele würde, wenn sie nicht achtgab, automatisch und höchst intensiv nach Hinweisen für seine Täterschaft fahnden.

»Um wie viel Uhr hat Friso Wiborg die Gesellschaft verlassen, und wer von Ihnen hat ihn an dem Abend zuletzt gesehen?«

Wieder war es Knut Appel, der sich unverzüglich zu Wort meldete. »Das sollten Sie unsere liebe Kollegin Berit Wilke fragen.«

Er wandte den Kopf der Frau mit dem Doppelzimmer zur Einzelbelegung zu, und aus seinem dreckigen Grinsen las Fenna sofort seine Hintergedanken ab.

Berit errötete vom Dekolleté bis zu den Haarwurzeln. »Friso hat mich bis vor die Tür des alten Schulgebäudes gebracht.«

»Bis vor die Tür?«, wiederholte Tammo.

Mit seinen Worten übertönte er das Kichern, das ihnen aus der Gruppe, speziell aus einigen der männlichen Kehlen, entgegenhallte.

»Um wie viel Uhr war das?«, fragte Fenna.

»Um elf.« Berit schien sich sicher zu sein. »Das ist die Zeit, zu der ich immer ins Bett gehe. Ich brauche nicht mal auf die Uhr zu gucken. Wenn es elf ist, weiß ich, es ist elf.«

Fenna beäugte die Frau mit der so genau tickenden inneren Uhr. »Herr Wiborg hat Sie bis zur Tür des Gebäudes begleitet, um Ihnen Schutz in der Dunkelheit zu bieten, nehme ich an.«

»Richtig«, hauchte Berit und lächelte dankbar.

»Hahaha«, dröhnte eine tiefe Stimme in der hintersten Reihe der Gruppe.

Fenna schenkte dem Mann keine Aufmerksamkeit.

»Wollte er anschließend wieder zurück zu den anderen Kollegen, oder wollte er sich in sein Zimmer begeben?«

»Er wollte zu den anderen zurück.«

Berit sprach mit fester Stimme, doch es war ihr anzumerken, wie sehr das Gespräch sie belastete.

Fennas Blicke wanderten von einem Gesicht zum anderen. »Wer von Ihnen war zu dem Zeitpunkt noch oben im Gemeinschaftsraum?«

Einige Hände wurden gehoben. Fenna zählte deutlich weniger als die Hälfte der Teilnehmer.

»Ihnen allen ist nicht aufgefallen, dass Herr Wiborg nicht zurückkam?«

»Nö«, posaunte Knut Appel. »Als Friso mit Berit an der Hand losmarschierte, hat er nichts davon verlauten lassen, dass er wiederkommen wollte. Es hat auch keiner von uns ernsthaft mit seiner Rückkehr gerechnet.«

Stille breitete sich im Raum aus, und Fenna überlegte, wie sie das Gespräch mit dem versammelten Team auf möglichst elegante Weise beenden und zu Einzelgesprächen übergehen könnte.

Bevor sie zu einer Entscheidung gelangte, redete Appel weiter. Diesmal sprach er Berit Wilke direkt an.

»Du hattest es doch von Anfang an auf Friso abgesehen, so wie du dich an ihn rangeschleimt hast. Du hast dich nie ins Team eingefügt. Und überhaupt ...«

»Stopp«, rief Fenna. »Das reicht. Herr Anders und ich werden die Gespräche unter sechs Augen mit Ihnen weiterführen.«

»Mit uns allen?«, fragte eine Frau.

»Das wird sich zeigen. Jetzt bekommen Sie erst einmal eine Hausaufgabe.« Sie zeigte zum Gemeinschaftsraum hinauf. »Da oben habe ich vorhin auf einem Tisch in einer Ecke einen Stapel Papier gesehen. Sie setzen sich bitte alle da hin, und jeder von Ihnen schreibt auf, mit wem er gestern Abend zusammengesessen hat und wann er schlafen gegangen ist. Ihre Aufzeichnungen reichen Sie uns bitte mit Namen, Anschrift und Mobilfunknummer versehen bis heute Nachmittag ein. Wir kontaktieren dann diejenigen von Ihnen, von denen wir uns nähere Hinweise versprechen. Und denken Sie bitte daran, dass wir Ihre Aussagen überprüfen werden und dass Sie sie eventuell vor Gericht wiederholen müssen. Es läge also ganz in Ihrem Sinn, nah an der Wahrheit zu bleiben.«

Giftige Blicke richteten sich auf Knut Appel, der sich mit seinem ruppigen Auftreten die Sympathien des Teams verscherzt hatte.

Die Gruppe setzte sich langsam und mit bedrückten Gesichtern in Bewegung, um die gewünschten Informationen zusammenzustellen.

»Wie ist denn das mit unserem Workshop?«, fragte eine der Frauen die Kommissarin, als sie an ihr vorüberging. »Fällt der jetzt aus?«

»Muss ich Ihnen darauf wirklich eine Antwort geben?«, fragte Fenna zurück.

Die Frau ging die Treppe hinauf und schloss die Tür des großen Raumes hinter sich.

»Wenn es einer von denen war«, sagte Tammo leise, »dann wohl der Appel. Fragt sich nur, ob er Hilfe hatte.«

»Richtig.« Fenna grinste. »Womit wir wieder einmal beim Thema Vorverurteilung angelangt wären.«

Tammo starrte auf die Tür des Gemeinschaftsraums. »Ich würde was darum geben, wenn ich hören könnte, wie die sich da oben untereinander abstimmen. Die Alibis, die sie sich gegenseitig geben, können wir doch in der Pfeife rauchen. Sollten wir uns nicht dazusetzen?«

Fenna verneinte. »Rein theoretisch betrachtet steht jeder von denen unter Verdacht. Das ist ihnen gerade klargeworden. Da herrschen jetzt viel Angst und Misstrauen. Jeder, der versucht, sich mit einem anderen entgegen der Wahrheit abzusprechen, hat verloren. Und außerdem – so stark können die sich gar nicht abstimmen, dass es uns zweien nicht auffallen würde.«

Tammo seufzte. »Deinen Optimismus möchte ich haben.«

Ein Lichtstrahl fiel die Treppe hinab in den Flur. Gleich darauf zeichnete sich ein langer Schatten ab. Knut Appel stand im Türrahmen.

»Wenn Sie uns alle unter Generalverdacht stellen«, schnarrte er, »denken Sie dann bitteschön auch daran, die ›Grünen Windmühlen‹ zu befragen?«

»Die ›Grünen Windmühlen‹?« Tammo ging auf die Treppe zu. »Wen meinen Sie damit?«

Fenna folgte ihm. »Sie meinen die Öko-Aktivisten?«

Tammo stand verwundert da, und Fenna beschloss, ihm demnächst nahezulegen, sich in Zukunft nicht mehr allein auf eine Zeitung namens Frido zu verlassen.

»Genau die«, sagte Appel. »Die sind gestern, als wir zum Essen gegangen sind, hier angetanzt, haben eine Stunde lang Terz veranstaltet und sind anschließend wieder abgedampft. Weiß der Teufel, wohin.«

»Was meinen Sie mit Terz?«, fragte Fenna. »Was haben diese Leute gemacht?«

»Die sind mit Plakaten aufmarschiert, mit Aufschriften, die den Friso-Tower in Grund und Boden verdammt haben, obwohl er noch nicht mal hundertprozentig beschlossene Sache ist. Dahinten auf dem Parkplatz haben sie gestanden und uns gedroht.«

»Wie viele waren es?«, fragte Fenna. »Und in welcher Form haben sie Sie bedroht? Nur mit Worten auf den Plakaten oder auch körperlich?«

»Reicht das nicht als Bedrohung, wenn eine Handvoll Leute angetrabt kommt, die Fäuste reckt und uns verbal beschimpft? Müssen die unbedingt handgreiflich werden, um als Gefahr ernst genommen zu werden?«

»War Lina Kraus selbst dabei?«

»Sie hat die Gruppe angeführt.«

»Okay, Herr Appel. Danke für diese Information. Gut, dass Ihnen das noch eingefallen ist. Wir werden Lina Kraus und ihre Gruppe selbstverständlich aufsuchen und zu der Angelegenheit befragen.«

»Viel Spaß dabei.« Appel drehte sich auf dem Absatz um, verschwand im Gemeinschaftsraum und schloss die Tür.

8

Der Kies auf dem Parkplatz knirschte. Das leise Surren eines Motors näherte sich. Fenna, die zu den Kollegen von der KTU zurückgekehrt war, erblickte die Quelle der Geräusche: Der Leichenwagen rollte langsam heran.

Gerhild Linnenbrügger schloss ihren silbernen Koffer. »Ich fahr dann mal zurück in die Gerichtsmedizin«, sagte sie, während die Bestatter den Sarg aus der Ladefläche des Wagens zogen. »Ich hab noch eine Frau aus Leck auf dem Tisch, die Opfer eines Raubüberfalls geworden ist. Gleich im Anschluss gucke ich mir Friso Wiborg an.« Sie klopfte Fenna auf den Arm und nickte Tammo zu. »Ihr hört von mir, wir sehen uns.«

»Tschüs, Gerhild, und danke schon mal.« Die Kommissarin winkte ihr hinterher.

Merle Bloom trat auf die Ermittler zu. »Ich habe gerade Bescheid bekommen, dass die Witwe des Opfers jeden Moment hier eintreffen dürfte. Sie ist in Begleitung ihrer Tochter.«

»Wohnt die Tochter mit den Eltern zusammen?«, fragte Tammo.

»So gut wie«, sagte Merle. »Sie hat eine Einliegerwohnung in dem Haus. Die Kollegen hatten vergeblich versucht, Elisa Wiborg, das ist die Witwe, ausfindig zu machen. Sie war unterwegs, genau wie Oda, die Tochter. Aber Oda Wiborg ist eher zurückgekehrt. Sie hat ihre Mutter bei einer Freundin ausfindig gemacht.«

Das Auto von Gerhild Linnenbrügger fuhr vom Gelände. Als die Rechtsmedizinerin auf die Dorfstraße einbog und an der Halle der Sandskulpturenwerkstatt vorbeifuhr, kam ihr ein roter Kleinwagen entgegen.

Fenna erkannte zwei Personen, eine jüngere Frau am Steuer und auf dem Beifahrersitz eine Dame, die sie nur schemenhaft sah und deren Alter sie nicht einschätzen konnte. Die Fahrerin setzte den Blinker. Damit war klar: Die Witwe würde gleich vor ihnen stehen.

Gut, dass die Leiche noch nicht abtransportiert war. So konnte Elisa Wiborg ihren Mann an Ort und Stelle identifizieren. Dann war der Tod des Friso Wiborg amtlich, auch wenn bisher kein Zweifel daran bestand, dass es sich bei dem Toten um den Architekten handelte.

Tammo hatte sich zu Eike Hoböken gestellt und unterhielt sich mit ihm. Schnell ging Fenna zu den beiden hinüber, um nicht etwas Wichtiges zu verpassen, bevor die Witwe vor ihnen stand.

»Habt ihr schon was Aufschlussreiches gefunden?«, fragte sie den Chef der Kriminaltechniker.

Seine Leute hatten eine riesige Plane ausgebreitet, auf der der Sand lag, unter dem die Leiche verborgen gewesen war. Der Thron stand weitgehend unangetastet da.

Eike machte ausladende Bewegungen mit den Armen. »Da hat mein Team gut zu tun.«

»Das heißt, ihr werdet jedes einzelne Sandkorn genau auf Fingerabdrücke hin untersuchen«, frotzelte Tammo.

»So ungefähr.« Eike lächelte, dann wurde er ernst. »Wir werden jedes Korn auf Blutspuren untersuchen. Möglich, dass der Täter sich bei einem Kampf mit Friso Wiborg Verletzungen zugezogen oder bei der anschließenden Aktion eine kleine Wunde zugezogen hat.«

Eine Frau aus seinem Team gesellte sich zu ihnen. »Außer nach Blut suchen wir natürlich nach weiteren Spuren, die vom Täter stammen könnten. Zum Beispiel nach Haaren, die nicht dem Opfer gehören.« Sie hielt eine Asservatentüte hoch.

»Da ist eins drin?«, fragte Tammo hoffnungsvoll.

Die Frau nickte. »Kurz, borstig und weizenblond. Ob es vom Täter stammt, können wir anhand der DNA überprüfen, wenn ihr einen Verdächtigen habt.«

»Ihr wisst«, sagte Fenna, »ein Haar allein kann als Beweis der Täterschaft nicht ausreichen. Aber es kann einen Verdacht untermauern, wenn wir noch andere Indizien zusammentragen. Es ist ein Steinchen in dem Puzzle, das wir in Mordfällen immer zusammensetzen.«

Autotüren wurden zugeschlagen. Kurz darauf stürzte eine füllige Dame, die in den Sechzigern sein mochte, auf die Beamten zu.

»Friso!« Ihre Stimme klang theatralisch schrill.

Der Dame folgte die jüngere Frau, die am Steuer gesessen hatte. »Mutter, er hört dich nicht mehr«, rief sie. Sie rannte hinter der Älteren her, versuchte, ihren Arm zu greifen und sie zurückzuhalten.

Elisa Wiborg hatte ihr silbrig glänzendes Haar hochgesteckt wie zu einer Theaterpremiere. Das geblümte Kleid und die weinroten Pumps drückten Eleganz und verhaltene Lebensfreude aus. Doch das Gesicht mit dem zum Schrei geöffneten Mund und den panisch aufgerissenen Augen machten diesen Eindruck zunichte. Ihr vornehmes Schuhwerk ließ sie auf dem Weg über den Kies bei fast jedem Schritt umknicken, und Fenna fürchtete um die Fußgelenke der Frau. Auch als sie den Rasen erreichte, wurden ihre Schritte nicht sicherer.

Die Tochter versuchte, ihre Mutter zu stützen, so gut es ging. Fenna trat auf die beiden zu, um ebenfalls zu assistieren.

Zwei Meter von der Leiche entfernt machte Fenna den Frauen ein Zeichen, dass sie stehen bleiben sollten. Sie gewährte Elisa einige Augenblicke, um Atem zu holen und sich zu sammeln.

»Frau Wiborg«, sagte sie dann in dem Wissen, Frisos Witwe neben sich zu haben. »Mein Name ist Fenna Stern. Mein Kollege Tammo Anders und ich leiten die Ermittlungen.« Sie deutete auf die Leiche, auf die Elisa wie gebannt starrte. »Bitte sehen Sie sich den Toten an.«

Sie nickte der Tochter in stummer Absprache zu, und wie auf Kommando stützten sie beide die Witwe auf den letzten Schritten zu ihrem ermordeten Mann.

Elisa riss sich los und fiel vor ihm auf die Knie.

Fenna beobachte sie genau. Die Dame war trotz des Schocks halbwegs gefasst. Es drohte wohl kein Zusammenbruch, einen Arzt würden sie nicht hinzurufen müssen.

Auch die Tochter näherte sich dem Toten. Anders als die Mutter begnügte sie sich damit, ihn von oben herab zu betrachten und einmal um ihn herumzugehen.

Sie kehrte zu Fenna zurück. Auch Tammo kam dazu.

»Ich bin Oda Wiborg«, sagte die Tochter. »Wann und wie ist mein Vater ums Leben gekommen?«

Elisa sah mit tränenlosem Blick zu ihnen auf. »Das Herz, mein Kind«, sagte sie. »Er hat seine Herztabletten vergessen.« Sie schlug die Hände vors Gesicht.

»Nein, Mutti, so schnell stirbt man nicht, wenn man einmal die Tabletten vergisst. So krank war er doch auch wieder nicht.«

Elisa schüttelte den Kopf. Nun flossen doch Tränen über ihre Wangen. »Es ist meine Schuld. Mir ist aufgefallen, dass er die Medikamente vergessen hat, und ich habe sie ihm nicht gebracht.«

»Das ist doch Unsinn«, rief Oda verärgert aus. »Papa war ein erwachsener Mann. Wenn er die Tabletten so nötig brauchte, hätte er selbst daran denken müssen.«

Fenna beendete den Familiendisput, den sie für denkbar unangebracht hielt. »Meine Damen, ich muss Sie bitten, das später und an anderer Stelle zum Thema zu machen, wenn es denn unbedingt sein muss.«

Tammo schaltete sich ein und übernahm den amtlichen Part. »Können Sie uns bestätigen, dass es sich bei dem Toten um Friso Wiborg handelt?«

»Hätte meine Mutter sonst einen Kniefall vor ihm gemacht?«, fragte Oda, die sich vom Tod ihres Vaters seltsam unbeeindruckt zeigte.

Fenna eilte Elisa zu Hilfe, deren einer Absatz sich bei ihrem Versuch, aufzustehen, in der Plane verhakte, sodass sie wegrutschte und wieder auf die Knie fiel.

»Danke«, sagte Elisa leise, als sie aufrecht neben ihr stand. »Ja, das ist Friso. Oh, mein Gott.« Sie wandte sich von der Leiche ab und verbarg das Gesicht erneut in den Händen.

»Unser Beileid zum Tod Ihres Mannes und Vaters.« Fenna nickte der Tochter zu und stützte dann die Witwe. »Kommen Sie, wir gehen ins Haus.«

Tammo schob seinen Arm unter den anderen Ellenbogen von Elisa Wiborg und führte die Dame gemeinsam mit Fenna zum Eingang der Sandskulpturenwerkstatt. Er winkte Oda zu. »Bitte kommen Sie doch mit. Wir möchten auch mit Ihnen reden.«

Paule Gertjes lief hinter der kleinen Gruppe her, als ginge ihn das, was nun folgte, unmittelbar etwas an.

Die Kommissare führten Elisa Wiborg in den Seminarraum im Erdgeschoss. Ohne ein Wort darüber zu verlieren, war beiden klar, dass sie die Damen Wiborg getrennt voneinander befragen würden.

Elisa ließ sich auf einen der Stühle plumpsen. Sie atmete durch und fischte ein Taschentuch aus der Handtasche, die an einem dünnen Riemen über ihrer Schulter hing. Zuerst tupfte sie sich die Wangen unterhalb der Augen ab, wo die Wimperntusche ihre Spuren hinterlassen hatte. Dann schnäuzte sie sich die Nase und steckte das Tuch wieder weg.

Oda dagegen blieb auf Tammos strengen Blick hin an der Türschwelle stehen, offenbar unschlüssig, was sie nun tun sollte. Fenna, die sich in dem Gebäude nicht auskannte, überlegte, wo sie Oda solange unterbringen könnten, bis sie das Gespräch mit Elisa geführt hatten.

Während sie sich suchend umblickte, zeigte sich Paule Gertjes auf dem Flur. Er guckte an Oda vorbei und winkte die Ermittler zu sich heran.

Fenna folgte der Geste.

»Sagen Sie«, flüsterte Paule, »die Leute da draußen werden langsam ungeduldig. Was ist mit dem Workshop? Wann können wir den fortsetzen?«

»Dazu kann ich im Moment nichts sagen. Heute jedenfalls dürfte das schwierig werden. Solange die Kriminaltechniker ihre Arbeit machen, sind die Halle und der Außenbereich für Sie und die Teilnehmer gesperrt. Ob es morgen mit Ihrem Kurs weitergehen kann, kann ich heute nicht entscheiden. So leid es mir tut, aber wir haben ein Verbrechen aufzuklären.«

»Wenn es aber doch nur das Herzmedikament war?«
Paule guckte sie treuherzig an. »Sie haben doch gehört,
was Frau Wiborg gesagt hat.«

»Die Todesursache«, erwiderte Fenna entschieden,
»wird die Obduktion ergeben. Zurzeit sieht es eher nach
Mord aus als nach einem Herzversagen. Aber mal davon
ab, Sie könnten mir einen Gefallen tun. Gibt es in diesem Gebäude einen Raum, in dem Oda Wiborg unbe-
helligt warten kann, bis wir mit ihrer Mutter gesprochen
haben?«

Paule reagierte nicht. Er wirkte zutiefst beunruhigt
oder verärgert. Hatte er ihre Frage mitbekommen?

»Herr Gertjes?«

»Ach so, ja. Nehmen Sie doch einfach mein Büro. Ist
zwar klein, aber fein.« Er ging voran und öffnete eine
Tür, die vom Flur abging.

»Frau Wiborg?«, rief Fenna in Richtung des Seminarraums über den Flur.

Beide Frauen, die Witwe und die Tochter, fühlten
sich gleichermaßen angesprochen.

»Ich meinte Sie, Oda.« Fenna deutete mit dem Kinn
auf die Tochter. »Ich darf doch Oda zu Ihnen sagen?«

Oda nickte gnädig. »Was gibt es denn?«

»Wir möchten gern mit Ihrer Mutter alleine sprechen.
Würden Sie bitte solange in diesem Büro warten? Wir
melden uns, wenn wir danach mit Ihnen reden wollen.«

Mit hoch erhobenem Kopf rauschte Oda an Fenna
vorbei. Als sie an Paules Schreibtisch saß, schloss die
Kommissarin die Tür zu dem Raum, um Oda auch
akustisch von dem Gespräch mit Elisa abzuschotten.

9

Tammo hatte Elisa Wiborg inzwischen einen Kaffee besorgt – wie auch immer er das angestellt hatte.

Trotz der Wärme in dem Raum, durch dessen riesige Fenster das Sonnenlicht einfiel, zitterten Elisas Schultern leicht. Fenna befürchtete einen Schock.

»Möchten Sie sich hinlegen, Frau Wiborg?«, fragte sie.

Elisa schüttelte tapfer den Kopf und umschloss den Kaffeebecher mit beiden Händen. »Nein, es geht schon, danke.«

Fenna setzte sich zu Tammo und Elisa an den Tisch und begann das Gespräch. »Ihr Mann, Frau Wiborg, war auf Eiderstedt sehr berühmt als Architekt.«

»Nicht nur auf Eiderstedt.« Elisas Augen glänzten, in die Tränen mischte sich Stolz. »In ganz Nordfriesland kannte man ihn, und er hat auch in großen Städten im In- und Ausland Ausschreibungen gewonnen.«

Damit war ein mögliches Motiv bereits festgeklopft. »Wer so großen Erfolg hat, hat sicher auch Feinde.«

Elisa nickte, dann wiegte sie unschlüssig den Kopf. »Friso war ein erfolgreicher Architekt. Aber er war auch ein schwieriger Mensch. Feinde, ich weiß nicht, ob man das so nennen kann. Gehasst wurde er nicht. Oder doch?« Sie hielt inne und sah die Ermittler an.

Fenna empfand Mitgefühl für diese Frau, die so elegant gekleidet und dennoch von großer innerer Unsicherheit geprägt war. »Das wissen nicht wir, das können nur Sie beurteilen. Gab es in letzter Zeit konkrete Drohungen gegen ihn oder sein Büro? Ich denke dabei an einen Zusammenhang mit dem großen Projekt, das er zuletzt an der Küste plante, dem Friso-Tower.«

Elisa winkte ab. »Der Friso-Tower.« Sie stöhnte auf, und ihre Brust hob und senkte sich, als ruhte eine immense Last auf ihr. »Damit hat er sich wohl übernommen.«

»In welcher Hinsicht?«, fragte Tammo. »In Bezug auf die architektonischen Anforderungen, oder ging es um die Resonanz in der Bevölkerung? Es gab wohl viele kritische Stimmen.«

»In jeder Hinsicht«, antwortete Elisa spontan.

Fenna gewann den Eindruck, dass es auch innerhalb der Familie Diskussionen um diesen Bau gegeben hatte. »Der Friso-Tower war auch ein Thema bei Ihnen zu Hause?«, fragte sie vorsichtig.

Elisa dachte lange über die Antwort nach. »Nicht nur dieser Hotelbau.« Ihre Blicke schweiften ins Leere, und hinter ihrer Stirn arbeitete es wie wild, wie Fenna an der bewegten Mimik erkannte.

Eine Sekunde lang glaubte die Kommissarin, sie würde gleich ein Geständnis auf dem Tisch ausgebreitet sehen. Doch sie wusste aus Erfahrung, dass das nur ein Wunschtraum war. Für eine Beichte war es an diesem Punkt des Gesprächs zu früh. Zudem wäre es höchst verwunderlich, wenn gleich die erste Person, die sie befragten, die Täterin wäre – auch wenn es nahelag, dass die Ehefrau eines Opfers die Person war, auf die es am Ende hinauslief.

»Der Friso-Tower war ja nur ein Symbol«, sprach Elisa zu der Wand, die hinter Tammo und Fenna lag. »Ein

Symbol für Frisos Eitelkeit. Eigentlich hatte er alles erreicht. Er hatte sich einen Namen gemacht, hatte hohes Ansehen. Wenn er an einer Ausschreibung teilnahm, konnte er so gut wie sicher sein, dass er sie gewinnen würde. Und trotzdem war ihm das alles nicht genug. Es musste immer noch ein Stück mehr sein.«

»Hat er aus dem Grund auch diesen Sandskulpturen-Workshop gebucht?«, fragte Fenna.

Elisa nickte wie in Trance und wippte dabei mit dem ganzen Oberkörper vor und zurück. »Er wollte sich ein Denkmal schaffen.«

»Noch eins?«, fragte Tammo. »Der Friso-Tower wäre doch schon eins geworden.«

»Es sollte was ganz Persönliches sein. Er auf einem Thron. Friso Wiborg, der König der Architekten.«

Tammo verschränkte die Arme und stützte sich auf den Tisch. »Aber genau so wurde er tot gefunden, auf einem Stuhl sitzend, der einem Thron glich.«

Elisa schnaubte unwillig. »Sehen Sie, er hat seine Ziele immer erreicht.«

Fenna fragte sich, ob Elisa sich bewusst war, welcher Zynismus sich hinter ihren Worten verbarg.

»Er hat gar nicht lange nach einem Motiv suchen müssen, wie er sich optimal darstellen könnte«, fuhr Elisa mit leichtem Spott in der Stimme fort. »Ihm schwebte ein Denkmal von Abraham Lincoln vor. Sie kennen sicher diesen monumentalen, in Stein gehauenen Sessel, auf dem der damalige Präsident der Vereinigten Staaten sitzt, den Blick kämpferisch nach vorn gerichtet.«

»So etwas wollte Ihr Mann aus Sand, nicht aus Stein?«

»Am liebsten wäre ihm eine Statue aus Granit gewesen oder noch lieber eine aus Bronze. Aber die hätte er in Auftrag geben müssen. Damit hätte er sich lächerlich gemacht, das wusste er sehr wohl. Er hat sich gedacht, er erschafft sich diese Statue ganz ohne großes Brimborium bei diesem Workshop. Es hätte so ausgesehen, als wäre das Denkmal als Nebenprodukt entstanden. Er wollte es sogar aus der Halle holen und in unseren Garten transportieren. Kommen Sie ruhig mal zu uns, dann zeig ich Ihnen, wo das Monster stehen sollte.«

»Lincoln«, sagte Fenna nachdenklich, »war bekanntlich der erste US-Präsident, der einem Attentat zum Opfer fiel.«

»Ja«, erwiderte Elisa. »Das habe ich ihm auch gesagt. Er hat das aber aus seinem Bewusstsein verdrängt.«

»Ich höre heraus«, sagte Fenna, »dass Ihr Mann keine ganz einfache Persönlichkeit war. Gab es Spannungen zwischen ihm und Mitgliedern seines Teams?«

Elisa lachte bitter. »Wo Friso war, gab es immer Spannungen. Er war ein Mensch, der polarisierte. Die einen mochten ihn, sie fanden ihn attraktiv und extravagant und haben ihn bei seinem Personenkult unterstützt. Die anderen haben sich oft heftig mit ihm angelegt, wenn es um fachliche Dinge ging, und ansonsten innerlich Abstand zu ihm gesucht.«

»Er hat es also durchaus akzeptiert«, fragte Tammo, »wenn sich Menschen um sich herum befanden, die in der Sache anderer Meinung waren?«

Elisas Gesicht verfinsterte sich. »Er hat diese Menschen gebraucht. Er musste immer das Gefühl haben, es gibt Leute, die nicht auf seiner Wellenlänge liegen, die aber dennoch in seinem Dunstkreis bleiben. Er hat das so interpretiert, dass er die anderen ablehnt, sie ihm aber um jeden Preis die Treue halten. Das hat ihm die Bestätigung gegeben, dass er über Menschen, die ihm kritisch gegenüberstanden, genauso viel Macht hatte wie über die, die ihm die Stiefel leckten.«

Fenna spitzte die Lippen. Was für ein unangenehmer Zeitgenosse Friso Wiborg gewesen sein musste!

»Kommen wir noch einmal auf die Spannungen im Team zurück«, sagte sie. »Ihr Mann hat einen Juniorpartner mit ins Boot geholt, Merten Voss. Wie war aus Ihrer Sicht das Verhältnis zwischen den beiden?«

»Och, ganz gut, denke ich. Der Merten hat zwar seine eigenen Ideen und seinen eigenen Kopf. Aber er ist ein fähiger Mann. Friso hat große Stücke auf ihn gehalten. Sonst hätte er ihn nicht aus all den Interessenten als seinen Nachfolger auserkoren.«

Fenna schmunzelte in sich hinein. Wenn Merten Voss seinen eigenen Kopf hatte, gehörte er wohl zu denen, die Friso Wiborg nicht die Stiefel geleckt hatten.

»Es gibt einen Mitarbeiter namens Knut Appel«, sagte Tammo. »Wie stand es zwischen ihm und ihrem Mann?«

Elisas Gesicht verhärtete sich. »Den Namen Knut Appel sprechen Sie in unserer Gegenwart am besten nicht aus.«

»Das müssen wir aber.« Tammo machte ein Gesicht wie ein Angler, der einen Fisch am Haken hatte, und beugte sich weiter über den Tisch. »Gab es Differenzen zwischen den beiden?«

»Differenzen ja«, gab Elisa zu, »aber keine Handgreiflichkeiten. Knut Appel ist ein Architekt, der es an Genialität beinahe mit Friso hätte aufnehmen können. Beinahe, wohlgemerkt. So einen Mann wirft man nicht einfach raus.«

»Aber es gab mal entsprechende Überlegungen?«

Elisa zog die sorgfältig nachgezogenen Augenbrauen zusammen. »Es war nicht die große Liebe zwischen Friso und Knut. Das hatte aber eher private Gründe. Sagen wir so: Die Chemie stimmte nicht. Ansonsten – Knut hat immer ganze Arbeit geleistet.«

»Okay«, sagte Fenna und hielt inne. Sie wollte noch ein Thema ansprechen, das in ihrem Hinterstübchen rumorte, seit Elisa neben der Leiche ihres Mannes ihre Selbstvorwürfe geäußert hatte. »Sie haben vorhin von einem Herzmedikament gesprochen, das Ihr Mann vergessen hatte, nach Westerhever mitzunehmen.«

Elisa wurde bleich. Erneut hielt sie sich eine Hand vor die Augen. »Wenn ich ihm die doch gebracht hätte.«

»Wie krank war Ihr Mann?«, fragte Tammo. »Was fehlte ihm, und war er wirklich dringend auf diese Medikamente angewiesen?«

»Wie krank war Friso?« Diese Frage beschäftigte Elisa Wiborg offensichtlich selbst. »Er hatte verengte Herzkranzgefäße, schon seit vielen Jahren, und das wird ja mit dem Alter nicht besser. Wir mussten immer aufpassen, dass er sich nicht zu doll aufregte.« Sie lächelte süffisant. »Damit hat er uns ganz schön unter der Knute gehalten. Er durfte immer alles – explodieren, schlecht gelaunt sein, jammern, herumkommandieren. Wir mussten immer gehorchen. Wenn wir das nicht taten oder wenn wir uns wehrten, zeigte er uns die Rote Karte mit dem Herzen darauf.«

»Wir«, sagte Fenna, »damit meinen Sie sich selbst und Ihre Tochter?«

»Und Harder, unseren Sohn. Er ist auch Architekt, hat sich aber schon vor Jahren von uns zurückgezogen, privat und beruflich. Verdenken kann ich es ihm nicht.«

Fenna fühlte sich unangenehm berührt. Selten erhielten sie schon beim ersten Gespräch mit Angehörigen so tiefe Einblicke in die Seele des Opfers und in die Nöte der Familie. Elisa Wiborg schien sich nicht bewusst zu sein, dass sie ihnen bereits einige Tatmotive für ihre eigene Person wie auch für ihren Sohn und ihre Tochter unterbreitet hatte.

»Was haben Sie gemacht«, fragte sie, »nachdem Sie bemerkt haben, dass Ihr Mann sein Herzmittel vergessen hatte?«

»Meinen Sohn angerufen. Ich dachte, er könnte Friso das Medikament schnell vorbeibringen.«

»Wie hat Ihr Sohn darauf reagiert?«

Offenbar noch immer fassungslos, schüttelte Elisa den Kopf. »Er hat gesagt, ich soll das nicht so eng sehen. Wenn Friso das Mittel wirklich gebraucht hätte, hat er gemeint, hätte er es nicht vergessen.«

»Warum haben Sie Ihrem Mann das Medikament nicht selbst gebracht oder Ihre Tochter darum gebeten, es zu tun?«

»Meine Tochter war gestern Abend bei einer Freundin, und ich konnte nicht weg. Ich habe nämlich auf meine kleine Enkelin aufgepasst. Sie schlief in der Wohnung meiner Tochter im Souterrain unseres Hauses, und das Babyphone war eingeschaltet.«

Fenna warf Tammo einen vielsagenden Blick zu. Die Familie Wiborg verdiente intensivere Aufmerksamkeit.

Verzweifelt hob Elisa die Hände. »Wenn ich nicht auf Harder gehört und die Sache auf die leichte Schulter genommen hätte, wäre Friso noch am Leben. Bestimmt hat er sich an dem Abend fürchterlich aufgeregt, und dann war es um ihn geschehen.«

»Worüber sollte er sich so immens aufgeregt haben?«, fragte Fenna.

»Über die Aktivisten«, erwiderte Elisa spontan. »Die Leute von den ›Grünen Windmühlen‹ sind an dem Abend in Westerhever aufmarschiert.« Sie schluchzte.

Tammo streckte eine Hand in ihre Richtung aus und klopfte beruhigend auf den Tisch. »Machen Sie sich bitte keine Vorwürfe. Unsere Rechtsmedizinerin wird feststellen, woran Ihr Mann gestorben ist. Wenn der Bericht vorliegt, haben wir und damit auch Sie Gewissheit.«

Die Witwe sah ihn aus schmalen Augen an. »Ja, meinen Sie denn, es könnte eine andere Todesursache gegeben haben als einen Herzinfarkt?«

»Warten wir es ab«, sagte Fenna. »Im Moment können wir Ihnen leider noch gar nichts sagen.« Sie wollte nicht noch einmal auf die Obduktion zu sprechen kommen. Der Gedanke daran stellte für die Hinterbliebenen oft eine große Belastung dar. »Woher wissen Sie überhaupt von dem Aufmarsch der Aktivisten?«

»Davon hat Harder mir erzählt. Er hatte mich deswegen angerufen. Danach habe ich mich noch mal wegen der Tabletten bei ihm gemeldet.« Sie überlegte einen Moment. »Eigentlich hätte er wissen müssen, dass sein Vater in so einer Situation die Tabletten braucht.«

Fenna ignorierte den versteckten Vorwurf. »Was haben Sie nach dem Telefonat mit Ihrem Sohn gemacht?«

»Ich habe es erneut bei Friso versucht. Ich hatte ihn schon ein paar Mal angerufen, aber er ging nicht dran. Dann bin ins Bett gegangen, habe ein paar Seiten gelesen und bin um Mitternacht herum eingeschlafen. Aber es war eine unruhige Nacht. Als hätte ich gespürt, dass in Westerhever etwas Schlimmes passiert ist.«

»Heute Vormittag, als unsere Kollegen Sie gesucht haben, wo waren Sie da?«

»Nach dem Frühstück habe ich einen Spaziergang am Strand gemacht. Anschließend war ich einkaufen und danach zum Kaffee bei meiner Freundin Mareike. Da hat Oda mich erreicht. Und auch all die Stunden bis dahin hab ich immer wieder versucht, Friso ans Telefon zu kriegen.«

»Danke, Frau Wiborg.« Tammo stand auf. »Wir würden uns gerne noch mit Ihrer Tochter unterhalten. Und die Kontaktdaten Ihres Sohnes bräuchten wir.«

Elisa nannte ihm die Anschrift und die Telefonnummern von Harder. Dann verabschiedete sie sich von den Ermittlern.

»Ihre Tochter ist in dem Raum dahinten«, sagte Fenna. »Wenn Sie sie bitte zu uns schicken und dann selbst dort warten würden?«

»Mach ich.« Elisa schritt den Flur hinab. Noch immer wirkten ihre Schritte unsicher.

Fenna lehnte die Tür an.

»Mann, Mann, Mann«, sagte Tammo leise. »Wie hat Elisa Wiborg es bloß mit diesem Kerl ausgehalten?«

Fenna neigte den Kopf zur Seite. »Stell die Frage anders: Hat sie es mit ihm ausgehalten?«

10

Die Spannung im Gemeinschaftsraum war unerträglich. Ein Schweißtropfen rann Knut Appel über die Schläfe. Dieses Zeichen seiner Nervosität wollte er unauffällig beseitigen. Lautstark zog er die Nase hoch. Es funktionierte. Die Kollegin, die ihm gegenübersaß, sah ihn tadelnd an. Er entschuldigte sich, zog ein Taschentuch hervor und schnäuzte sich. Wie unbeabsichtigt fuhr er sich über die Schläfe und steckte das Tuch wieder weg.

Knut war sich seiner Situation nur allzu bewusst. Er hatte keine Gelegenheit gescheut, sich mit Friso Wiborg anzulegen. Er hatte ein Geheimnis, dem die Ermittler, so wie er sie einschätzte, auf die Schliche kommen würden. Und er hatte kein Alibi.

Heute rächte sich, dass er nie harmoniesüchtig gewesen war. In der Belegschaft hatte er nie nach Unterstützern gesucht. Er war ein Genie, das hatte gereicht. Kollegialität war ihm nie wichtig gewesen.

Ächzend warf er den Stift auf den Tisch. Ringsherum saßen die Kollegen, erwachsene Leute, auf ihren Stühlen wie artige Abiturienten. Sie füllten die weißen Papierbögen und trauten sich nicht, nach rechts oder links zu sehen, weil es ihnen als Versuch hätte ausgelegt werden können, vom Tischnachbarn abzuschreiben.

Geräuschvoll rückte er seinen Stuhl nach hinten und stand auf. »Sagt mal Leute, schreibt ihr etwa alles minutiös auf, was ihr gestern Abend gemacht habt?«

»Ja, was denkst du denn?«, fragte Berit Wilke. »Ich notiere alles, woran ich mich erinnern kann. Wo ich gesessen hab. Mit wem ich geredet hab. Sogar die Gesprächsthemen schreibe ich auf, wenigstens im Groben. Dann ist für die Beamten alles nachvollziehbar.«

Knut lächelte mitleidig auf sie hinab. »Na klar. Berit, die kleine Streberin. Willst wohl eine Eins bekommen.«

»Du Eimer«, brauste Berit auf. »Du kannst vielleicht ruhig schlafen. Ich dagegen stehe ziemlich blöd da. Aus Sicht der Kripo war ich die Letzte, die Friso lebend gesehen hat. Es sei denn, einer von euch gesteht.«

»Was meinst du mit ›gestehen‹?«, fragte Appel. »Gehst du davon aus, dass einer von uns es war?« Langsam näherte er sich der Kollegin. »Bist du nicht noch in der Probezeit?«

Er drehte sich um und fixierte Merten Voss mit seinen Blicken. »Was sagt denn unser Juniorchef dazu? Triffst du demnächst eine Personalentscheidung?«

Merten Voss verzog keine Miene, doch sein Oberkörper schwankte leicht vor und zurück.

»Du bist doch sonst nicht so zögerlich«, rief Knut ihm zu. »Musst du erst Anlauf nehmen, um in dieser Situation zu deinen Leuten reden zu können?«

Merten hielt den Blickkontakt zu ihm. Seine Hand tastete nach dem Glas Wasser auf seinem Tisch. Seelenruhig trank er einen Schluck, doch wer genau hinsah, merkte, dass die Hand ein wenig zitterte.

»Jetzt ist nicht die Zeit, über Personalentscheidungen zu reden«, sagte er mit fester Stimme. »Wir haben ein ganz anderes Problem.«

Endlich erhob Merten sich von seinem Stuhl. »Leute, ihr bildet seit vielen Jahren schon ein Team. Ihr alle, mit

Ausnahme von Berit, seid länger dabei als ich. Was letzte Nacht passiert ist, ist eine Tragödie. Aber wir dürfen uns dadurch nicht auseinanderreißen lassen.«

»Das ist doch schon längst geschehen«, sagte Knut. »Es geht ein Riss durch unsere Belegschaft. Den konntest auch du bisher nicht kitten.«

Merten wurde ungeduldig. »Dann lasst uns die Tragödie zum Anlass nehmen, endlich zu einer Einheit zu verschmelzen. Wer das nicht will, kann ja gehen. Am besten sofort, bevor der Graben noch tiefer wird.«

Einige Mitarbeiter applaudierten ihm. Er nickte ihnen dankend zu.

Knut erkannte, dass es besser war, die Situation nicht weiter eskalieren zu lassen. Er teilte sich ein Schlafzimmer mit Merten Voss. Das bot ihm eine gewisse Chance. Sein Traum von einem Architekturbüro namens Wiborg und Appel war längst ausgeträumt. Doch mit Merten konnte ein neuer Anfang möglich sein. Also rief er sich selbst stumm zur Ordnung.

»Ein Tipp von mir«, sagte er, an alle gewandt. »Werdet nicht zu kleinteilig in euren Notizen. Die Kripo wird jede Aussage dreimal verdrehen. Am Ende wisst ihr dann selbst nicht mehr, was ihr wann mit wem getan habt. Dann wird das schwierig mit den Alibis.«

»Du meinst«, rief Birte ihm zu, »je genauer wir werden, desto angreifbarer machen wir uns?«

»Du hast es erfasst. Aber bitte«, er hob die Hände, »auf mich müsst ihr nicht hören. Schreibe jeder auf, was er will.« Er setzte sich wieder und griff nach seinem Stift, als ginge es um nichts.

11

Fenna war es schleierhaft, nach welchen Kriterien Oda den Stuhl aussuchte, auf dem sie Platz zu nehmen gedachte. Endlich fand die junge Frau die Ecke, von der sie wohl annahm, dass es sich dort aushalten ließ.

Tammo konnte sich nicht verkneifen, sie unverhohlen amüsiert zu beobachten. »Sitzen Sie gut?«

»Das wird sich zeigen. Wenn nicht, ist ja genug Auswahl da.«

»Darf ich fragen, wonach sich die Auswahl des Stuhles bei Ihnen richtet?«, fragte Fenna.

»Ich bin Innenarchitektin. Räumlichkeiten betrachte ich gern aus der optimalen Perspektive. Es vergeht eine Zeit, bis ich die gefunden habe.«

Den entschiedenen Ton ihrer Stimme und den dramatischen Augenaufschlag deutete Fenna so, dass Oda besonders stolz auf ihren Beruf war. Sie beschloss, sich auf die unverhohlene Eitelkeit dieser Frau einzulassen, die ohne Zweifel ihres Vaters Tochter war.

»Sind Sie selbstständig, so wie Ihr Vater, mit einem eigenen Büro?«

Oda legte eine Hand über die andere und setzte sich aufrecht hin. Ihre gepflegten, blutrot lackierten Fingernägel kamen auf der hellen Tischplatte zur Geltung, als würde sie für eine Nagellackwerbung posieren. »Richtig, ich bin seit einigen Jahren freiberuflich selbständig und betreibe ein eigenes Büro.«

»Kooperieren Sie mit dem Team Ihres Vaters, wenn bei seinen Projekten Bedarf an Inneneinrichtung besteht?«

Oda beugte sich etwas nach vorn. Ihre Hände blieben seltsam reglos liegen, als hielte die eine sich starr an der anderen fest. »Eine Kooperation zwischen meinem Vater und mir war nicht möglich. Wir waren zu verschiedene Charaktere, hatten zu unterschiedliche Ansichten. Wir haben das vor Jahren eine Zeit lang probiert, aber ich habe sehr bald eingesehen, dass ich besser meinen eigenen Weg gehe.«

Fennas Alarmglocken schrillten noch lauter, als sie das bereits beim Gespräch mit Elisa getan hatten. Was für ein familiärer Sumpf tat sich hier auf!

»Es kam zum Streit zwischen Ihnen und Ihrem Vater?«, fragte Tammo, während Fenna die Befragte intensiv beäugte.

Oda bemerkte die konzentrierten Blicke der Kommissarin. Sie lehnte sich zurück, zog ihre Hände vom Tisch und ließ sie in den Schoß sinken. »Zwischen meinem Vater und mir, aber auch zwischen Teilen seines Teams und mir gab es Ärger. Es herrschte mir zu viel Unruhe. So kann ich nicht arbeiten.«

Tammo spitzte die Ohren. »Aha. Wer ist denn der größte Unruhestifter im Büro Ihres Vaters? Oder gibt es sogar mehrere?«

Die Miene der Tochter des großen Architekten entspannte sich sichtlich. Tammos Gesprächslinie, von ihrer eigenen Person abzulassen und sich auf das Team ihres Vaters zu fokussieren, zeigte Wirkung.

»Auch wenn Wiborg und Voss Architekten ein Team sein sollen, gibt es zwei Parteien.«

»Verursacht durch den Juniorchef?«, fragte Tammo.

Oda schüttelte lächelnd den Kopf. »Nein, Merten Voss hat die Spaltung nicht verursacht. Mein Vater hat mit Menschen gespielt, auch mit seinen Mitarbeitern.«

»Das haben die Leute sich bieten lassen?«

»Er konnte sich das leisten«, sagte Oda. »Eine gute Stelle als Architekt zu finden ist heutzutage nicht so einfach, und sich in dem Beruf selbstständig zu machen schon gar nicht. Diese Situation hat mein Vater für sich ausgenutzt. Jeder, den er eingestellt hat, war stolz darauf, für und mit Friso Wiborg arbeiten zu dürfen. Vater konnte sich benehmen, wie immer er wollte. Er konnte seine Launen auslassen und Bewunderung einfordern. Die einen haben sich ihm kritiklos gefügt und waren froh, die anspruchsvollen Projekte umsetzen zu können, die er aufgrund seines Namens an Land zog. Die anderen haben sich bis zu einem gewissen Grad von ihm distanziert, aber nie so weit, dass sie ihm den Job vor die Füße geworfen hätten.«

»Daraus dürften unausgesprochene Konflikte entstanden sein«, sagte Fenna. »Konflikte, die ständig im Team schwebten.«

Oda beugte sich wieder über den Tisch, und nicht nur an ihren angespannten Schultern erkannte Fenna, wie aufgebracht sie war.

»So etwas wird mit der Zeit unerträglich.«

»Wer von all den Leuten im Team Ihres Vaters hat am meisten darunter gelitten?«

Oda drückte ihren Oberkörper wieder gegen die Rückenlehne und sah die Ermittler argwöhnisch an. »Woran ist mein Vater eigentlich gestorben?«, fragte sie aus dem Zusammenhang heraus.

Mit dieser Reaktion hatte Fenna nicht gerechnet. Es wunderte sie, dass Oda Wiborg sich erst jetzt nach der Todesursache erkundigte.

»Das wird die Obduktion ergeben.«

»Denken Sie, es war ein Herzinfarkt?«

»Wie gesagt«, wiederholte Tammo an Fennas Stelle. »Wir müssen den Obduktionsbericht abwarten.«

Oda gab nicht klein bei. »Sie suchen einen Mörder. Verstehe ich das richtig?«

Die Ermittler beantworteten die Frage nicht.

»Berichten Sie uns über die Stimmung im Team«, versuchte Fenna es von Neuem. »Wer hatte am meisten unter den Launen Ihres Vaters zu leiden?«

Oda zuckte mit den Schultern. »Es lief ein Graben durchs Team. Wer von den Leuten auf welcher Seite stand, kann ich heute nicht mehr sagen. Ich war nur kurze Zeit dabei.«

»Knut Appel.« Fenna schleuderte den Namen heraus und erkannte sofort: Sie hatte einen Volltreffer gelandet. Odas Miene versteinerte abrupt. »Was können Sie uns über die Beziehung zwischen Knut Appel und Ihrem Vater erzählen?«

»Nicht viel. Was habe ich mit Herrn Appel zu tun?«

»Ist Ihnen während Ihrer Zeit im Team Ihres Vaters etwas an dem Verhältnis zwischen den beiden aufgefallen? Hat es besondere Spannungen gegeben, größere Diskussionen oder auch mal einen Streit?«

Oda schüttelte den Kopf. »Dazu kann ich nichts sagen. Ich habe nicht sonderlich darauf geachtet, mit wem mein Vater im Einzelnen konnte und mit wem nicht. Ich habe nur die ständig vorherrschende angespannte Atmosphäre bemerkt.«

»Okay.« Fenna gab es auf. Vermutlich hatte die Tochter sich so weit von ihrem Vater distanziert, dass sie wirklich nicht mehr in der Lage war, Einzelheiten, die ihnen weiterhelfen könnten, aus dem Gedächtnis hervorzukramen. Eines war jedoch sicher: Sie würden sowohl das Team von Wiborg und Voss als auch die Familie des Opfers unter die Lupe nehmen müssen.

»Wenn Sie uns zum Abschluss noch erzählen würden«, fuhr die Kommissarin fort, »wo Sie sich zur Tatzeit aufgehalten haben.«

»Sie meinen, wo ich letzte Nacht war?« Oda legte den Finger an die Lippen. »Muss ich dazu Auskunft geben?« Noch bevor die Ermittler darauf reagierten, redete sie weiter. »Ich weiß, das ist eine Routinefrage. Also, ich bin gestern Abend zu meiner besten Freundin gefahren. Sie hat ein neues Rezept ausprobiert, und ich bin ihre Testesserin, bevor sie so etwas einem größeren Kreis vorsetzt. Wir haben lange geplaudert.«

»Von wann bis wann waren Sie da?«, fragte Fenna.

»Von achtzehn bis einundzwanzig Uhr. Meine Mutter hat in der Zeit auf meine Tochter Sophie aufgepasst. Als ich zurückkam, hab ich mich schlafen gelegt.«

»Vielen Dank, Frau – Wiborg? Oder haben Sie den Namen Ihres Mannes angenommen?«

»Wiborg ist richtig.«

Odas Lippen wurden schmal.

Fenna fragte sich, wer der Vater von Sophie war. Die Antwort ging sie nichts an. Die Auskunft hatte mit den Ermittlungen nichts zu tun. Trotzdem war ihre Neugier geweckt.

»Verstehe ich richtig – Sie leben nicht mit dem Vater Ihres Kindes zusammen?«

»Entschuldigung, Frau Kommissarin«, sagte Oda zuckersüß, »aber geht Sie das etwas an?«

»Er könnte Ihre Aussage eventuell bezeugen.«

»Da können Sie auch meine Tochter fragen. Sie ist zwar erst vier Jahre alt, aber intelligent genug, um Ihnen bestätigen zu können, dass sie mich bemerkt hat, als ich nach Hause kam, und dass ich den Rest der Nacht bei ihr war.«

»Das wird nicht nötig sein«, sagte Fenna. »Noch eine Frage zu Ihrer Familie: Ihr Bruder Harder ist Architekt. Hat er die gleichen Erfahrungen mit ihrem Vater gemacht wie Sie?«

»Wenn Sie damit meinen, dass auch er zuerst mit Vater zusammengearbeitet und dann das Weite gesucht hat: Ja.« Oda guckte auf die Uhr. »Meine Tochter. Ich muss sie aus der Kita holen. Sie gestatten? Wenn Sie weitere Fragen an mich haben, müssten wir später noch mal einen Termin machen.« Sie stand auf und übergab den Ermittlern ihre Visitenkarte.

Tammo und Fenna erhoben sich ebenfalls und geleiteten die Tochter des Opfers zu Elisa, die im Büro von Paule Gertjes gewartet hatte.

»Mutti, komm, wir fahren nach Hause.«

»Wir sind also nicht verhaftet«, stellte Elisa fest.

Fenna fragte sich, ob es Ironie war, die sie herausgehört hatte, Erstaunen oder Erleichterung.

12

Fenna schlich die Treppe zum Gemeinschaftsraum hinauf. Oben angekommen, klopfte sie polternd gegen die Tür und riss sie unmittelbar darauf auf, ohne auf ein ›Herein‹ zu warten.

Es kam, wie sie erwartet hatte: Alle Mitarbeiter von Wiborg und Voss sahen erschrocken von ihren Blättern auf. Fenna betrat den Raum und stellte sich in der Mitte auf. »Sind Sie alle soweit?«

Die Anwesenden nickten wortlos. Zwei beugten sich noch einmal über das Papier und notierten etwas, dann legten auch sie die Stifte weg und falteten die Bögen zusammen.

»Darf ich?« Fenna streckte die Hand aus und ging von Tisch zu Tisch, um die Unterlagen einzusammeln.

Vor Berit Wilke blieb sie stehen. Sie faltete deren Notizen auseinander und guckte kurz darauf. »Wir würden Sie gern einen Moment sprechen, Frau Wilke«, sagte sie.

Die aufkommende Unruhe veranlasste sie dazu, eine Erklärung abzugeben. »Es geht nicht um einen konkreten Verdacht, meine Damen und Herren. Es geht einzig und allein darum, die letzten Minuten im Leben von Friso Wiborg nachzuvollziehen. Frau Wilke als diejenige, die Ihren Chef vermutlich als Letzte von Ihnen gesehen hat, kann uns hoffentlich helfen, die weiteren Schritte, die er von der Haustür der alten Schule aus getan hat, zu rekonstruieren.«

Berit senkte die Lider und folgte der Kommissarin die Treppe hinab. Im Seminarraum angekommen, ließ sie sich auf den erstbesten Stuhl fallen und strich sich mit der Hand über den Hals. Die Haut war übersät mit roten Flecken.

»Ich hatte kein Verhältnis mit Friso Wiborg, falls Sie das denken. Er mochte mich einfach nur, und er wollte nicht, dass ich im Dunkeln alleine über das Gelände gehe. Er hatte einen Beschützerinstinkt für mich entwickelt, auch innerhalb des Teams. Er hat mich immer unterstützt.«

»Frau Wilke«, sagte Tammo. »Sie brauchen sich nicht zu rechtfertigen. Sie stehen nicht unter Verdacht.«

»Friso war nicht in meinem Zimmer. Bitte«, sagte Berit flehentlich, »lassen Sie die Kriminaltechniker mein Zimmer durchsuchen. Sie werden keine DNA von Friso finden. Ganz bestimmt nicht.«

Fenna fühlte sich positiv überrumpelt. So viel Bereitschaft, bei der Lösung eines Falles zu helfen, hatte sie von einer Person aus dem Umkreis potenziell Tatverdächtiger noch nie erlebt. Es wäre womöglich dazu gekommen, dass sie von sich aus darum gebeten hätten, das Zimmer von der Spurensicherung in Augenschein nehmen lassen zu dürfen. Berit Wilke machte es ihnen leicht. Sie ersparte ihnen einen richterlichen Beschluss.

»Danke«, sagte die Kommissarin. »Das ist sehr entgegenkommend. Die Spurensicherung macht gerne Gebrauch von diesem Angebot. Das hilft am Ende ja auch Ihnen selbst.«

Sie stand auf, ging ans Fenster und rief Eike Hoböken an. »Welche Zimmernummer haben Sie?«, fragte sie, während sie darauf wartete, dass Eike sich meldete.

»Die Sieben.«

Eike nahm das Gespräch an, und Fenna teilte ihm kurz mit, wohin seine Leute sich begeben sollten, sobald sie die zeitlichen Kapazitäten dafür hatten.

»In Ordnung, ich schicke gleich jemanden dahin.« Eike legte auf.

»Frau Wilke, ist Ihnen etwas aufgefallen, nachdem Friso Wiborg sich von Ihnen verabschiedet hat? Gab es einen Streit auf dem Parkplatz oder gar eine Schlägerei?«

»Nein, nicht solange ich an der Haustür stand. Mein Zimmer geht allerdings zur anderen Seite hinaus. Von da aus hätte ich keine Chance mehr gehabt, etwas zu sehen oder zu hören.«

Sie zog die Schultern zusammen, klemmte ihre Hände zwischen die Knie und wirkte einfach erbärmlich.

»Er hat mich beschützen wollen«, sagte sie leise. »Und dann ist er vermutlich sofort, nachdem er mich in Sicherheit gebracht hat, seinem Mörder in die Hände gefallen. Die Einzige, die ihm hätte helfen können, war ich, und ich bin einfach rauf in mein Zimmer gegangen und habe nichts von der Tragödie mitbekommen.«

»Vor Ihnen«, sagte Tammo, »hatten schon einige Ihrer Kollegen den Gemeinschaftsraum verlassen. Sind Sie einem davon draußen begegnet?«

Nachdrücklich schüttelte Berit den Kopf. »Da war niemand. Es würde doch auch keiner von denen unseren Chef umbringen.«

»Spannungen gab es aber schon in der Belegschaft«, sagte Fenna. »So ganz harmonisch ging es nicht immer zu bei Ihnen, oder irre ich?« Den Verdacht, den sie in Bezug auf Knut Appel hegte, wollte sie nicht offen äußern.

»Ich bin erst seit drei Monaten in der Firma«, sagte Berit. »Am Anfang, wenn man sich einarbeiten muss, konzentriert man sich natürlich mehr auf die architektonischen Herausforderungen als auf die Stimmung unter den Kollegen. Ich habe sehr eng mit Friso zusammengearbeitet. Er hat mir vom ersten Tag an viel anvertraut.«

Die Kommissarin entschloss sich zum Frontalangriff. »Das hat Knut Appel sicher nicht geschmeckt.«

»Knut Appel?« Berit biss sich auf die Lippe.

»Wie war das Verhältnis zwischen Friso Wiborg und Knut Appel? Hat Ihr Chef Herrn Appel mal vor versammelter Mannschaft runtergeputzt oder vor Kunden schlechtgemacht?«

»Nein«, erwiderte Berit. »Das war umgekehrt. Auch wenn ich es ungern sage – so viel Gerechtigkeit muss sein. Friso war nicht einfach zu nehmen, und Knut Appel ist es auch nicht. Aber wenn einer der beiden den anderen getriezt hat, dann der Knut den Friso.«

Tammo stand auf und ging im Raum auf und ab. »Kam es durch die Sticheleien, die Knut Appel sich gegenüber Friso Wiborg erlaubt hat, zum offenen Streit zwischen den beiden?«

»Es war eher so eine Dreiecksgeschichte.« Berit zuckte unsicher mit den Schultern. »Ich weiß nicht, wie ich das sonst ausdrücken soll.«

»Eine Dreiecksgeschichte?« Fenna befürchtete, dass nun Privates mit Beruflichem vermischt würde.

»Nicht so, wie Sie denken. Es war eine Sache zwischen Friso Wiborg, Merten Voss und Knut Appel.«

Tammo setzte sich wieder hin. Er wählte einen anderen Stuhl als zuvor und saß der Befragten jetzt dicht gegenüber. »Können Sie uns das näher erklären?«

»Kann ich. Knut hat sich immer öfter und in immer mehr Angelegenheiten auf die Seite von Merten Voss geschlagen. Friso hatte sich Merten zwar als Nachfolger und Mitinhaber des Architekturbüros ausgesucht, aber Merten ist ein relativ junger Architekt. Er stammt aus einer anderen Welt, und er hatte in manchen Dingen grundlegend andere Vorstellungen als Friso.«

»Inwiefern anders?«

»In Sachen Ökologie und Umweltschutz gingen ihre Ansichten weit auseinander. Friso war weit vom heutigen Stand entfernt, und er war nicht bereit, sich an die aktuellen Anforderungen anzupassen.«

»Dann haben sich zwei Parteien gebildet«, sagte Tammo. »Auf der einen Seite Merten Voss mit Knut Appel als Unterstützer, auf der anderen Seite Friso Wiborg.«

»So war es.« Mit einem Mal blitzten Berits Augen auf und sie lächelte. »Merten hat Friso nicht nur mit seinen Ansichten zum Umweltschutz zur Weißglut gebracht.«

»Womit noch?«, fragte Fenna.

»Mit Kindereien.«

»Was für Kindereien?«

Die Architektin lachte durch die Nase. »Kennen Sie diese Herzchen, wie man sie früher in Witzzeichnungen in den Holztüren von Plumpsklos fand?«

Fenna nickte, gespannt, was nun folgen würde.

»Merten hat die Angewohnheit, die Flächen in einem Grundriss, an denen Toiletten vorgesehen sind, nicht mit den Buchstaben ›WC‹ zu kennzeichnen, sondern ein Herzchen hinein zu malen. Friso fand diesen Kinderkram zum An-die-Decke-Gehen. Mertens Marotte hat ihn oft zum Wahnsinn getrieben. Knut dagegen fand das witzig. Er verstand nicht, warum Friso sich darüber aufregte.« Berit sah die Ermittler treuherzig an. »Aber wegen eines Streits über Herzchen im Grundriss bringt man doch keinen Menschen um.«

»Wenn sich das mit der Zeit so hochschaukelt«, erwiderte Fenna, »wie mit der ungleichmäßig ausgedrückten Zahnpastatube, die eine Ehe zum Scheitern bringt, halte ich alles für möglich.«

»Die Ehe, da sprechen Sie was an.« Erneut biss Berit sich auf die Lippe wie auf ein Stück Holz.

»Nun erzählen Sie schon«, sagte Fenna. »Was ist mit der Ehe? Sie meinen doch die von Friso und Elisa Wiborg?«

Berit ließ sich nicht zweimal bitten.

»Friso hat immer das Gesicht verzogen«, sprudelte es aus ihr hervor, »wenn Elisa ihn im Büro anrief. Was nicht gerade selten passierte. Er war ziemlich genervt davon. Die Ehe war nicht das, was man harmonisch nennt.«

Tammo grinste spöttisch. »Aber Sie haben sicher alles versucht, in der engsten Umgebung Ihres Chefs Harmonie zu verbreiten.«

Berit errötete. »So gut das möglich war, ja.«

13

»Mit Merten Voss sollten wir bald reden«, meinte Tammo. »Aber nicht mehr heute. Ich schlage vor, den laden wir uns für morgen auf die Polizeistation ein.«

»Gute Idee«, sagte Fenna. Sie zeigte auf die Tür, die zu der Halle führte, in der die Sandskulpturen entstanden. »Bevor wir nach Hause fahren, würde ich gern mal einen Blick da hineinwerfen.«

»Hast wohl auch Lust auf einen Workshop. Willst du ein Denkmal für mich errichten oder für Onkel Frido?«

»Nein, für Buddy. So lange, wie er es schon mit Frido und dir aushält, hat er das verdient.« Sie öffnete die Tür und blieb an der Schwelle stehen.

Fast die gesamte Fläche der lichtdurchfluteten Halle war mit einer rund dreißig Zentimeter hohen Schicht goldbraunen Sandes bedeckt.

»Ob der direkt vom Strand in Sankt Peter hierhergebracht wurde?«, fragte sie.

»Nee«, dröhnte eine Stimme hinter ihr.

Merten Voss hatte sich an die Ermittler herangeschlichen. »Der stammt aus einer Kiesgrube im Landkreis Dithmarschen, hat Paule uns erklärt. Es sind besonders kantige Körner. Mit den runden Körnern von unserem Strand würde keine Sandskulptur halten.«

Fenna überkam eine Vorahnung. »Ich vermute, Sie haben uns nicht abgepasst, um uns über die verschiedenen Sandtypen aufzuklären.«

Merten trat von einem Fuß auf den anderen, drehte sich halb nach rechts und halb nach links. Der Mann, der sonst so sicher wirkte, war entweder verlegen oder nervös. »Sie haben die Berit doch nicht im Verdacht?«

Einmütig verweigerten die Ermittler die Antwort.

»Es gab eine gespenstische Situation gestern Abend«, fuhr Merten fort. »Hätten Sie einen Augenblick Zeit für mich? Ich würde mich gerne mit Ihnen unterhalten.«

Tammo schob demonstrativ den Ärmel seines Pullis zurück, hielt Merten die Armbanduhr hin und tippte mit dem Nagel des Zeigefingers auf das Schutzglas. »Wir haben eigentlich längst Feierabend.«

»Aber«, schob Fenna eilig hinterher, »was bedeutet das schon in unserem Job? Bei so einer Bitte können wir nicht Nein sagen. Kommen Sie, der Seminarraum ist frei.« Sie ging voraus.

Die Ermittler blieben vor dem langen Tisch stehen.

Merten schloss die Tür hinter sich und deutete auf die hintersten Plätze. »Setzen wir uns ganz ans Ende. Dann ist die Gefahr gebannt, dass jemand sich an die Tür stellt und mithört.«

»So geheim?« Fenna zog die Augenbrauen hoch. »Jetzt bin ich aber neugierig.« Sie setzte sich hin und ließ Merten Voss nicht aus den Augen.

Der hoch gewachsene Mann mit dem dunklen Haar und dem Dreitagebart wirkte so ernst, als hätte er es mit Bestattungsunternehmern zu tun.

Er zog einen Stuhl vom Tisch, und noch bevor er sich hingesetzt hatte, fing er an, zu reden.

»Der Tod von Friso Wiborg betrifft mich persönlich in ganz besonderer Weise.« Er rückte mit dem Stuhl an den Tisch, stützte die Ellenbogen auf und rieb die

Handflächen aneinander. »Ich übernehme sein unternehmerisches Erbe.«

»Und damit das architektonische«, meinte Tammo.

Verdutzt guckte Voss ihn an. Dann lächelte er dankbar. »Ich sehe, Sie versetzen sich in meine Lage. Ganz so, wie Sie meinen, ist es aber nicht. Ich könnte auch sagen: Ganz so einfach ist es nicht. Doch dazu später.«

Fenna hing an seinen Lippen. Dieser Mann wusste genau, was er ihnen mitteilen wollte. Was wusste er über die Hintergründe des Todes von Friso Wiborg?

Merten Voss spulte den Ablauf des gestrigen Tages ab wie ein Nachrichtensprecher, der seinem Publikum eine Dokumentation der Ereignisse präsentiert. Er wertete nichts, er ergriff keine Partei für oder gegen jemanden. Er blieb sachlich und neutral. Bis er an den Punkt gelangte, an dem die ›Grünen Windmühlen‹ ihren Auftritt hatten.

»Da kam Bewegung in unser Team.« Seine braunen Augen funkelten. »Die Leute um Lina Kraus elektrisieren uns natürlich. Friso war jedes Mal außer sich, wenn sie auftauchten, denn sie brachten unendlich viel Unruhe ins Haus.«

»Unruhe«, sagte Fenna nachdenklich. »Wie dürfen wir das verstehen? Kam Ärger über die Aktivitäten dieser Gruppe auf, oder bestand Angst vor dem Schaden, den sie dem Image Ihres Architekturbüros antun könnten?«

Merten nahm die Ellenbogen vom Tisch, lehnte sich zurück und schob die Hände in die Hosentaschen. »Es gibt zwei Meinungen innerhalb unseres Teams. Die eine Partei ist pro, die andere contra die ›Grünen Windmühlen‹. Zwar traut sich niemand, offen für die Aktivisten Stellung zu beziehen. Aber neben den Bewunderern von

Friso Wiborg gab und gibt es bei uns auch Kritiker, die der Ansicht sind, mit seinen Fantasiebauten an der Küste behandle er die Natur sträflich.«

Während er redete, flatterten seine Ellenbogen immer wieder zur Seite wie die Flügel eines aufgescheuchten Huhns.

»Von dem Graben, die durch Ihr Team verläuft, haben wir schon erfahren«, sagte Fenna. »Wie war denn Ihr eigenes Verhältnis zu Friso Wiborg?«

Merten zog eine Hand aus der Tasche und kraulte sich den Dreitagebart. Dabei verzog er das Gesicht, als schmerzte es.

»Friso hat mich zu seinem Nachfolger erkoren. Dafür bin ich ihm für alle Zeiten dankbar. Ich bin mit einem Batzen Geld in das Unternehmen eingestiegen, das er vor vielen Jahren gegründet hat. So bin ich heute Teil eines bekannten Büros, das auch meinen Namen trägt. Mir war von Beginn an klar, dass mir das in der Übergangszeit bis zu Frisos endgültigem Abschied helfen wird, meine persönliche Reputation aufzubauen.«

Tammo kaute auf den geschwollenen Worten herum, die Merten Voss vorgetragen hatte. »Soll heißen, Friso Wiborg hat Ihnen mit der Wahl zu seinem Nachfolger einen tollen Anschub für Ihr eigenes berufliches Weiterkommen nach seinem Ausscheiden oder Tod beschert.«

»Damit, dass er so schnell von uns gehen würde, hat niemand gerechnet«, erwiderte Merten eilig. »Auf jeden Fall war klar, dass sich das Team nach Frisos Ausscheiden neu zusammenraufen müsste. Die Linie, die er vertrat, war von seinem Eigensinn geprägt, um nicht zu sagen: von seiner Sturheit. Und in genau die Kerbe wollten die Aktivisten schlagen.«

»Die ›Grünen Windmühlen‹ wollten Ihr Team gewaltsam auseinanderbringen?«, fragte Tammo.

»Sie wollten uns moralisch zermürben, Frisos Kritiker in der Belegschaft weiter gegen ihn aufwiegeln und seine Unterstützer mit ihren Aktionen beeindrucken. Nicht jeder hatte so viel Standing wie Friso Wiborg.«

Fenna hatte dem Architekten gebannt zugehört. »Auf welcher Seite standen Sie selbst innerhalb des Teams?«

»Schwierig zu sagen«, antwortete Merten. Er zuckte mit den Schultern und fuhr sich mit der Hand über den Mund.

»Kommen Sie«, munterte Tammo ihn auf. »Uns gegenüber können Sie ehrlich sein. Wir haben Schweigepflicht gegenüber Ihren Mitarbeitern.«

»Ich musste Friso gegenüber loyal sein und muss es auch heute noch, gerade jetzt, nach seinem Tod. Aber in manchen Fragen stand und stehe ich den ›Grünen Windmühlen‹ näher als dem Architektur-Egozentriker Friso Wiborg. Innerhalb der Firma muss ich mit der Äußerung meiner Ansichten vorsichtig sein, um nicht als Abtrünniger in der Chefetage dazustehen. Das würde das Team endgültig sprengen.« Er hörte auf, zu sprechen, und guckte nachdenklich vor sich hin.

Während die Ermittler darauf warteten, dass er weitersprach, knurrte Tammos Magen, und Fenna erinnerte sich daran, dass seit dem Mittagessen schon eine ganze Zeit vergangen war.

Merten Voss verzog bei dem unüberhörbaren Grummeln keine Miene. Seinem verlorenen Blick nach war er tief in Erinnerungen versunken.

»Ich kann nicht ausschließen«, sagte er endlich, »dass jemand aus dem Team mich missverstanden hat.«

»Missverstanden?«, fragte Fenna.

»Es könnte sein, dass jemand glaubte, mir einen Gefallen damit zu tun, wenn er den Aktivisten steckt, dass wir in diesen Tagen auf einem Workshop in Westerhever sind. Dass wir auf Frisos Wunsch unserer Kreativität den letzten Schliff verleihen sollen, um den Friso-Tower durchzuboxen.«

»Sie gehören zu den Kritikern des Gebäudes?«, fragte Tammo.

»Ja, natürlich. Ich würde ihn in dieser Form niemals bauen, nicht an der geplanten Stelle.«

Fenna ging ein Licht auf. »Jetzt, wo Wiborg tot ist und Sie der alleinige Chef sind, besteht für Sie die Chance, den Entwurf für den Hotelturm zurückzuziehen?«

Merten verzog das Gesicht, als wäre ihm ein Sandsack auf den Fuß gefallen. »Ob ich das tun würde, darüber habe ich noch nicht nachgedacht. Aber es kann sein, dass ich mal so interpretiert wurde.«

»Das würde bedeuten ...« Fenna überlegte laut, beendete den Satz aber nicht. »Ich denke, ich habe verstanden, was Sie uns sagen wollen.«

Merten lächelte sie dankbar an. »Offen aussprechen würde ich meine geheimsten Gedanken nie. Ich möchte Ihnen diese Überlegungen auch nicht direkt ans Herz legen. Aber möglich wäre es.«

»Verstehe.« Fenna lag noch eine Frage auf der Zunge. »Sagen Sie, zu den grenzenlosen Bewunderern des Friso Wiborg, von denen Sie vorhin gesprochen haben, dürfte auch Berit Wilke gehören.«

»Auf jeden Fall. Sie hat seine architektonischen Intentionen so gut verstanden wie kein anderer in unserem Team. So gesehen waren die beiden ein perfektes Paar.«

»Auch privat?«

Der provokante Gedanke war Fenna spontan herausgerutscht. Die ganze Zeit über, als Merten von den ›Grünen Windmühlen‹ gesprochen hatte, hatte sie sich im Stillen gefragt, ob nicht auch ein privates Motiv dem Mord zugrunde liegen könnte.

»Über eventuelle private Kontakte zwischen Berit und Friso mag ich nicht spekulieren«, redete Merten sich heraus. »Über Tote soll man nicht schlecht reden, und ich möchte Friso nicht unterstellen, dass er ein Doppelleben geführt hat. Ich denke, er hat streng getrennt zwischen seiner Ehe einerseits und einem rein kollegialen Miteinander mit Berit Wilke andererseits.«

Tammo hatte anscheinend Zweifel an dieser Aussage. Und je länger Fenna überlegte, desto sicherer war auch sie, dass die Realität nicht Mertens Worten entsprach.

Erneut knurrte Tammos Magen.

Merten lachte und deutete mit der Hand auf den Bauch des Kommissars. »Bevor ich Ärger mit dem da bekomme, lasse ich Sie lieber nach Hause fahren und 'ne anständige Mahlzeit zu sich nehmen.«

Die Ermittler verabschiedeten sich von Merten Voss und suchten draußen nach Paule Gertjes, um auch ihm Bescheid zu geben, dass ihre Befragungen für heute beendet seien. Doch der Bildhauer war nirgends zu entdecken. Auch die Kriminaltechniker hatten das Gelände abgesperrt und waren nach Hause gefahren.

Tammo schloss den Wagen auf. Fenna glitt auf den Beifahrersitz und verdrängte alle Gespräche des heutigen Tages aus ihrem Kopf. Einmal musste wirklich Feierabend sein. »Ich würde mir ja gerne noch den Leuchtturm ansehen«, sagte sie verträumt.

»Aber nicht mehr heute.« Zur Verstärkung seiner Worte reagierte Tammos Magen mit lautstarkem Protest auf Fennas Vorschlag.

»Okay, ich hab's verstanden.« Fenna strich ihm zärtlich mit der Hand über den Bauch.

Tammo grinste sie frech an. »Das Berühren des Fahrers während der Fahrt ist verboten. Andernfalls besteht höchste Unfallgefahr.«

»Aber doch nicht in dieser Gegend, in der außer uns weit und breit gerade niemand mit dem Auto fährt.«

Sie ließ den Blick über die Weite des Kooges schweifen. »Mir kommt es hier noch flacher vor als in unserer alten Heimat Ostfriesland.«

»Noch flacher dürfte kaum möglich sein.«

»Doch. Guck dich mal um. In Ostfriesland gibt es mehr Hecken, Knicks und Bäume zwischen den Feldern als hier. Und außerdem ...«

»Außerdem?« Tammo tätschelte ihr Bein.

»Es ist das Licht. Es ist hier heller und freundlicher als irgendwo sonst in Norddeutschland.«

Tammo zog die Hand zurück. »Hoffentlich wirkt sich das auf unseren kriminalistischen Verstand aus. Hast du eigentlich die Aufzeichnungen der Workshop-Teilnehmer mitgenommen? Nicht, dass die in irgendeiner Ecke des Seminarraums liegen.«

Fenna deutete auf ihre voluminöse Umhängetasche. Die hat mein Mann mir heute Morgen mitgegeben, damit ich alles verstauen kann, was mir im Laufe des Tages in die Finger gerät.«

14

Von den Ermittlern unbemerkt hatten Fee, Hilke und ihre Töchter sich auf dem Rückweg vom Einkaufsbummel in Husum noch einmal in das Gebäude der alten Schule geschlichen. Beim Geräusch zuschlagender Autotüren ging Paule auf eins der Fenster des Raumes zu, in dem sie saßen. Er hielt so viel Abstand, dass man von außen wohl nur den Himmel sehen konnte, der sich in der Scheibe spiegelte, nicht aber seine Gestalt.

Fee kauerte auf einer hölzernen Bank und hielt die Luft an. Sie lauschte den Geräuschen.

»Sind sie weg?«, fragte sie leise, als befürchtete sie, dass ihre Stimme von hier bis zum Parkplatz gehört werden könnte.

Paule nickte. »Sie fahren gerade los.«

»Ein Glück.« Fee atmete auf.

Hilkes jüngere Tochter hampelte auf dem Stuhl herum und trat gegen ein Tischbein. Das ältere der beiden Mädchen versuchte vergeblich, sie zu maßregeln.

»Still jetzt, ihr zwei«, fauchte Hilke ihre Sprösslinge an. »Wenn ihr euch nicht benehmen könnt, gibt es keine Geburtstagsfeier.«

»Gibt es wohl«, maulte die Jüngste zurück. »Paule macht das für uns.«

Hilke wandte sich an Paule und nahm das Gespräch wieder auf, das durch die Entdeckung des Toten und das Eintreffen der Kripo unterbrochen worden war.

»Dann geht das also in Ordnung, zehn Kinder von zwölf, dreizehn Jahren am Nachmittag des zwanzigsten Junis? Vorausgesetzt natürlich, die Mädchen benehmen sich bis dahin gut.«

Beim letzten Satz hob sie die Stimme und warf ihren Kindern einen mahnenden Blick zu.

»Das machen wir so. Ich schicke dir in Kürze ein Angebot mit allem Drum und Dran. Du sendest es mir unterschrieben zurück. Dann musst du nur noch an dem Datum pünktlich mit den Kindern hier erscheinen.«

Hilke bedankte sich für die Beratung und die schönen Ideen, die Paule ihr unterbreitet hatte.

Nur mit Mühe unterdrückte Fee einen Hauch von Eifersucht, als Hilke aufstand und Paule mit einem viel zu innigen Lächeln die Hand drückte.

»Dann lass uns mal wieder nach Sankt Peter fahren«, sagte Hilke zu Fee.

Fee sah Paule fragend an.

Er blinzelte ihr kaum merklich zu. Seine Augen strahlten, und ihr Herz machte einen freudigen Hüpfer.

»Anderer Vorschlag«, sagte sie. »Ihr drei fahrt, und ich bleibe noch einen Moment hier.«

»Aha.« Hilke streifte den Riemen ihrer Handtasche über die Schulter. »Und wie kommst du nachher zurück? Oder übernachtest du etwa hier?«

Paule wischte sich mit einer Hand über den Hosenboden, mit der anderen fuhr er sich durchs Haar. »Ich bringe sie nach Hause. Ich wohne ja selbst in Sankt Peter-Ording.

»Na, wenn das so ist.« Hilke war sichtlich irritiert.

»Geht mich ja nichts an. Kommt, Kinder.« An der Tür blieb sie stehen und winkte kurz. »Tschüs dann.«

»Meine Einkäufe hol ich morgen bei dir ab«, rief Fee ihr hinterher. Dann sprang sie auf und warf sich Paule förmlich an den Hals. »Sturmfreie Bude!«

Er hob die Hände. »Vorsicht, frisch lackiert.«

Fee ließ von ihm ab. »Wie bitte?« Sie erstarrte vor Enttäuschung. Heute Mittag hatten sie offen geflirtet, in Anwesenheit all der Leute um sie herum. Jetzt waren sie unbeobachtet. Warum zierte er sich nun?

»Du bist die Tochter der Kommissarin, schon vergessen?«, sagte Paule. Doch er musste die traurigen Fragezeichen in ihren Augen schnell entschlüsselt haben. Seine abweisende Miene wurde weicher. »Auch wenn ich hier nur der Bildhauer bin«, erklärte er, »irgendwie bin ich in den Fall involviert. Das Opfer war schließlich einer meiner Schüler. Wenn deine Mutter und dein Stiefvater rausfinden, dass wir miteinander turteln, bekommen sie Ärger. Oder wir.«

»Wieso das denn?«, fragte Fee. Doch sie kannte die Antwort, denn sie kannte die Regeln.

»Vorschlag zur Güte«, sagte Paule. »Lass uns einen Spaziergang zum Leuchtturm machen. Ich bespreche kurz was mit Merten Voss, dann gehen wir zwei los. Und wenn wir zurück sind, fahre ich dich nach Hause.«

Fees Laune stieg wieder. »Zum Leuchtturm ist gut. Da wollte ich schon immer mal hin. Hilke war das mit den Kindern heute zu viel.«

Sie wartete in dem Gemeinschaftsraum und beobachtete Paule, dem der Chef der Architekten draußen auf dem Parkplatz über den Weg lief. Die beiden redeten miteinander. Das Gespräch dauerte nur kurz, die Männer gingen wieder auseinander. Paule kehrte zurück, bat Fee heraus und schloss den Raum hinter ihr ab.

Sie marschierten die kilometerlange Dorfstraße hinab in Richtung Deich.

»Ist einfach zu doof«, sagte Fee aus dem momentanen Frust heraus, »dass wir in einer Gegend leben, in der jeder jeden kennt, und dass meine Mutter und Tammo in genau dieser Gegend auch beruflich tätig sind.«

»Das war in Greetsiel aber sicher nicht anders«, sagte Paule. »Es ist nun mal so: Solange ein Kriminaler in einer ländlichen Gegend lebt, muss er immer damit rechnen, gegen den Lieblingsbäcker im Dorf oder gegen den zukünftigen Schwiegersohn ermitteln zu müssen.«

Fee blieb stehen und strahlte ihn an. »Den zukünftigen Schwiegersohn?«

Paule guckte erschrocken. »Nur so als Beispiel, ganz allgemein gesprochen. Ohne realen Bezug.«

»Ah, okay.«

Ein Stück weit liefen sie stumm nebeneinander her. Dann befragte Fee den Bildhauer zu seinem Künstlerleben und danach, wie er auf die Idee gekommen war, ausgerechnet Sandskulpturen zu erstellen.

Paule grinste. »Naturtalent. Ich war schon als Kleinkind im Sandkasten der größte aller Förmchenbäcker.«

Das war es, was Fee so an ihm mochte: seine Unbeschwertheit, seine sprudelnden Ideen und dass er über sich selbst lachen konnte.

Sie stiegen den Deich hinauf. Der Schutzwall war höher und der Weg zum Deichkamm steiler, als Fee sich das von Weitem vorgestellt hatte.

Oben angekommen, hielt sie die Hand über die Stirn.

Dahinten stand er, der berühmte Leuchtturm Westerheversand mit den beiden parallel zueinander errichteten Leuchtturmwärterhäuschen, das eine nördlich, das andere südlich des Turms gelegen. Fee hatte viele Fotos der Anlage gesehen, aber der Anblick der Gebäude in ihrer realen Umgebung verzauberte mehr als jedes Bild.

»Der liegt da wie aus der Welt gefallen«, sagte sie.

»Bei Sturmfluten ist die Warft, auf der er steht, ringsherum von Wasser umgeben. Dann ist er wirklich von der Welt abgeschnitten. Da gelangt niemand mehr hin und niemand zurück.«

Fee nickte andächtig.

Paule guckte auf die Uhr. »Willst du jetzt wirklich bis zum Leuchtturm gehen? Das sind ungefähr zwei Kilometer. Die müssen wir auch wieder zurück. Und dann bis zum Parkplatz an der Halle, das ist noch mal ein gutes Stück. Ich schlage vor, die nähere Besichtigung sparen wir uns für einen anderen Tag auf.«

Fee überlegte kurz. Einerseits wollte sie heute so lange wie möglich mit Paule zusammen sein. Andererseits reizte sie die Aussicht auf eine neue Verabredung.

»Okay, das machen wir an einem anderen Tag.«

Sie drehten sich um und liefen zurück.

Fee griff nach Paules Hand. »Wie war der Friso Wiborg eigentlich?«

»Ein Arroganzbolzen«, entfuhr es Paule ohne langes Nachdenken. »Ein eingebildeter Gockel, der nur seinen ewigen Ruhm im Kopf hatte. Der wollte sich ein Denkmal für die Ewigkeit bauen und hat ausgerechnet Sand als Werkstoff gewählt. Die Skulptur auf dem Thron, die er errichten wollte, hätte nur ein paar Monate gehalten, auch wenn er sie mit Fixiermitteln präpariert und in seinem Garten halbwegs vor Wind und Wetter geschützt aufgestellt hätte. Spätestens im Herbst wäre ihm das Werk zerbröselt. Aber er wollte nicht auf mich hören.«

Sein Redeschwall, aus dem Wut und Verachtung herauszuhören waren, überraschte Fee. Im ersten Moment war sie sprachlos. Sie guckte Paule aus dem Augenwinkel an. »Du hast dich mit ihm angelegt?«

Paule blieb ihr die Antwort schuldig. Vermutlich hatte er schon zu viel gesagt. Schließlich war Friso Wiborg sein Kunde gewesen, und über Kunden redete man nicht, so wie auch Tammo und Fenna zu Hause nicht über die Leute sprachen, die sie befragten.

Sie näherten sich den ersten Häusern von Westerhever. Paule ließ ihre Hand los und ging, den Blick geradeaus gerichtet, weiter in Richtung der Sandskulpturenwerkstatt. »Fee, ich weiß nicht, ob das eine gute Idee ist, dass wir beide uns offen zusammen zeigen.«

Fee spürte einen Kloß im Hals. Ihre Beziehung hatte noch gar nicht richtig angefangen, da bremste er schon ab. »Du machst einen Rückzieher?«

»Nein, Fee. Keinen Rückzieher. Wir müssen im Moment nur ein bisschen vorsichtig sein. Wie gesagt, ich häng irgendwie mit drin.« Er räusperte sich. »Wie ist das eigentlich mit deinem Sohn? Der wartet doch bestimmt sehnsüchtig auf dich.«

Fee guckte in den Himmel. »Jonah, der ist wirklich goldig. Er fehlt mir ganz fürchterlich, wenn ich länger als drei Stunden nicht bei ihm bin. Aber ich weiß, dass er bei meinen Großeltern und meiner Schwester super aufgehoben ist. Er liebt unsere Familie. Manchmal habe ich Angst, er vermisst mich gar nicht richtig, wenn ich mal länger weg bin.«

»Dann wird es höchste Zeit, ihm zu zeigen, dass du unentbehrlich für ihn bist.« Paule knuffte ihre Schulter sachte.

Sie erreichten den Parkplatz, auf dem sein Wagen stand, und stiegen ein. Paule sprach kein Wort. Als sie Westerhever hinter sich gelassen hatten, schaltete er den CD-Spieler ein und drehte den Ton so laut, dass eine Unterhaltung völlig ausgeschlossen war.

Fee träumte vor sich hin, bis sie Sankt Peter-Ording erreichten. Sie träumte von einem Sonntagnachmittag im Sommer mit Jonah und Paule am Strand. Jonah mit Schwimmflügelchen und Paule mit einem riesigen bunten Ball, den er ins seichte Wasser rollen ließ. Paule, der Jonah das Schwimmen beibrachte. Und sie selbst an der Wasserkante stehend mit dem Fotoapparat in der Hand.

»Da wären wir.« Paule setzte sie zweihundert Meter vom Viergenerationenhaus entfernt ab. »Du steigst besser hier aus. Das letzte Stück schaffst du zu Fuß.« Er drückte ihre Hand.

Sie drückte zurück. Zu einem spontanen Kuss fehlte ihr der Mut. Bedrückt öffnete sie die Tür, blieb aber sitzen. »Paule?«

»Ja?«

»Du hast aber doch mit dem Mord nichts zu tun?«

»Quatsch.« Er blickte in den Rückspiegel und strich sich sorgfältig das Haar aus der Stirn.

Sie wartete.

Er sprach nicht weiter.

Sie nickte. »Okay. Wann sehen wir uns wieder?«

»Lass uns telefonieren, ja?« Er strich ihr sanft mit dem Handrücken über die Wange. »Gute Nacht.«

»Gute Nacht.« Fee stieg aus und lief das kurze Stück die Straße hinab.

Mit einem Mal war es dunkel und kühl geworden.

15

Müde und abgespannt betraten Tammo und Fenna ihr Haus. Buddy sprang ihnen fröhlich entgegen.

Alarmiert von dem Begrüßungsgebell trat Frido aus dem Wohnzimmer in den Flur. »Ich bin mit ihm heute Abend schon zweimal Gassi gewesen, aber er ist energiegeladen wie ein Rennpferd kurz vor dem Start. Wollt ihr zwei nicht noch eine kleine Runde mit ihm drehen?«

Buddy, der das Wort ›Gassi‹ bestens verstand, rupfte seine Leine vom Haken und warf sie seinem Juniorherrchen vor die Füße.

Tammo wurde vom Klingeln des Telefons erlöst. Er nahm das Gespräch an. »Guten Abend, Gerhild.«

Fenna nahm die Leine auf, kraulte Buddy zwischen den Ohren und versuchte ihm zu erklären, dass es heute mit dem Gassigehen nichts mehr werden würde. Sie wandte sich Frido zu. »Kann er nicht einfach in den Garten raus?«

Magda erschien im Flur. »Ich mach das schon.« Sie nahm die Leine, den Hund und den Haustürschlüssel.

Tammo beendete das Gespräch mit der Rechtsmedizinerin. »Frido«, sagte er, »willst du Magda nicht begleiten? Fenna und ich bekommen gleich Besuch.«

»Gerhild?«, fragte Fenna.

Tammo nickte, und Frido verstand offenbar, dass er in den nächsten ein, zwei Stunden im Viergenerationenhaus unerwünscht war.

»Gerhild kommt zu Fuß«, sagte Tammo. Er nahm Weingläser aus der Vitrine im Wohnzimmer, stellte sie auf den Tisch und ließ Fenna über den Rebensaft entscheiden, den sie zum Gespräch mit der Kollegin trinken würden.

Sie entschied sich für einen Grauburgunder. »Im Kühlschrank steht einer. Ich hol ihn schon.«

Die Flasche war noch nicht entkorkt, da stand die Rechtsmedizinerin vor der Tür. Bei jeder Begegnung mit ihr dankte Fenna dem Beamtenhimmel von Neuem, dass er auch der lieben Kollegin den Weg von Ostfriesland in ihre Wahlheimat Nordfriesland ermöglicht hatte.

»Gerhild, nimm Platz. Möchtest du eine Kleinigkeit essen? Ich kann uns Schnittchen machen.«

»Ich übernehm das«, sagte Tammo und verschwand in der Wohnküche.

Gerhild breitete ihre Unterlagen neben sich auf dem Sofa aus. Dokumente, in die sie doch nicht hineinsehen würde, weil sie wie gewohnt das, was sie vortragen wollte, im Kopf parat hatte.

Tammo trug einen Teller mit belegten Broten herein.

»Das ging aber schnell«, sagte Gerhild, griff gleich zu und begann anschließend mit ihrem Bericht über die Obduktion. »Friso Wiborg ist nicht an den Folgen des Schlags gestorben, den er auf den Kopf erhalten hat.«

»Nicht?«, fragte Fenna erstaunt. »Woran dann?«

Die Rechtsmedizinerin ließ sich nicht aus dem Konzept bringen. »Eins nach dem anderen. Der Schlag hat schwere Verletzungen hervorgerufen. Hirnblutungen, die innerhalb kürzester Zeit tödlich gewesen wären. Der Mann hätte vielleicht noch ein, zwei Stunden länger gelebt, aber eine Rettung wäre kaum möglich gewesen.«

Tammo stellte neben jeden Weinkelch ein Wasserglas und schenkte aus einer Sprudelflasche ein.

»Danke, mein Lieber.« Gerhild nahm einen großen Schluck. »Bin ich durstig. Nun gut, der Mann hat also noch gelebt, als er – wie soll ich es ausdrücken?«

Fenna griff sich an die Kehle und verzog das Gesicht. »Als er zu einer Sandskulptur verarbeitet wurde?« Sie schüttelte sich, griff nach dem Weinglas und spülte das ungute Gefühl hinunter, das sie bei dem Gedanken an das, was Gerhild gleich berichten würde, beschlich.

»Er ist an dem Sand erstickt, der um ihn herum festgedrückt wurde.« Selbst die hartgesottene Gerhild machte eine bedrückte Miene.

Tammo stierte bestürzt vor sich hin. »Jemand hat den bewusstlosen Mann auf diesen Thron gehievt und kaltblütig in dem Sand ersticken lassen?«

Gerhild strich Tammo über die Schulter, als wollte sie ihn trösten. »Friso Wiborg hat nichts mehr davon mitbekommen, soweit ich das nach menschlichem Ermessen beurteilen kann. Sein Hirn war zu stark geschädigt.«

»Wie sah denn sein Herz aus?«, fragte Fenna, um sich selbst von dem grässlichen Gedanken abzulenken. »Bist du sicher, dass er nicht an einem Herzinfarkt gestorben ist?«

Gerhild zog ihre Unterlagen heran und schlug sie auf. »Friso Wiborg war nicht herzkrank. Sein Herz und die Gefäße waren so gesund, wie sie bei einem Menschen dieses Alters nur sein können. Man kann sogar sagen: Sie waren in besonders gutem Zustand.«

»Aber warum dann das Herzmedikament? Seine Frau hat uns doch erzählt, dass er vergessen hatte, es nach Westerhever mitzunehmen.«

Gerhild hob die Hände. »Davon weiß ich nichts. Ich habe auch keine Rückstände von Substanzen in seinem Körper gefunden, die man bei Herz- oder Kreislauferkrankungen einnimmt. Wie hieß denn das Mittel, das er genommen haben soll?«

Fenna guckte Tammo fragend an.

»Keine Ahnung«, sagte er.

Fenna erhob sich. »Ich ruf Frau Wiborg an.« Sie suchte nach den Kontaktdaten der Witwe, eilte in die Diele und wählte Elisas Telefonnummer. Nach einer kurzen Entschuldigung trug sie ihr Anliegen vor.

»Das weiß ich auch nicht aus dem Kopf«, antwortete Elisa Wiborg auf die Frage nach dem Namen der Arznei. »Warten Sie, Frau Kommissarin, ich sag es Ihnen gleich.«

Sie legte den Hörer hin und trapste eine Treppe hinauf. Bald danach kam sie wieder herunter. »Ich hab's. Sind Sie noch dran?«

»Bin ich. Ich hab auch was zu schreiben in der Hand.«

Fenna ließ sich den komplizierten Namen buchstabieren. »Vielen Dank, Frau Wiborg. Sie haben uns sehr geholfen.«

Sie verabschiedete sich, kehrte ins Wohnzimmer zurück und zeigte Gerhild den Zettel mit dem Namen.

»Ach.« Die Rechtsmedizinerin schlug lächelnd die Hände zusammen. »Das erklärt alles. Dieses Mittel ist ein Placebo. In den Pillen ist nicht viel mehr enthalten als Traubenzucker oder irgendein anderes völlig wirkungsloses Pulver.«

16

Wie an fast jedem Morgen trafen sich die beiden älteren Generationen der Familie zum Frühstück in der Wohnküche. Fee war noch im ersten Stock, und Fiona hatte das Haus in aller Frühe verlassen, um zu ihrem Job bei einer Umweltfirma an der Küste zu fahren.

Magda erklärte sich bereit, sich um das Rührei zu kümmern. »Du heute mit Krabben«, fragte sie Frido, »oder lieber mit Kräutern?«

Frido zeigte das mürrischste Gesicht, das er im Angebot hatte. »Kann ich nicht alles zusammen haben? Was bei den jungen Leuten möglich ist, symbolisch betrachtet, sollte auch mir zugestanden werden.«

Fenna seufzte. »Frido, fängst du schon wieder damit an?« Auch sie selbst war verärgert über das Verhalten ihrer jüngsten Tochter. Doch sie hatten ihr mit vereinten Kräften gestern Abend nach der späten Rückkehr aus Westerhever eine Standpauke gehalten, und Fenna war der Meinung, dass Fee verstanden hatte. War es nicht unnötig, den neuen Tag mit derselben schlechten Laune zu beginnen, mit der man den vorherigen beendet hatte?

»Ist doch wahr«, verteidigte Frido sich. »Wenn sie wenigstens eine Erklärung abgegeben hätte, warum sie Jonah derart vernachlässigt hat. Aber so? Das geht nicht.«

Fenna sah sich genötigt, ihre Tochter zu verteidigen. »Sie hat ihn nicht vernachlässigt, Frido. Das kann man nicht sagen. Sie wusste ihn gut aufgehoben.«

»Aber vergessen hat sie ihn.« Seine Hand zitterte vor Wut, und er kleckerte mit dem Tee, als er sich aus der Kanne davon einschenkte.

»Sie wusste, dass Jonah bestens aufgehoben war«, beharrte Fenna. »Und ich denke, sie hat verstanden, was wir ihr gestern eingebläut haben. Gib ihr eine Chance.«

»Warum erklärt sie uns nicht den Grund, weshalb sie so spät nach Hause gekommen ist?«

Fee stand plötzlich im Raum, den kleinen Jonah auf dem Arm. »Weil er euch nichts angeht?«

Der am meisten umgarnte Urenkel von Nordfriesland grüßte mit dem Händchen in die Runde und brabbelte und gluckste vor Vergnügen. Wenn er das Gesicht von Uropa Frido erblickte, war seine Welt in Ordnung.

Frido stand auf und nahm seiner Enkelin den Kleinen ab. Er hob ihn in die Luft und wirbelte ihn herum.

Magda blieb mit der Pfanne in der Hand auf dem Weg zum Tisch stehen und hielt den Atem an. »Vorsicht, Frido. Pass auf, dass du nicht das Gleichgewicht verlierst und der Junge in der Pfanne landet.«

Frido nahm mit Jonah Platz. Der Urenkel akzeptierte die Unterbrechung des Spiels wohl nur deshalb, weil das grün gesprenkelte Rührei, das Magda auf Fridos Teller gab, in diesem Moment interessanter erschien.

Frido nahm eine Gabel zur Hand. »Wenn du uns verraten würdest, Fee, wo du gestern gewesen bist, dann könnte man das vielleicht nachvollziehen. Aber so?«

Unbeeindruckt von Fridos Granteln nahm auch Fee am Frühstückstisch Platz.

Frido deutete auf die Tageszeitung, die hinter ihm auf einem Regal lag. »Hast du bei den ›Grünen Windmühlen‹ mitgemacht? Dann könnte ich das ja verstehen.«

Auch Magda setzte sich nun an den Tisch. »Frido, werde nicht politisch. Nicht am frühen Morgen.«

»Ich werde doch wohl meine Meinung sagen dürfen.« Entrüstet blickte Frido erst seine Frau an, dann wandte er sich an Tammo und Fenna. »Habt ihr das schon gelesen? Gestern gab es eine Pressekonferenz. Der Gemeindevertreter des Amtes Eiderstedt, der als Mitglied im Bauausschuss sitzt, und der Mann vom Tourismusausschuss haben friedlich vereint am Pult gesessen und ihre Argumente ins Mikrofon posaunt. Sonst sind sie sich oft nicht grün, aber in diesem Fall sind sie sich seltsamerweise beide einig. Der Friso-Tower hat seine Berechtigung, behaupten sie, er ist ein Zukunftsbau. Hirnrissig, sag ich dazu. Ich kann die ›Grünen Windmühlen‹ verstehen. Also, Fee, wenn du sagst, du hast dich an einer Aktion von denen beteiligt, dann sei dir verziehen.« Er hob den Finger. »Aber nur dieses eine Mal.«

»Ich sage gar nichts.« Fee konzentrierte sich auf ihr Marmeladenbrötchen.

»Ich überlege«, fuhr Frido fort, während er gegen Jonahs Angriff auf sein Rührei kämpfte, »ob ich selbst bei den Aktivisten mitmachen soll.« Er neigte den Kopf zur Seite, suchte Blickkontakt mit Fenna und lächelte sie unverschämt charmant an. »Ihr seid doch sicher auch gegen den Bau des Friso-Towers. Wenn es Polizeischutz für die Demos geben würde, hätte ich keine Bedenken, mich denen anzuschließen.«

»Um gemeinsam mit der Gruppe den nächsten Mord zu begehen?«, polterte Tammo los. »Du hast ja wohl nicht mehr alle Tassen im Schrank.«

Frido stutzte. Sofort nutzte Jonah seine mangelnde Aufmerksamkeit aus. Er stürzte sich auf den Teller mit dem Rührei und brüllte laut los, als seine Hände darauf herumpatschten. Das Ei war heiß.

Fee sprang auf, um Frido den Jungen abzunehmen, doch der Uropa wehrte den Versuch erfolgreich ab.

»Sagt bloß, den Wiborg haben die ›Grünen Mühlen‹ ausgeknipst?«, fragte Frido die Ermittler.

Magda pochte mit der Faust auf den Tisch. »Sag mal, wie redest du denn daher? Und das in Gegenwart deines Urenkels. Ich bitte dich.«

Frido wollte gegenargumentieren, doch Fenna unterbrach ihn. »Du hältst dich fein aus den Aktionen der Aktivisten heraus. Und jetzt pass lieber auf Jonah auf. Sonst halten wir dir gleich dieselbe Gardinenpredigt wie gestern Abend deiner Enkelin.«

Frido verteilte das Rührei auf einer Scheibe Schwarzbrot. »Würde mich jedenfalls nicht wundern, wenn der Typ vom Bauausschuss und die Nase vom Tourismusverband die nächsten wären, die dran glauben müssten.«

Fenna schwante etwas. Sie legte Messer und Gabel beiseite. »Frido, sag mal, hast du etwa schon Kontakt zu den Aktivisten aufgenommen?«

Mit einem Mal konzentrierte Frido sich ganz auf Jonah. Er zerkrümelte einen der zuckerfreien Kekse, die Magda für ihren Urenkel gebacken hatte.

Fenna ließ nicht locker. »Frido, ich hab dich was gefragt.«

»Ich?« Frido sah kurz auf. »Nee.«

Magda verdrehte die Augen. Dann hob sie beruhigend die Hände. »Keine Sorge, ich behalte ihn im Blick.«

»Das ist ein Wort«, erwiderte Tammo. Doch Fenna hörte die beißende Ironie aus seiner Stimme heraus.

17

Merle empfing die Ermittler mit ihrer typischen guten Laune, die sich durch nichts auf der Welt vertreiben ließ und die das Bild von den kühlen und sturen Nordfriesen ad absurdum führte. Sie wies in den Besprechungsraum. »Ich hab schon mal was für die Auswertung der Aufzeichnungen der Workshop-Teilnehmer vorbereitet.«

Die Ermittler folgten ihr in den Raum.

Merle stellte sich an den Tisch. »Die Tischfläche ist der Gemeinschaftsraum.« Sie hob einen Stapel mit nummerierten Karteikarten in Postkartengröße hoch. »Das sind die Tische, die in dem Raum stehen. Und dies ...«, sie deutete auf einen Stapel Karteikarten in der Größe einer Streichholzschachtel, die sie mit Vor- und Nachnamen beschriftet hatte, »dies sind die Teilnehmer. Ihr braucht nur noch die Aufzeichnungen durchzulesen und die Karten so hin und her zu schieben, wie die Leute sich ihren Angaben gemäß von Tisch zu Tisch bewegt oder den Raum verlassen haben.«

Fenna war begeistert. »Super, Merle. Vielen Dank.«

»Wenn ihr wollt, helfe ich euch.«

»Danke«, sagte Tammo, »das kriegen wir alleine hin. Wir vergleichen das, was in den Aufzeichnungen steht, auch mit den mündlichen Aussagen der Teilnehmer, die wir bisher befragt haben.«

Fenna tippte sich an die Stirn. »Soweit wir uns daran erinnern.«

»Dann frohes Schaffen. Tee steht in der Kanne auf der Fensterbank.« Merle winkte und verließ den Raum.

»Bevor wir die ganzen Ergüsse durchgehen«, sagte Tammo, »lass uns mal zusammenfassen, welche Motive vorliegen könnten.«

Fenna schob die Stapel mit den Karteikarten vorsichtig zur Seite und breitete ihren Schreibblock aus. ›Motive‹ schrieb sie oben auf die Seite. Darunter zog sie einen Strich quer über das Blatt. Dann zeichnete sie drei senkrechte Linien, um eine Tabelle zu erstellen.

»Konfliktscheu war der Wiborg nicht.« Sie schrieb ›Familie‹ über die erste Spalte. »Fangen wir mal mit dem Inner Circle an. Die Tochter ist nicht gut auf den Vater zu sprechen. Der Sohn anscheinend auch nicht, wenn wir den Worten von Oda Wiborg trauen können.«

»Und wie es um die Beziehung mit der Ehefrau bestellt war, da bin ich mir nicht sicher«, meinte Tammo. »Elisa hat sich uns gegenüber redlich bemüht, loyal zu klingen. Aber mir schwang da zu viel Negatives mit. Die Eitelkeit ihres Mannes, die Aussage, dass er gerne polarisierte. Das klang nicht nach harmonischer Ehe.«

Fenna schrieb die Namen der Familienmitglieder untereinander in die Spalte ›Familie‹. »Gehen wir einen Schritt weiter nach außen. Die Belegschaft.« Sie notierte das Wort in den Kopf der nächsten Spalte.

»Die ist zweigeteilt, wie wir erfahren haben«, sagte Tammo. »Von Knut Appel, der vermutlich in einem ständigen Wettstreit mit dem Star-Architekten Friso Wiborg stand, bis zu Berit Wilke, die dem Chef trotz der kurzen Betriebszugehörigkeit ...«

Fenna hob den Kuli hoch. »... oder gerade deswegen.«

»... so nahe stand wie kein anderer in dem Team.«

»Und Merten Voss bewegte sich genau zwischen den beiden Lagern. Als Juniorpartner von Friso Wiborg hatte er dessen Vertrauen gewonnen, aber er legte auch immer Wert darauf, seine eigene Handschrift umzusetzen.«

Fenna notierte diese drei Namen in der Spalte. »Wir hätten also sowohl familiäre als auch innerbetriebliche Konflikte als Motive. Doch aller guten Dinge sind drei.«

»Die dritte Partei sind die Aktivisten«, sagte Tammo, während Fenna ›Externe Gegner‹ über die dritte Spalte schrieb. »Wie hieß die Chefin der Truppe noch?«

»Lina Kraus«, antwortete Fenna spontan.

»Seit wann hast du so ein gutes Namensgedächtnis?«

Fenna tippte sich mit dem Kugelschreiber an die Stirn. »Eselsbrücke«, sagte sie. »›Lina‹ wie eine Linie, die diese Frau konsequent verfolgt. Und ›Kraus‹ wie krause Ideen, die der Aktivistin durch den Kopf huschen.«

»Das passt«, sagte Tammo.

»Gib das bloß nicht an Frido weiter. Dann haben wir die nächsten drei Wochen jeden Abend eine Diskussion zu diesem Thema. Das muss ich nicht haben.«

Tammo streckte die Beine von sich. »Ich seh ihn schon mit zerzaustem Haar und einem Transparent in der Hand auf dem Seebrückenvorplatz aufmarschieren.«

»Solange er friedlich bleibt.« Fenna langte nach den Notizen der Workshop-Teilnehmer. »Komm, lass uns die Aufzeichnungen durchsehen.« Sie schob Tammo einige der Blätter zu. »Zuerst ordnen wir die Leute, die angegeben haben, zu Beginn des Abends gemeinsam an einem Tisch gesessen zu haben, der Karteikarte mit der betreffenden Tischnummer zu. Danach wird es spannend, wenn es um die Bewegungen am weiteren Abend geht.«

Beide begannen mit der Arbeit.

Nach einer Weile stöhnte Tammo laut. »Ich komme mir vor wie bei der Mathearbeit im Abitur. Meistens passt es, aber nicht immer. Dann geht das Rätseln los.«

»Wenn es um Abweichungen von fünfzehn oder auch dreißig Minuten geht«, sagte Fenna, »sollten wir tolerant sein. Haarig wird es, wenn es eine Stunde oder mehr ist oder wenn jemand, der behauptet, den ganzen Abend an einem bestimmten Tisch gesessen zu haben, von den anderen genau da nicht gesehen wurde.«

Mit einem Mal wurde Tammo nervös. Er tippte mit dem Kuli auf ein Blatt, schob eine der kleinen Karteikarten auf eine der größeren, sah auf ein zweites Blatt, schob die Karte mit dem Namen zu einer anderen größeren Karteikarte. Dann blickte er wieder auf das erste Blatt und schob die kleine Karte zu der ersten größeren zurück. Anschließend begann er das Spiel von Neuem.

Fenna beobachtete ihn mit einem schrägen Lächeln. »Du kannst die Karte noch so oft hin und her schieben, es wird kein gleichschenkliges Dreieck draus.«

Tammo hielt die kleine Karteikarte hoch. »Was ist, wenn wir eine Doppelbelegung haben? Ein und dieselbe Person hat zu ein und derselben Zeit an zwei Tischen gesessen, wenn wir den Aussagen von Berit Wilke, Merten Voss und einer dritten Person Glauben schenken sollen.«

Fenna kniff die Augen zusammen und versuchte, den Namen der weiteren Person zu entziffern. »Knut Appel?«, fragte sie.

Tammo nickte.

»In dem Fall«, schloss Fenna, »liegt entweder ein Irrtum vor, oder wir haben ein Problem.«

»Oder den Täter.« Tammo grinste triumphierend.

»Möglicherweise. Man könnte den Sachverhalt so interpretieren, als wollten gleich zwei Personen Knut Appel ein Alibi geben.« Fenna stand auf. »Wir sollten ihn uns ansehen und ihm Gelegenheit geben, das Missverständnis mit uns zu klären.«

»Lass uns auf dem Weg dahin einen kleinen Schlenker machen«, erwiderte Tammo. »Wir suchen erst Harder Wiborg auf. Der sitzt in Tating, wenn ich richtig gegoogelt habe. Von da aus fahren wir weiter nach Westerhever.«

Er zückte sein Smartphone und tippte etwas ein. »Hier ist die Adresse.« Er hielt Fenna das Display hin.

»Einverstanden.« Fenna packte ihren Notizblock und den Stift in die Umhängetasche und schob ihr Handy hinterher. »Dann haben wir die Familie komplett.«

18

Das Haus, in dem Harder Wiborg mit seinem Büro residierte, lag am Ortsrand von Tating auf einem großen Grundstück mit Obstbäumen. Umgeben war es von einem Holzzaun, der dringend renovierungsbedürftig war. Das ehemals weiß verputzte anderthalbstöckige Gebäude zeigte an der Wetterseite Spuren von Sturm und Regen, und auch das tiefgezogene Reetdach mit der Gaube über der Haustür hatte schon bessere Zeiten gesehen.

Fenna deutete zu dem vermoosten Dach hinauf. »Das müsste mal neu.«

»Weißt du, wie teuer so was ist?«, fragte Tammo.

Er ging auf die grün gestrichene Eingangstür zu und drückte die Klinke herunter, ohne zuvor anzuklingeln. Die Scharniere quietschten und kündigten die Eindringlinge an.

»Die Frau Barding hat gerade angerufen«, hörten sie eine weibliche Stimme rufen. Kurz darauf stand eine Frau im Türrahmen eines der Räume, die vom Flur abgingen. »Oh, Entschuldigung, ich hatte Harder Wiborg erwartet. Sie haben aber keinen Termin, oder ist mir was entgangen?«

»Nein«, sagte Fenna, »wir haben keinen Termin, aber ein paar dringende Fragen.« Sie und Tammo zeigten der Dame ihre Dienstausweise und stellten sich vor.

Die Frau wurde blass. »Dann weiß ich nicht, ob ich Sie so einfach reinlassen darf.«

»Wir können Herrn Wiborg auch zu uns auf die Polizeistation laden«, sagte Tammo freundlich. »Vor den Umständen, die das bereiten würde, werden Sie ihn sicher bewahren wollen. Wann kommt er denn zurück?«

Die Mitarbeiterin guckte auf ihre Armbanduhr. »Er müsste jeden Moment wieder hier sein. In einer halben Stunde hat er einen Telefontermin. Auf den wollte er sich noch vorbereiten.«

»Wo dürfen wir solange warten?«, fragte Fenna. »Wir sind auch mucksmäuschenstill und stören nicht, Frau — wie war Ihr Name?«

»Reimers, Verena. Ich bin die technische Zeichnerin.« Sie überlegte einen Moment. »Nehmen Sie den Besprechungsraum. Der ist zwar klein, und da liegt einiges auf dem Tisch. Aber ich kann das mal zusammenschieben.«

Sie ging zum Ende des Flurs und öffnete die Tür zu einem kleinen quadratischen Raum mit zwei Fenstern, deren Flügel weit geöffnet waren. »Es riecht meist ein bisschen muffig hier«, entschuldigte sie sich. »Die Mauern sind feucht. Nehmen Sie doch Platz.«

Hastig schob sie riesige Bögen mit Grundrissen von Gebäuden zusammen. Auch die Miniatur eines Hauses, aus Sperrholz zusammengeleimt, nahm sie vom Tisch. Sie legte die Zeichnungen auf einem Sideboard ab und stellte das Gebäudemodell darauf.

Ein Wagen fuhr auf das Grundstück, der Motor wurde abgestellt und eine Autotür zugeschlagen. Erneut quietschten die Scharniere.

»Das muss er sein«, sagte Verena Reimers. »Harder?«

»Jo, bin hier.« Seine Schritte hallten schwer durch den Flur. Als er die Ermittler am Tisch sitzen sah, blieb er stehen, als ahnte er, wen er vor sich hatte.

Tammo und Fenna erhoben sich von ihren Stühlen.

Umständlich stellte Harders Mitarbeiterin ihm die Besucher vor. Das Wort ›Kriminalpolizei‹ betonte sie, als handelte es sich um einen giftigen Pilz. Dennoch behielt sie ein Lächeln bei.

»Unser Beileid zum gewaltsamen Tod Ihres Vaters.« Fenna reichte Harder Wiborg die Hand.

Auch Tammo begrüßte den Mann. So gewährten sie ihm ein wenig Zeit, sich an die unerwartete Situation zu gewöhnen.

»Wann und auf welchem Weg haben Sie vom Tod Ihres Vaters erfahren?«, fragte Fenna.

»Tut das was zur Sache?«

Die Ermittler setzten sich wieder hin und baten Harder, ebenfalls Platz zu nehmen.

»Meine Schwester hat mich angerufen, gestern gegen Mittag, frühen Nachmittag. Ich weiß nicht mehr genau, wie viel Uhr es war. Ich war nach Garding unterwegs zu einer Baustelle.«

»Deshalb sind Sie nicht zum Fundort der Leiche Ihres Vaters gekommen?«

»Nicht nur deshalb. Ich hielt es nicht für nötig. Meine Schwester und meine Mutter sind hingefahren. Ich war der Meinung, das reichte.«

Fenna schmunzelte in sich hinein. Ehrlich war der Mann wenigstens.

Tammo wies auf die Unterlagen auf dem Sideboard. »Was für ein Projekt haben Sie gerade in der Mache?«

Das war die richtige Frage gewesen. Harder taute auf wie ein Eisblock in der Mikrowelle.

»Eine kleine Ansiedlung energieeffizienter Holzhäuser«, erzählte er mit leuchtenden Augen. »Sie werden mit

Erdwärme betrieben.« Er verlor sich in technischen und ökologischen Einzelheiten, die weder Tammo noch Fenna interessierten. Doch auf diese Weise fanden sie Zugang zu ihm.

»Sie arbeiten vorwiegend im Umweltsektor?« Fenna, die keine Ahnung von Architektur hatte, hoffte inständig, dass ihre Frage irgendwie fachmännisch klang.

Wieder geriet Harder ins Schwärmen. »Ich habe mich auf Öko-Ferienhäuser spezialisiert. An vielen Standorten entlang der Küste möchte ich in den nächsten Jahren umweltfreundliche Feriendörfer mit Holzhäusern und Biotopen errichten. Mein Wunsch ist, dass auf den Grundstücken möglichst viele bedrohte Pflanzen und Tiere unserer Region Schutz finden.«

»Wenn ich richtig verstehe«, sagte Fenna, »befinden Sie sich damit im krassen Widerspruch zu den Projekten, die Ihr Vater favorisiert hat.«

»Was glauben Sie, warum ich mich vor Jahren aus seinem Architekturbüro verabschiedet habe? Ich mag meinem Vater äußerlich ähnlichsehen, aber innerlich und was berufliche Dinge betrifft, hatten wir nichts gemein. Deshalb war es mir schon bald nach dem Studium wichtig, mich von ihm unabhängig zu machen.«

»Beruflich unabhängig«, fragte Tammo, »oder auch privat, in Form eines Bruchs mit Ihrem Vater?«

Harder wich zurück. »Sowohl als auch.«

»Der Name Lina Kraus sagt Ihnen was?«, fragte Fenna beiläufig.

»Wem sagt der Name nichts?«, konterte Harder.

Seine Miene verschloss sich. Mit Antworten auf weitere Fragen würde er sicher vorsichtiger sein.

»Sympathisieren Sie mit der Gruppe?«

Harder verschränkte die Arme. Aus dem Augenwinkel nahm Fenna wahr, dass der Fuß des Beines, das er ausgestreckt hatte, hektisch hin und her wedelte.

»Die ›Grünen Windmühlen‹ haben im Prinzip meine moralische Unterstützung. Aber Mitglied bin ich bei denen nicht.«

»Würde aber doch gut passen«, sagte Tammo. »Von der Ideologie her, denke ich, dürften Sie auf einer Linie liegen.«

»So, denken Sie?« Harder beäugte den Kommissar mit einem schiefen Lächeln. »Sie sind sich nicht bewusst, wovon Sie reden.«

Tammo lächelte zurück. »Aber Sie werden uns darüber aufklären.«

Auch er lehnte sich mit verschränkten Armen zurück, als wollte er Harders Haltung bewusst spiegeln.

»Wenn man mit Nachnamen Wiborg heißt«, sagte Harder nach einigem Nachdenken, »hat man es als Architekt nicht leicht. Egal, um welche Ausschreibung ich mich bewerbe, ich muss mich immer erst mit meinem Vater und dessen wahnwitzigen Ideen in Verbindung bringen lassen, bevor man mir zuhört und mich mein Konzept vorstellen lässt.«

»Das hat Sie Ihr Leben lang gewurmt«, sagte Fenna aus einer Eingebung heraus. »Daher gab es reichlich Spannungen zwischen Ihnen und Ihrem Vater.«

Harder durchschaute sie sofort. Er schüttelte spöttisch grinsend den Kopf. »Ich gehe Ihnen nicht ins Netz. Ich bin nicht der Fisch, den Sie angeln wollen.«

»Trotzdem«, sagte Tammo und holte sein Notizbuch hervor, »müssen wir Ihnen die obligatorische Frage stellen: Wo waren Sie Montagnacht?«

»Bei meiner Freundin Anna, von Montag, achtzehn Uhr, bis Dienstagmorgen. Ich geb Ihnen die Anschrift. Notieren Sie mal.«

Er nannte den Ermittlern den Namen, die Adresse und alle privaten und dienstlichen Telefonnummern der Dame.

Fenna blieb freundlich. »Sie wird Ihre Anwesenheit bestätigen. Da bin ich ganz sicher.«

Sie betrachtete die hellblonden Haare von Harder Wiborg, und plötzlich fiel ihr das einzelne Haar ein, das die Kriminaltechniker in dem Sand gefunden hatten, der um Friso Wiborgs Leiche herum festgedrückt worden war.

»Wären Sie gegebenenfalls bereit, uns eine DNA-Probe von Ihnen zu überlassen?«

»Gegebenenfalls ja. Ich wüsste aber gern, warum Sie die haben wollen, und würde vielleicht vorher darüber nachdenken wollen.«

»Gemeinsam mit einem Rechtsanwalt?«, fragte Tammo mit provokantem Unterton.

Harder zeigte trotz der unverhohlenen Nervosität eine erstaunliche Sicherheit. »Eventuell ja. Ich weiß aber nicht, ob es nötig wäre, dass ich dafür Geld ausgebe.«

Verena Reimers klopfte an die Tür und lugte herein. »Harder, du denkst an deinen Telefontermin?«

Die Ermittler verstanden den Wink. »Lassen Sie sich von uns nicht aufhalten«, sagte Fenna. »Wir sind fertig mit Ihnen. Für heute.«

19

Schwungvoll lenkte Tammo den Wagen über die kaum befahrenen und dennoch abenteuerlichen Straßen. Vor jeder Kurve sah Fenna sich im Straßengraben liegen.

»So still?«, sagte Tammo, als sie die Hälfte des Weges zurückgelegt hatten. »Was geht dir durch den Kopf?«

»Ach, nichts. Ich glaub, ich ruf mal Eike Hoböken an und frag ihn nach dem Stand der Dinge.« Fenna kramte ihr Smartphone aus der Umhängetasche hervor. Dabei hielt sie den Blick stur nach vorn gerichtet, damit ihr nicht schlecht wurde. Schon als Kind hatte sie wüste Kurvereien mit dem Auto nicht vertragen.

»Wieso willst du ihn von der Arbeit abhalten?«, fragte Tammo. »Wir sind doch gleich da.«

Doch sie hatte den Kollegen schon in der Leitung. »Moin, Eike. Wie sieht's aus? Kommt ihr gut voran?«

»Und wie«, sagte Eike in seiner aufgeräumten Art. »Mit der Halle sind wir durch. Die war leider keine Fundgrube für uns. Der Täter hat mit einer Schubkarre Sand nach draußen gefahren, aber keine Schuhabdrücke auf dem Sand in der Halle hinterlassen. Der ist immer schön am Rand entlang gegangen.«

»Deinen Worten entnehme ich, dass der Workshop wieder fortgesetzt werden kann.«

»Der ist in vollem Gang. Die Leute stampfen und carven schon wieder. Von wo rufst du eigentlich an?«

»Wir sind auf dem Weg zu euch«, antwortete Fenna.

»Warum das? Ihr bringt hier nur alles durcheinander.«

Das sonore Lachen des Kriminaltechnikers steckte Tammo an. »Wir bemühen uns jedenfalls darum.«

Zehn Minuten nachdem die Kommissarin Eike Hoböken ihre baldige Ankunft angedroht und sich von ihm verabschiedet hatte, trafen sie auf dem riesigen Grundstück der Sandskulpturenwerkstatt ein.

Eike und seine Leute befanden sich auf dem Gelände hinter der Halle und arbeiteten dort unbeeindruckt von den neugierigen Blicken der Workshop-Teilnehmer, die immer wieder hinaussahen. Mit ihren Skulpturen kamen sie bei all der Ablenkung nur mäßig voran, wie Fenna auf den ersten Blick erkannte.

Als die Ermittler die Halle betraten, zeigte Paule Gertjes einem der Teilnehmer gerade, wie er den Sand schnitzen solle. Er legte sein Werkzeug aus der Hand und begrüßte die zwei. »Komische Stimmung heute«, raunte er ihnen zu. »Die Konzentration ist weg und die Motivation wohl auch.«

»Immerhin ist den Leuten der Seniorchef verlustig gegangen«, gab Fenna zu bedenken. »Das steckt man nicht so einfach weg. Insofern ist es nicht verwunderlich, dass sie nicht bei der Sache sind.«

»Nee, nee, natürlich nicht«, ruderte Paule zurück. »Hab ich auch vollstes Verständnis für. Aber ich an deren Stelle hätte den Workshop abgebrochen. Hat doch keinen Sinn mehr jetzt.«

Tammo stellte sich auf die Zehenspitzen und warf einen kontrollierenden Blick über die Köpfe der Teilnehmer, die an ihren gestampften Sandblöcken arbeiteten. »Wieso nicht?«, fragte er beiläufig. »Die Kreativität zu fördern macht doch immer Sinn. Wenn sie sie für den

Friso-Tower nicht mehr brauchen, dann eben für das nächste Projekt.«

Paule rückte näher an die Ermittler heran. »Steht schon fest, dass der Friso-Tower gestorben ist? Haben die ›Grünen Windmühlen‹ ihr Ziel erreicht?«

»Sie meinen«, fragte Fenna, »die Aktivisten stehen hinter dem Mordanschlag?«

Erschrocken trat Paule einen Schritt zurück und legte die Hände an seine Brust. »Ich habe keine Meinung dazu. Überhaupt keine. Ich möchte niemanden in Verdacht bringen. War nur so ein Gedanke, weil die gerade vorgestern hier aufgetaucht sind. Friso Wiborg war ein eigener Typ. Er hatte sicher nicht viele Freunde. Aber dass er ums Leben kam, kurz nachdem diese Leute hier aufmarschiert sind, war schon merkwürdig. Aber wie gesagt, ich persönlich verdächtige niemanden.«

»Nicht einmal Lina Kraus«, sagte Fenna spöttisch.

»Nicht einmal die.« Irritiert beobachtete Paule den Kommissar, der immer noch augenscheinlich nach jemandem suchte. »Kann ich Ihnen helfen?«, fragte er.

Nun endlich rückte Tammo mit der Sprache heraus. »Ich suche Knut Appel. Wo ist der denn abgeblieben?«

»Knut Appel?« Einen Augenblick lang stand Paule da, als müsse er überlegen, wer gemeint war. »Der Knut, ja, der hat heute Morgen einen Anruf von Zuhause bekommen und musste schnell zurück nach Garding. Da wohnt er mit seiner Familie. Der Opa liegt wohl im Sterben oder der Erbonkel. Ein Verwandter jedenfalls.«

»Dann ist er von jetzt auf gleich abgefahren?«, fragte Tammo.

Bevor Paule antworten konnte, kam Merten Voss auf die Gruppe zu. Er wischte sich die sandigen Hände an den Jeans ab, schlug Paule auf die Schulter und begrüßte Fenna und Tammo per Handschlag. »Sie schon wieder?« Er lächelte smart, dann erklärte er: »Sie wissen, wie ich das meine. Haben Sie schon was rausgefunden? Eine erste Spur?«

Fenna beäugte Merten Voss, bis seine Mundwinkel unsicher zuckten. »Wir sind hier«, sagte sie kurz angebunden, »weil wir Knut Appel sprechen wollten.«

Merten wollte etwas erwidern, doch der voreilige Paule war schneller als er. »Ich hab schon erzählt, dass er nach Hause musste.«

»Haben Sie wohl zwei Minuten für uns?«, fragte Fenna. Ohne seine Antwort abzuwarten, wandte sie sich an Paule. »Dürfen wir noch einmal Ihren Seminarraum benutzen?«

Paule nickte. »Na klar. Der ist aufgeschlossen. Gehen Sie nur rein.«

Er boxte Merten Voss leicht in die Rippen. »Pass gut auf, was du sagst«, rief er ihm hinterher. »Sonst landest du noch im Knast.«

Merten schob die Hände in die Taschen und drehte sich ungelenk nach ihm um. »So komisch find ich das alles nicht, dass ich Witze drüber machen wollte.«

Er schlurfte über die Fliesen, ließ sich von Tammo die Tür zu dem Raum öffnen und fläzte sich auf einen Stuhl. Doch er merkte offenbar sofort, was für eine Figur er abgab, und setzte sich gerade hin. »Muss ich jetzt etwa für Knut Appels Verschwinden geradestehen?«

»Sie zweifeln an dem Grund für seine plötzliche Abfahrt?«, fragte Fenna.

Merten zuckte mit den Schultern. »Zweifeln nicht. Aber ich fand es etwas überstürzt.«

»Wenn es um Leben und Tod geht?«, sagte Tammo spöttisch. »Und darum ging es in dem Fall doch, oder?«

Er bat Fenna um die Notizen der Workshop-Teilnehmer über den Verlauf des vorletzten Abends und faltete die Aussagen von Berit Wilke, Knut Appel und Merten Voss auseinander.

»Wir haben hier eine kleine Diskrepanz.« Er zählte Merten die Uhrzeiten vor, zu denen Knut Appel gleichzeitig am Tisch von Berit Wilke und an seinem eigenen gesessen haben sollte. »Können Sie uns erklären, wie Herr Appel es geschafft hat, sich zu klonen?«

Merten Voss verzog seinen Mund zu einem breiten, versöhnlichen Lächeln. »Nichts leichter als das. Knut und ich haben zusammen an einem Tisch für vier Personen gesessen. Wie Sie an den Aufzeichnungen gesehen haben dürften, war nur am Anfang ab und zu mal jemand anderes mit dabei.«

Fenna nickte. Bei einigen Teilnehmern hatte es übereinstimmend Angaben zu einer Reihe von Wechseln von Tisch zu Tisch gegeben.

»Die meiste Zeit waren wir zwei allein«, fuhr Merten fort. »Später bin ich mal eine rauchen gegangen und – ja, ich hab den Vollmond angeheult. Manchmal wird mir das zu viel mit all den Leuten um mich herum.« Er fuhr sich mit beiden Händen über das Gesicht und schien den Abend zu rekapitulieren. »Ich war wohl eine gute halbe Stunde draußen. Das alles hab ich nicht aufgeschrieben, weil ich es für unwichtig hielt. Der Knut ist in der Zeit, als ich draußen war, bestimmt nicht alleine am Tisch geblieben. Er wird sich zu jemand anderem gesetzt haben. Wenn Berit sagt, er war bei ihr, dann war er bei ihr. Da können Sie sich drauf verlassen.«

»Haben Sie da draußen jemanden bemerkt?«

Wieder richteten Mertens Blicke sich nach innen, und er dachte nach. »Nein, ich habe niemanden gesehen oder gehört. Und wenn ich noch so intensiv zurückdenke, ich bin sicher, ich war da draußen allein.«

»Von den Aktivisten war auch niemand da?«, fragte Tammo.

»Nein. Die waren wahrscheinlich längst nach Sankt Peter-Ording zurückgekehrt.«

Fenna war nicht sicher, ob Voss über Knut Appels Anwesenheit an den Tischen die Wahrheit gesagt hatte. Doch im Moment gab es keinen plausiblen Grund, an den Aussagen zu zweifeln. Sie fragte sich, ob sie sich zu Unrecht auf Appel eingeschossen hatten. Später konnten sie immer noch überprüfen, ob tatsächlich ein Verwandter von ihm im Sterben lag.

»Danke, Herr Voss. Dann dürfen Sie wieder zu ihren Leuten zurückgehen.«

Voss nickte erleichtert, erhob sich und wandte sich zur Tür. Dort prallte er mit Berit Wilke zusammen. »Was machst du denn hier?«, fragte er sie.

Sie sah an ihm vorbei. »Frau Kommissarin, könnte ich Sie noch mal kurz sprechen?«

Merten Voss entfernte sich, nicht ohne sich beim Verlassen des Raumes noch einmal umzudrehen.

20

Berit trat ein, schloss die Tür und blieb vor den Ermittlern stehen. Sie rang die Hände. »Ich will nicht petzen«, begann sie. »Aber Sie haben nur danach gefragt, wer von uns wann wo mit wem gesessen hat. Sie haben nicht gefragt, worüber wir uns unterhalten haben.«

Fenna lächelte milde. »Das wäre wohl einen Schritt zu weit gegangen.«

»Es gab da eine Szene«, sagte Berit leise.

Tammo rückte einen Stuhl vom Tisch und zeigte mit der Hand darauf. »Setzen Sie sich doch bitte.«

Sie kam der Aufforderung nach, und auch die Ermittler nahmen noch einmal am Tisch Platz.

Fenna beugte sich zu Friso Wiborgs ehemals engster Mitarbeiterin vor. »Bitte, Frau Wilke, was möchten Sie uns erzählen?«

»Friso und Knut«, begann sie und seufzte. »Die haben sich an dem Abend gestritten, als Knut zwischenzeitlich mal bei Friso und mir am Tisch saß. Die Sache wurde ziemlich persönlich und ging zum Teil unter die Gürtellinie.«

Drei Kollegen von Berit Wilke hielten sich vor dem Fenster zum Parkplatz auf. Sie sprachen so laut, dass man die Stimmen durch die Scheiben hörte.

Berit wurde unsicher.

Tammo bat die Leute, sich woanders weiter zu unterhalten. Vorsichtshalber schloss er das Fenster.

»Friso konnte ziemlich unangenehm werden. Er hat Knut ganz schön zur Weißglut gebracht. Knut hat ihm daraufhin vorgeworfen, dass er jeden fähigen Architekten früher oder später aus der Firma vergrault. Das hätte er ja sogar mit seinen eigenen Kindern, Oda und Harder, fertiggebracht. Daraufhin hat Friso den Knut angeschnauzt, er solle mal schön die Klappe halten, er selbst sei ja nicht mal fähig, Kinder zu zeugen.«

Berit verstummte, offensichtlich peinlich berührt.

»Und weiter?«, fragte Fenna.

»Knut hat gegrölt, Friso solle doch die Oda mal fragen, wer denn wohl der Vater ihres Kindes sei. Wenn er es wissen wolle – sein Enkel sei ein halber Appel.«

»Der Vater des Kindes war bis dato unbekannt?«

Berit schluckte. Aufgeregt fuhr sie fort: »Oda hat nie verraten, wer der Vater ihrer Tochter ist. Die Kollegen haben sich damals, als sie schwanger war, wohl ihre Gedanken gemacht. Es wird bis heute viel getuschelt. Oda war nämlich eine Zeit lang ziemlich gut auf Knut zu sprechen, und dann auf einmal war das von heute auf morgen vorbei. Kurz danach, sie war wohl im vierten Monat, hat sie die Firma verlassen, und niemand hat sich mehr Gedanken darüber gemacht. Außer Friso und Elisa natürlich, aber Oda hat immer dichtgehalten.«

»Wie hat Friso Wiborg auf diese Nachricht reagiert?«, fragte Tammo.

Berit schnaubte. »Na, wie wohl? Er hätte den Knut am liebsten auf der Stelle erschlagen.« Sie schlug sich die Hand vor den Mund. »Jetzt hab ich was gesagt. Das ist mir nur so rausgerutscht. Es war natürlich nicht so gemeint, nicht wörtlich. Aber es war eine heikle Situation. Zum Glück kam Merten dann zurück, und Knut ist einfach aufgestanden, hat Friso da sitzenlassen und hat sich wieder zu Merten an den Tisch gesetzt.«

»Wie ist das Gespräch zwischen Ihnen und Friso Wiborg dann weiter verlaufen?«, fragte Fenna.

»Friso war für den Rest des Abends bedient. Es war nichts mehr mit ihm anzufangen. Ich hab mich ungefähr eine halbe Stunde später von den anderen verabschiedet, und er hat mich bis an die Tür der alten Schule gebracht. Den Rest wissen Sie.«

»Oder auch nicht«, sagte Tammo. »Die entscheidenden Minuten fehlen uns leider.«

Berit legte ihm die Hand auf den Arm. »Die finden Sie aber noch heraus. Bestimmt.« Unter Fennas scharfem Blick zog sie die Hand schnell wieder zurück.

Tammo sah Frisos liebste Mitarbeiterin eindringlich an. »Wohin ist Ihr Chef gegangen, nachdem er sich von Ihnen verabschiedet hat? Sie haben doch nicht einfach die Tür hinter sich zugemacht und sind die Treppe hochgegangen. Ich denke mir, Sie haben ihm noch einen Augenblick hinterher geguckt, so aufgebracht, wie er war.«

Berit hob das Kinn und fixierte Tammo. »Sie irren. Wissen Sie, wie dunkel es am späten Abend draußen ist, wenn man in einem hell erleuchteten Flur steht?«

Eins zu null für Berit Wilke. Die Frau vermochte es, Tammo um den Finger zu wickeln. Fenna wütete innerlich, während ihr Gatte dahinschmolz. War Berit noch nicht aufgefallen, dass sie beide den gleichen Ehering trugen?

»Sie haben natürlich recht, Frau Wilke«, schmachtete der Kommissar sie an. »Unter den Umständen sieht man nicht viel von dem, was sich draußen abspielt.«

Fenna rief sich das gestrige Gespräch mit Berit Wilke in Erinnerung, das sie vor versammelter Mannschaft mit ihr geführt hatten. »Gestern«, sagte sie bedächtig, »haben Sie uns erzählt, Friso Wiborg wollte zu seinen Mitarbeitern in den Gemeinschaftsraum zurückgehen.«

Berit nickte.

»Wenn er sich aber so über Knut Appels Offenbarung bezüglich seines Enkels geärgert hat, dass nichts mehr mit ihm anzufangen war, klingt diese Version für mich höchst zweifelhaft.«

Berit fuhr sich nachdenklich mit der Zunge über die Zähne. Dann grinste sie überlegen. »Das ist wohl wahr, aber ich kann Ihnen in der Angelegenheit leider nicht weiterhelfen. Er war mir keine Rechenschaft schuldig.«

»Natürlich nicht«, sagte Fenna, während Tammo noch immer an Berit Wilkes vollen roten Lippen hing.

Berit bog die Schultern zurück und drückte ihre Brüste heraus. »Ich hab Ihnen alles erzählt, was ich zu sagen hatte. Jetzt würde ich gern zu Abend essen, wenn Sie nichts dagegen haben.«

»Natürlich nicht«, sagte Fenna noch einmal. Demonstrativ wandte sie sich Tammo zu, legte ihre Hand auf seine und drückte sie vertraulich. »Ich hab auch Hunger, Schatz. Lädst du mich heute Abend zu Gosch an der Seebrücke ein?«

Tammo kehrte langsam in die Gegenwart zurück. »Wie? Ach so. Natürlich, gerne.«

21

Sechs Uhr morgens war die Zeit, zu der Elmar Cordes den endlos langen und breiten Strand ganz für sich alleine hatte. Nicht einmal Hundebesitzer verschlug es um diese Uhrzeit hierher. So konnte er sich beim Frühsport ungestört auf all die Entscheidungen vorbereiten, die er nach Dienstbeginn zu fällen hatte.

Als verantwortliches Mitglied im Bauausschuss des Amtes Eiderstedt, zuständig für Bauprojekte in Sankt Peter-Ording, war er ein gefragter Mann, und manch ein Bauherr legte besonderen Wert auf seine Sympathie.

Als käuflich wollte er sich nicht bezeichnen. Wenn man es mal ganz nüchtern betrachtete, war es doch so: Jede großartige Leistung verdiente eine entsprechende Entlohnung. Und man konnte es nicht anders ausdrücken: Es war ohne Frage eine herausragende Leistung, all die Leute, die an der Vergabe eines strittigen Bauprojektes direkt an der Küste beteiligt waren, von einem bestimmten Entwurf zu überzeugen.

Elmar Cordes parkte seinen Wagen vor dem Nationalparkhaus. Seine Arme schlenderten schwungvoll vor und zurück, als er über den Seebrückenvorplatz schritt. Auf der Brücke machte er seine Aufwärmübungen.

Die Luft war feucht und roch nach Salz. Er spürte, wie die Aerosole bis tief in die Bronchien krochen. Es kitzelte ein wenig, er hustete, atmete tief ein und pustete den Amtsstubenstaub des gestrigen Tages aus.

Die letzten wenigen Hundert Meter der endlos langen Brücke trabte er über die Bohlen. Er spürte dem Federn unter seinen Füßen nach. Das Wippen und Vibrieren der Bretter gab ihm den nötigen Schwung für den Tag.

Als er die Brücke hinter sich gelassen hatte, lief er geradeaus weiter über den Strand bis zum Wasser. Dort wandte er sich in Richtung Norden und joggte dicht am Flutsaum entlang.

Die Sonne im Osten warf ihre orangegelben Strahlen über den Sand. Später, wenn er sich den Pfahlbauten auf dem Strand des Ortsteils Ording näherte, würde er sehen, wie das Licht dort von den Fensterscheiben reflektiert wurde.

Weit hinten auf der See tanzten die Schaumkronen auf den noch mäßigen Wellen im Wind, der aus Nordwesten kam.

Ohne Auftrag und ohne Ziel ließ er seine Gedanken wandern. Grundstücke, die bereits für Bauprojekte vergeben waren, flanierten an seinem inneren Auge vorbei. Ihm waren weitere Flächen bekannt, Filetstücke, die jungfräulich dalagen und noch nicht ahnten, für welche Prachtbauten sie geeignet waren. So hatte er sich mit den Jahren zum Tippgeber, Grundstücks- und Bauprojektkuppler entwickelt.

Zwischen dem Schutz der Natur und der ersten Bebauung lagen oft nur noch die ›Grünen Windmühlen‹.

Das Grundstück für den Friso-Tower hatte er selbst auserkoren. Den Verkauf des Bodens hatte er so geschickt eingefädelt, dass Friso glaubte, er selbst wäre auf die Idee gekommen, sich diesen Grund für sein architektonisches Denkmal auszusuchen. Nach langem Ringen stand nur noch das finale Okay für das Projekt aus.

Elmar schmunzelte, wenn er an den Abend dachte, an dem er Friso bei einer guten Flasche Wein klargemacht hatte, was für einen immensen Kraftakt es bedeuten würde, die Jury von seinem Entwurf zu überzeugen.

Friso hatte schnell verstanden und nicht lange gezögert. Am Ende des Abends hatte er nur gefragt: ›Die Übergabe – wann und wo?‹

Sie hatten ein Treffen morgens um halb sechs ausgemacht. Dahinten beim Strandcafé Silbermöwe. Unter der Treppe, verdeckt von den Pfählen des hölzernen Hauses, hatte Friso ihm eine Geldtasche übergeben. Nachgezählt hatte er zu Hause erst. Einem Friso Wiborg konnte man vertrauen, wenn es um diese Art von Geschäften ging.

Beide hatten sie darauf geachtet, dass niemand aus der Gruppe der Aktivisten sie beobachtete, als sie sich auf den Treffpunkt zubewegten. Er selbst war den gewohnten Weg gegangen, über die Seebrücke von Sankt Peter Bad in Richtung Ording. Friso dagegen hatte in Ording geparkt und von dort einen Spaziergang zu dem Pfahlbau gemacht.

Elmar blieb stehen, joggte locker auf der Stelle und gedachte des toten Friso Wiborg. Er verneigte sich vor dem Pfahlbau, als stünde Friso wieder unter der Treppe. Dann drehte er ab und lief zurück.

Schade um den solventen Geschäftspartner. Doch alles hatte seine Zeit. Auch Friso Wiborg war vergänglich.

Elmar schnaufte, kurz darauf bekam er Seitenstiche. Er verfiel in normalen Schritt, atmete tief aus und massierte die Stelle, um den Krampf zu lösen und die Schmerzen zu lindern. Mit schmerzverzerrtem Gesicht bleib er in Höhe der Arche Noah stehen.

Er stellte sich an die Wasserkante, den Blick auf die See gerichtet, das beliebte Strandrestaurant im Rücken. Noch immer spürte er ein Stechen unter den Rippen. Er bog die Schultern zurück und versuchte, den schmerzenden Bereich zu dehnen.

Plötzlich pfiff etwas durch die Luft, und er spürte einen Schmerz am Oberarm. Er fiel vornüber, schaffte es nicht, sich aufzufangen, und landete mit dem Gesicht im seichten Wasser. Ein zweiter Schuss verfehlte ihn.

Automatisch drehte er sich auf den unverletzten Arm. Aus dem Augenwinkel sah er eine Gestalt zwischen den Pfählen herlaufen, auf denen die Arche Noah errichtet war. Die Person sprang auf die Brücke und lief in Richtung Sankt Peter-Bad.

Mit einem Mal wurde Elmar bewusst, dass sein Körper der Länge nach im Wasser lag. Die Kleidung war durchnässt bis auf die Haut. Der Schmerz am linken Arm wurde unerträglich. Das Salzwasser war in die Wunde eingedrungen.

Er versuchte, sich aufzusetzen, was nur schwer gelang, und zog mit Mühe sein Smartphone aus der Tasche seines Kapuzenpullis.

Das Mobilgerät war nicht weniger durchnässt als er. Es war unbrauchbar geworden.

Verzweifelt sah er um sich und schrie laut um Hilfe. Doch wer hörte einen Mann so früh am Morgen an einem menschenleeren Strand?

22

Merle riss die Tür zum Büro der Ermittler auf, stürzte in den Raum und blieb vor den beiden Schreibtischen stehen, die Rücken an Rücken standen. »Ein Attentat auf Elmar Cordes!«

»Was genau ist passiert? Und wer ist Elmar Cordes?« Fenna suchte nach einem geordneten Weg in den Tag. Es war ihr zu früh für aufgeregte Meldungen. Nacheinander zog sie jede der drei Schubladen ihres Schreibtischcontainers auf. Irgendwo hatte sie die Ersatzminen für den Kugelschreiber abgelegt. Sie selbst brauchte eine, und Tammo, der nie einen Vorrat hortete, weil er sich immer auf seine Frau verließ, rief ebenfalls danach.

»Was uns jetzt gerade fehlt«, erklärte Tammo der Polizeikommissarin leicht gereizt, »ist ein zweiter Mord in unserer Region. Wir sind noch weit davon entfernt, den an Friso Wiborg aufgeklärt zu haben.«

»Das interessiert das Opfer wohl weniger«, konterte die hoch motivierte Merle. »Elmar Cordes ist nicht tot, er wurde angeschossen. Im Übrigen ist er Mitglied im Bauausschuss, und er ist eng mit der Jury verbandelt, die den Bau des Friso-Towers favorisiert. Insofern ist er für euch womöglich nicht ganz unwichtig im Zusammenhang mit der Mordsache Friso Wiborg.«

Unter einem Stapel loser Notizblätter und einer Packung Trennblätter für Aktenordner zog Fenna die Minen hervor. »Du sagst, er hat überlebt?«

»Er wird gerade von Rettungssanitätern behandelt. An der Seebrücke, eurem Lieblingsort.«

»Hat er den Täter gesehen?«

»Nur von hinten, soweit ich weiß.«

Fenna reichte Tammo eine der Kugelschreiberminen. Sie deutete mit dem Kinn auf die Thermoskanne. »Tea time ist später. Auf zur Seebrücke.«

Sie ließen sich den Schlüssel eines der Dienstwagen aushändigen und fuhren, von Merle begleitet, zum Parkplatz beim Nationalparkhaus. Im Ort war es noch ruhig an diesem Frühlingsmorgen. Die Dünentherme öffnete erst um zehn Uhr, und auch die Restaurants und Cafés schliefen noch. Ein Mann eilte mit einer Brötchentüte unter dem Arm am Seebrückenvorplatz vorbei. Einige Hundebesitzer wollten sich auf den Weg zum Strand begeben, wurden jedoch von Polizisten aufgehalten. Die Beamten brachten gerade ein Absperrband vor dem Zugang zur Seebrücke an.

In einem Rettungswagen, der auf den Platz gefahren war, saß ein Mann. Die Sanitäter hatten ihm eine Decke um die Schultern gelegt. Der eine Arm lag frei, um den Oberarm war ein Verband angelegt.

Fenna näherte sich dem Mann. Er war kreideweiß, sein Gesicht schmerzverzerrt. »Herr Cordes?«

Ein Rettungssanitäter nickte ihr zu, wohl um ihr zu verstehen zu geben, dass das Anschlagsopfer ansprechbar war. Sein Kollege reichte Cordes einen Thermobecher, aus dem es dampfte.

Der Mann trank einen Schluck und sah Fenna an.

Sie erklärte ihm, wer sie und Tammo waren, und fragte, ob er sich in der Lage fühle, ihnen einige Fragen zu beantworten.

»Wird schon gehen«, sagte Cordes. Er saß seitlich auf der Trage, die Beine baumelten herab.

Tammo holte seinen Notizblock hervor und stellte fest, dass er in der Eile vergessen hatte, die Kugelschreibermine auszutauschen. Fenna reichte ihm ihren Stift.

»Können Sie uns schildern, was geschehen ist?«, fragte die Kommissarin.

Cordes begann stockend, zu reden. Er beschrieb, wie er zum Pfahlbau am Strand von Ording und wieder zurück gejoggt war, wie er – wieder an der Seebrücke – mit dem Rücken zur Arche Noah am Wasser gestanden und dort darauf gewartet hatte, dass seine Seitenstiche sich verflüchtigten.

»Nachdem der Schuss mich getroffen hat«, sagte er mit dramatischem Gesichtsausdruck, »bin ich der Länge nach ins Wasser gefallen. Ich habe um Hilfe gerufen. Aber es war niemand da, der mich hätte hören können. Mindestens eine Stunde habe ich da gelegen, bis endlich ein Ehepaar kam, das mich gesehen hat.«

»Ganz so lang war das wohl nicht«, sagte der Sanitäter ungerührt. »Dann hätten Sie jetzt nämlich schon Fieber und würden schlottern wie ein Wackelpudding.«

Cordes winkte den Einwand weg. »Stellen Sie sich mal vor, ich wäre auf die Seebrücke zugegangen. Der Täter hätte mir glatt ins Herz geschossen.«

Das hätte allerdings passieren können. Fenna fragte sich, warum er es nicht getan hatte. War das Attentat von vornherein nicht als Mord geplant gewesen, sondern als halbherzige Drohung, als Schuss vor den Bug?

»Haben Sie den Täter gesehen?«, fragte sie, ohne Cordes ihre Überlegungen zu offenbaren.

»Hab ich«, sagte er mürrisch.

»War es ein Mann oder eine Frau?«

Er zuckte mit den Schultern und schrie sofort auf. Die Hand des unverletzten Arms schnellte automatisch zu der Wunde hinüber, doch der Sanitäter fing sie ab.

»Vorsicht«, sagte er. »Besser nicht drauffassen.«

»Ich hab die Gestalt nur von hinten gesehen«, sagte Cordes. »Sie wissen selbst, wie breit der Strand ist. Von der Wasserkante, an der ich stand, bis zu dem Pfahlbau sind es einige Hundert Meter, und ich musste gegen die Sonne gucken. Wie soll ich dabei Einzelheiten erkennen? Die Person hatte dunkle Jeans an. Und eine Jacke, blau oder schwarz. Mehr kann ich Ihnen dazu nicht sagen.«

»Wohin ist die Person gelaufen?«, fragte Tammo.

Cordes deutete mit dem Kinn auf den Ortskern. »Zwischen all den Pfählen unter der Arche Noah durch, dann auf die Brücke. Der wird wohl irgendwo im Ort abgetaucht sein. Oder sonst wohin geflohen.«

»Unter dem Bau ist der Boden ziemlich feucht«, sagte Tammo. »Mit Glück kann die Kriminaltechnik Schuheindrücke finden.«

»Du Optimist«, sagte Fenna. »Der Boden ist nicht nur feucht, er ist vor allem sumpfig. Von Glück könnten wir nur reden, wenn ein Schuh in dem Morast steckengeblieben wäre. Und die Spuren der feuchten Schuhe auf den Bohlen der Seebrücke dürften längst getrocknet sein, wenn Eike mit seinen Leuten hier auftaucht.«

»Die KTU ist unterwegs«, sagte Merle. »Sie müssten bald hier sein.«

Dicke Schönwetterwolken schoben sich über den Himmel und tauchten den Vorplatz in Schatten. Kurz darauf brannte die Sonne sich wieder ihren Weg, und die Wolken segelten respektvoll um sie herum. Eine Schar Möwen flatterte auf den Rettungswagen zu.

»Haben Sie einen Verdacht«, fragte Fenna, »wer auf Sie geschossen haben könnte?«

Cordes sah sie nicht an. Mit einer Fußspitze zeichnete er kleine Kreise auf den Boden des Rettungswagens. »Einen Verdacht hab ich. Aber darf ich den äußern?«

»Wenn Ihnen Ihr Leben lieb ist«, erwiderte Fenna, »sollten Sie das unbedingt tun. Oder gibt es einen triftigen Grund, der Sie daran hindert?«

Der Mann hob den Kopf und strich sich die Haare zurück. Seine Blicke scannten den Seebrückenvorplatz ab, als wollte er sich vergewissern, dass niemand in der Nähe war, der ihn hören könnte.

Dann suchte er Blickkontakt mit Fenna. »Kennen Sie die ›Grünen Windmühlen‹?«

»Schon mal davon gehört«, antwortete Tammo anstelle seiner Frau.

»Die sind auf mich nicht sonderlich gut zu sprechen, und radikal sind sie auch.«

»Interessant«, sagte Fenna. »Gab es in letzter Zeit einen konkreten Anlass, bei dem Sie mit den Aktivisten zusammengeprallt sind?«

Cordes lachte verächtlich. »Natürlich gab es den. Den Friso-Tower. Die Leute um Lina Kraus sind bereit, alles zu tun, um den Bau zu verhindern. Alles, verstehen Sie?«

Seine Miene sprach Bände.

Tammo machte sich Notizen.

»Noch ist der Bau aber nicht definitiv beschlossen, soweit wir wissen«, sagte Fenna. »Oder gibt es inzwischen eine neue Entscheidung?«

»Der Bau an sich ist vom Grundsatz her beschlossene Sache, es geht nur noch um Details. Trotzdem machen sie flächendeckend Stimmung. Die geben niemals auf. Denen trau ich sogar zu, dass sie versuchen, den Rohbau zu sprengen, wenn der erst steht.«

»Immerhin nicht das voll belegte Hotel«, frotzelte Tammo unpassenderweise.

Er zog sich einen abschätzigen Blick des Anschlagopfers zu. »Dafür würde ich meine Hand nicht ins Feuer legen.«

Fenna wollte sich nicht damit zufriedengeben, dass es nur diese eine Gruppe geben sollte, mit der Cordes sich angelegt hatte. »Gibt es nicht sonst noch jemanden, mit dem Sie in letzter Zeit eine Konfrontation erlebt haben? Ich denke, bei Ihrem Job ist es relativ leicht, sich Feinde zu schaffen.«

Wieder zuckte Cordes mit der Schulter und verzog gleich darauf vor Schmerz das Gesicht. »Innerhalb des Teams von Friso Wiborg sind sie wohl auch geteilter Meinung. Im Laufe der Ausschreibungsphase gab es mal ein bisschen Ärger zwischen einigen seiner Leute und uns. Aber keiner von denen würde mich umbringen wollen. Das sind alles zivilisierte Leute.«

»Im Gegensatz zu den Mitgliedern der ›Grünen Windmühlen‹?«, fragte Tammo, und wieder verfing sich ein Hauch von Spott in seiner Stimme.

»Gucken Sie sich die Leute doch mal an«, erwiderte Cordes ungehalten. »Aber sagen Sie denen nicht, dass ich Sie geschickt hab. Sonst bin ich morgen wirklich tot.«

23

Das Vereinshaus oder wie immer man das Zuhause der rührigen Umweltinitiative ›Grüne Windmühlen‹ nennen wollte, stand auf einem abgelegenen Gelände südöstlich von Sankt Peter-Ording. Je mehr die Ermittler sich dem Grundstück näherten, desto holpriger wurde der Feldweg, über den es zu erreichen war.

»Mit Fahrrädern wäre der nicht zu bewältigen«, stellte Merle Bloom fest, die auf der Rückbank des Wagens durchgerüttelt wurde.

Tammo steuerte den Wagen an einem tiefen Schlagloch vorbei, das wie aus dem Nichts zwischen vereinzelten Grasnarben auftauchte. »Eigentlich wären nur Panzer dafür geeignet, würde ich sagen.«

Fenna hielt Ausschau danach, ob sich Menschen auf dem Gelände befanden. Mitten auf dem weitläufigen Rasen stand ein Schuppen, wie er für landwirtschaftliche Geräte verwendet wurde. Zu ihrem Erstaunen parkten Autos davor. Bunt lackierte Wagen, sicher nicht die neuesten Modelle. Personen konnte sie nirgendwo entdecken. »Hoffentlich ist überhaupt jemand da«, sagte sie. »Das Grundstück scheint mir verwaist zu sein.«

»Irgendwer ist immer da«, erwiderte Merle wie aus der Pistole geschossen. »Die sind rund um die Uhr im Dienst. Es ist ständig jemand auf dem Gelände, der darauf aufpasst, dass ihnen die Autos nicht demoliert werden. Es heißt sogar, die Aktivisten seien bewaffnet.«

»Dann aber sicher nicht legal«, meinte Fenna. »Oder hat mal einer von denen einen Waffenschein beantragt?«

»Keine Ahnung«, sagte Merle. »Mit einer Waffe erwischt wurden sie bisher noch nicht. Es ist bloß ein Gerücht. Kann aber gut sein, dass was dran ist.«

»Dann sollten wir mal prüfen, ob in dem Schuppen eine Waffe liegt, deren Lauf noch heiß ist.« Der Wagen rumpelte die letzten Meter über den Feldweg, und Fenna stemmte die Hände gegen den Sitz, um nicht ständig hin und her geworfen zu werden.

»Wie passt das überhaupt zusammen?«, fragte Tammo. »Umweltaktivist sein und Autos haben. Für Frieden in der Welt demonstrieren und dabei eine Waffe in unterm T-Shirt tragen.«

Merle zog sich zwischen den Kopfstützen nach vorn. »Wer sagt denn, dass diese Leute für Frieden demonstrieren?«

»Gehört das nicht dazu?«, erwiderte Tammo.

Fenna sog die Luft hörbar ein und stieß sie wieder aus. »Können wir diese philosophische Debatte bitte auf den Feierabend verschieben? Die bringt uns in der Sache nicht weiter. Hätte ich vorher von dem Gerücht über die eventuell vorhandenen Waffen gewusst, hätte ich gleich einen Durchsuchungsbeschluss beantragt.«

»Mit welcher stichhaltigen Begründung?«, fragte Tammo. »Nun sei nicht so gereizt. Wir gehen alle zusammen in die Hütte und fragen ganz freundlich, ob wir uns mal mit denen unterhalten dürfen.«

Fenna sprang mit einem Schwung aus dem Wagen und ließ ihren Unmut über die Zurechtweisung an der Autotür aus. Sie stapfte über das knietiefe Gras auf den Schuppen zu.

In wenigen Metern Abstand zu dem windschiefen und halb verfallenen Holzbau blieb sie stehen. Die Hände in den Taschen ihrer Jeansjacke, drehte sie sich einmal um die eigene Achse. Überall flaches, grünes Land, soweit das Auge reichte. Nur zur Seeseite hin wurde der Blick vom Deich gebremst. Bauschige Wolkenbänder zogen vom Meer her übers Land, als würden sie von einer unermüdlichen Windmaschine angetrieben.

Hier fehlten nur noch ein paar Kühe mit lila und weiß gescheckten Fell, und die Idylle für ein Werbefilmchen wäre perfekt. Einzig die farbenfrohen Autos mit den rostigen Stellen, die an der Rückseite des Schuppens standen, passten nicht in dieses Bild.

Tammo und Merle waren am Dienstwagen stehen geblieben. Fenna kam es vor, als hätten die zwei sie als Kanonenfutter vorgehen lassen und warteten darauf, was in den nächsten Minuten passieren würde. »Nun kommt doch her.« Sie winkte die zwei zu sich heran.

Eine Tür knarzte. Das Geräusch erinnerte Fenna an das Hexenhäuschen, das sie sich als Kind immer vorgestellt hatte, wenn ihre Oma ihr abends aus dem Märchenbuch vorlas. Im selben Moment warfen dicke Wattewolken Schatten auf den Rasen. Augenblicklich wurde es kühl. Eine Schar Möwen kam vom Deich auf die Kommissarin zugeflogen und zog dicht über ihren Kopf hinweg. Die Vögel schrien erbärmlich, und als Fenna zu ihnen aufsah, wirkten ihre Silhouetten wie die von schwarzen Raben.

Sie zog den Kopf zwischen die Schultern. Eine Gänsehaut lief ihr über den Rücken, und sie drehte sich in die Richtung, aus der das knarzende Geräusch gekommen war.

»Die Herrschaften wünschen?«

Die Stimme gehörte zu einer Frau, die eine Mischung aus Hexe und Pippi Langstrumpf war. Ihre Füße steckten in schwarzen, geschnürten Stiefeletten mit klobigem Absatz. Strümpfe trug sie tatsächlich von unterschiedlicher Farbe: grün an dem einen und orange an dem anderen Bein. Ein weiter schwarzer Wollrock flatterte um ihre Knie. Über dem violetten Pulli trug sie eine schwarze Wetterjacke. Das dicke, rötlichblonde Haar fiel ihr strähnig über die Schulter, und die kobaltblauen Augen waren von tiefschwarzem Kajal umrahmt.

Es dauerte, bis Fenna alle Eindrücke verarbeitet hatte und auf die Frage antworten konnte, die diese seltsame Erscheinung ihr gestellt hatte. Auch Tammo und Merle hatte deren Auftritt die Sprache verschlagen.

Fenna ging auf die Frau zu.

Bevor sie ihren Namen und ihren Dienstgrad nennen konnte, sprach die Aktivistin sie an. »Sie sind die Kommissarin, auf deren Schreibtisch Friso Wiborg liegt.«

Fenna sah ihrerseits keinen Grund zu langer Vorrede. »Ihr Name lautet wie?«

»Lina Kraus.«

Tammo baute sich neben Fenna auf. »Sie sind der Kopf der ›Grünen Windmühlen‹.«

»Und Sie sind ausgesprochen gut informiert.«

Lina Kraus lächelte selbstsicher.

Von Nahem wirkte das Kobaltblau ihrer Augen wie Kristallwasser. Es glitzerte in der Sonne. Dass der Himmelskörper seine Strahlen in diesem Moment direkt in ihre Pupillen sandte, schien Lina Kraus nicht zu behelligen. Fenna dachte an einen Avatar. Existierte die Frau, die vor ihr stand, wirklich, oder war sie eine Kunstfigur?

»Dürfen wir eintreten?«, fragte Tammo und deutete mit dem Kopf auf den Holzschuppen.

Lina blieb breitbeinig und mit verschränkten Armen vor ihm stehen. »Wir sind auf Gäste nicht vorbereitet.«

Der Kommissar begegnete ihrem provokanten Blick mit einem charmanten Lächeln. »Wir sind auch nicht zu Kaffee und Kuchen gekommen, nur zu einem kleinen Plausch. Wir können aber auch mal eben einen Durchsuchungsbeschluss beantragen. Heute Morgen kam es am Strand zu einer kleinen Schießerei mit einer Person, die nicht zu Ihren besten Freunden zählt, und es heißt, in Ihrer Hütte seien Waffen versteckt.«

Linas Lippen wurden schmal. »Kommen Sie.« Sie wandte sich zur Tür und ließ die Beamten eintreten.

Im Innern des Schuppens brannten Funzeln, die nur mit Mühe das wenige Tageslicht zu unterstützen vermochten, das durch die vier winzigen Fenster fiel. An Holztischen saßen drei Aktivisten und fertigten Plakate aus Pappe. Eine Frau beschriftete und bemalte sie, eine weitere Frau und ein Mann befestigten die Pappschilder mit Nägeln an Holzlatten.

Fenna betrachtete die Plakate genauer. »Wie passen diese Sprüche, die den Schutz der Umwelt fordern, mit den Schrottautos zusammen, die da draußen stehen? Sie nutzen diese Wagen doch sicher selbst?«

Lina stemmte die Hände in die Hüften. »Wir sind auf der gesamten Halbinsel Eiderstedt und in weiteren Teilen Nordfrieslands aktiv. Irgendwie müssen wir an unsere Einsatzorte gelangen. Mit dem Fahrrad ist das nicht zu bewältigen, wenn wir auch noch Plakate im Gepäck haben. Und der öffentliche Nahverkehr bringt uns nicht sonderlich weit, schon gar nicht bei Aktionen am späten

Abend. Ob man will oder nicht: Wenn man in dieser Region mobil sein will, ist man auf das Auto angewiesen. Deshalb stehen diese alten Kisten hier.«

»Sie kaufen die Wagen?«, fragte Fenna.

Lina lachte laut. »Nein, wir kaufen diese Schrotthaufen nicht. Wir gewähren ihnen das Gnadenbrot, bis sie wirklich so alt sind, dass sie zum Schrotthändler müssen. Insofern tun wir doch in gewisser Weise was Gutes: Wir erhalten das Material, das für die Herstellung der Wagen verwendet wurde, solange wie irgend möglich, anstatt uns neue Wagen anzuschaffen.«

»Dass Sie mit diesen alten Dreckschleudern durch die Natur kutschieren«, entgegnete Tammo, »wollen Sie uns aber nicht als Wohltat für die Umwelt verkaufen?«

»Warum sind Sie hier?«, fragte Lina. »Um uns eine Standpauke in Sachen Umweltfreundlichkeit zu halten? Oder ...«, sie ging zu einem Schrank, zog eine Lade auf und holte ein Blatt hervor, das sie Tammo reichte. »Wollen Sie Mitglied bei uns werden?«

Fenna warf einen Blick auf das Papier, das Tammo entgegennahm. ›Aufnahmeantrag‹ stand fett gedruckt im Kopf des Blattes.

»Warum nicht?« Mit süffisantem Lächeln faltete Tammo das Papier zusammen und steckte es ein. Im Fuß des Bogens hatte Fenna eine Adressangabe und eine Bankverbindung entdeckt. Die Daten auf diesem Schreiben könnten später mal von Interesse sein.

»Bevor wir die Mitgliedschaft bei Ihnen beantragen können«, sagte Fenna, »müssten Sie uns bitte genauer über Ihre Initiative informieren. Was sind Ihre Ziele, und welche Wege beschreiten Sie, um sie zu erreichen? Wie weit gehen Sie bei Ihren Aktivitäten?«

Lina holte Klappstühle aus einer Ecke der Scheune, stellte sie vor den Beamten auf und forderte sie mit einer Geste auf, Platz zu nehmen. In einer Reihe saßen Tammo, Fenna und Merle da. Lina hockte sich ihnen gegenüber hin und schlug die Beine übereinander.

»Unsere Initiative setzt sich für den Erhalt der Natur und den Schutz der Umwelt ein. Neben Vorträgen, die wir halten, organisieren wir Info-Veranstaltungen auf dem Seebrückenvorplatz und an den Stränden. An Urlauber und Tagestouristen verteilen wir Informationsschriften, die wir auf Recyclingpapier drucken. Und wir bieten behutsame naturkundliche Wanderungen durch die Dünenlandschaft und über die Strände an.«

»Und Demos führen Sie durch«, ergänzte Fenna.

Lina nickte. »Wir demonstrieren leidenschaftlich gern, um zu verhindern, dass es Wildwuchs bei der Bebauung der Küste mit Hotels und Privatvillen gibt.«

»Sie selbst wohnen wo?«, fragte Tammo.

»An der Küste natürlich, aber ich bin hier geboren, ich gehöre dazu wie die Dünen. Mein Elternhaus stand schon hier, als Sankt Peter noch weit davon entfernt war, ein Schickimicki-Urlaubsort zu werden.«

»Wie weit«, fragte Fenna mit scharfer Stimme, »sind Sie und Ihre Leute bereit zu gehen, um unliebsame Bauten zu verhindern?«

»Weit, sehr weit«, antwortete Lina. »Aber wir begehen keinen Mord. Obwohl – manchmal wäre uns schon danach.«

»Eine klare Aussage. Wie weit sind Sie denn am vergangenen Montag noch gegangen, nachdem Sie mit einigen Ihrer Gefolgsleute vor der Sandskulpturenwerkstatt in Westerhever demonstriert hatten?«

Lina zog das Knie an und umfasste den Schaft ihres Stiefels mit der Hand. »Das kann ich Ihnen genau sagen. Bis nach Westerheversand.«

»Nach Ihrer Demo sind Sie zum Leuchtturm marschiert, alle zusammen?«

»Waren Sie schon mal da am späten Abend? Nein? Das sollten Sie aber mal tun. Da herrscht eine unglaubliche Atmosphäre. Diese universelle Ruhe. Nur die See, das Leuchtfeuer und Sie.«

»Klingt verlockend«, sagte Tammo. »Werden wir bestimmt mal machen, wenn wir den Fall gelöst haben. Waren Sie alleine da mit ihrer Gruppe?«

»Wir haben am Leuchtturm kein nächtliches Open-Air-Festival veranstaltet, wenn Sie das meinen.«

»Mein Kollege«, sagte Fenna, »möchte wissen, ob Sie bei der Gelegenheit jemandem begegnet sind, der bezeugen kann, dass Sie da waren.«

Lina Kraus warf den Kopf zurück und tat, als überlegte sie scharf. »Am Leuchtturm selbst waren wir alleine. Ob uns unterwegs jemand gesehen hat, kann ich nicht sagen. Begegnet sind wir niemandem, aber vielleicht hat uns jemand beobachtet, der auf dem Deich stand. Am besten fragen Sie mal die Leute, die auf dem Parkplatz hinterm Deich ihren Wagen abgestellt hatten.«

»Das werden wir tun«, sagte Tammo sarkastisch. »Die stehen gerade allesamt Schlange bei uns vor der Polizeistation, um Ihre Aussage bezeugen zu können.«

Lina verzog genervt den Mund.

»Wie standen Sie zu Friso Wiborg?«, fragte Fenna.

»Tja, wie standen wir zu ihm?« Lina zuckte mit den Schultern. »Er war unser Erzfeind, ganz eindeutig. Bei allem, was er tat, hatte er nur seinen Ruhm im Blick, sein Image. Und seine Kohle natürlich. Der hat sich in Nordfriesland und in anderen Regionen unter den Lokalpolitikern eine Lobby aufgebaut. Fragen Sie mich bitte nicht, wie viel ihn das gekostet hat.«

»Sie meinen«, fragte Tammo, »er hat die Leute bestochen?«

»Ja, was dachten Sie denn? Der hat in jedem Bauausschuss einen allerbesten Freund sitzen. Wie sollen denn diese Beziehungen zustande gekommen sein? Natürlich sind die Leute gekauft.«

War es Naivität oder war es Hinterhältigkeit, die Lina Kraus dazu veranlasste, ihre Verachtung für Friso Wiborg so offensichtlich zur Schau zu stellen? Fenna wurde aus dieser Frau nicht schlau.

»Es wäre gut«, meinte sie, »wenn Sie jemanden benennen könnten, der bezeugen kann, dass Sie zum Tatzeitpunkt am Leuchtturm waren.«

»Soll ich mir Zeugen aus den Rippen schneiden?«, fauchte Lina. »Oder soll ich auch jemanden bestechen?«

Fenna verstand ihre Wut, und sie sah ein, dass ihre Aufforderung nicht sonderlich geschickt gewesen war. Dennoch – eine Tatverdächtige ohne Zeugen war und blieb eine Verdächtige.

»Warum sind Sie am Montagabend überhaupt nach Westerhever gegangen?«, fragte sie weiter. »Hätte es nicht gereicht, sich auf Sankt Peter zu beschränken?«

Lina schüttelte energisch den Kopf. »Es ging uns darum, sowohl Friso Wiborg als auch Paule Gertjes unsere Meinung unter die Nase zu reiben.«

»Paule Gertjes? Wieso ihm?«

Lina rollte mit den Augen. »Weil er Friso Wiborg in seinen Plänen in gewisser Weise unterstützt hat.« Sie hob die Hände. »Okay, es ist sein Job, diese Workshops zu machen. Er verdient sein Geld damit. Daraus kann man ihm keinen Vorwurf machen. Aber er entscheidet selbst, welche Gruppen er annimmt. Die Anfrage von Friso Wiborg, einen Workshop zur Förderung der Kreativität seines Teams zu veranstalten, hätte er ablehnen können. Er wusste, worum es ging. Jedem war bekannt, dass das Architekturbüro beim Entwurf für den Friso-Tower noch einmal nachlegen musste.«

Fenna versuchte, sich vorzustellen, wie die Vorbereitungen für den Abend gelaufen waren. Gab Lina Kraus allein den Ton in ihrer Initiative an? Inwieweit hatte sie ihre Leute im Griff?

Lina kniff die Augen zusammen und fixierte Fenna mit ihren Blicken. »Sie trauen mir nicht. Ich bin so offen zu Ihnen, wie man es eigentlich nur in den eigenen Reihen ist, und trotzdem halten Sie mich für verdächtig.« Sie setzte sich gerade hin und tippte sich an die Schläfe. »Sie haben doch Menschenkenntnis. Sehen Sie mir in die Augen. Gucken Sie mich an. Ich bin hoch motiviert, wenn es um den Erhalt der Natur in Nordfriesland geht. Aber bringe ich einen Menschen um? Nein.«

Fenna verneigte sich vor ihr. »Danke für die Vorstellung.« Sie stand auf, und mit ihr erhoben sich auch Tammo und Merle.

»Wir hätten noch einen Wunsch«, sagte die Kommissarin. »Wir bräuchten bis morgen Abend eine Liste aller, ich betone: aller Mitglieder Ihrer Initiative, jeweils mit einem Vermerk, wer von ihnen eine Waffe besitzt.«

»Okay, sollen Sie haben.« Lina brachte die Beamten zur Tür, verabschiedete sich mit störrischer Miene und ging wieder in den Schuppen zurück.

Tammo öffnete die Wagentüren und stieg ein. Als auch Fenna und Merle auf ihren Plätzen saßen, umklammerte er das Lenkrad. »Diese Frau ist ein Teufelsweib.«

»Muss ich jetzt eifersüchtig werden?«, fragte Fenna. »Oder wie meinst du das?«

»Ich meine damit, dass ihr der Teufel aus den Augen schaut. Hast du dieses Blau gesehen?«

Merle tippte ihm von hinten auf die Schulter. »Seit wann hat der Teufel blitzblaue Augen? Konzentriert euch lieber auf die Mitstreiter von Lina Kraus statt auf Linas Augenfarbe. Soweit ich weiß, steht Harder Wiborg dieser Gruppe von der Gesinnung her nicht allzu fern.«

Blitzschnell wandte Tammo sich um. »Wie bitte? Der Sohn vom alten Wiborg gehört dazu?«

»Nein«, sagte Merle. »Lass mich doch ausreden. Harder Wiborg leidet unter dem Ruf seines Vaters. Deshalb versucht er seit Jahren ab und zu, sich bei den ›Grünen Windmühlen‹ einzuschmeicheln. In der Lokalpresse hat er sich mal lobend über sie geäußert. Er hat sich auch schon mal für einen Informationsabend von denen als Redner engagieren lassen. Möglich, dass Lina Kraus und Harder Wiborg sich in ihrer Abneigung gegen Friso gegenseitig hochgeschaukelt haben.«

»Das würde bedeuten«, sagte Fenna, »dass er ein persönliches und gleichzeitig ein politisches Motiv hätte.«

Merle lehnte sich wieder zurück.

»Ich werde das Gefühl nicht los«, sagte Tammo, »wir haben es bei diesem Mord mit einem Gemeinschaftswerk zu tun.«

Fenna nickte. »Da stimmen unsere Gefühlswelten endlich mal wieder überein.«

24

Fenna atmete auf, als sie den rumpeligen Feldweg verlassen konnten und Tammo in die Hauptstraße einbog, die sie in den Ort zurückführte. Schweigend saßen sie im Wagen. Jeder schien die Begegnung mit Lina Kraus im Stillen für sich Revue passieren zu lassen. Tammo schaltete das Autoradio ein. Fenna lehnte den Kopf zurück, schloss die Augen und entspannte bei der leisen Schlagermusik.

Wie war Lina Kraus einzuschätzen? War sie eine in der Sache engagierte Frau, die jedoch keiner Seele etwas antun konnte? Oder war sie eine hinterhältige Person, die es verstand, sich ein gewisses Vertrauen zu erschleichen, im Grunde ihres Herzens aber zu allem fähig war?

Mit einem Mal zerrissen die Sirenen von Feuerwehrwagen die besinnliche Stille.

Fenna schlug die Augen auf. »Pass auf«, rief sie Tammo zu. »Du fährst viel zu weit links. Die rammen uns gleich.«

Auf der kaum befahrenen Straße hatte sich offenbar auch Tammo so tief in seine Gedanken fallen lassen, dass er nicht mehr an einen möglichen Gegenverkehr dachte.

Der Löschzug raste vorbei. Merle drehte sich nach den Wagen um. »Wohin die wohl fahren? Oh, dahinten am Horizont sehe ich Rauch. Das Grundstück, auf dem es brennt, dürfte nicht weit vom Deich entfernt liegen.«

»Was denkst du, wo es genau liegt?«, fragte Tammo.
»Brennt etwa die Hütte der ›Grünen Windmühlen‹?«

»Das will ich nicht hoffen«, ulkte Merle. »Nachher geraten wir noch in Verdacht, das Feuer gelegt zu haben.«

Im nächsten Moment klingelte Fennas Handy. Ein Kollege meldete einen mutmaßlichen Brandanschlag auf einen Geräteschuppen auf einem Grundstück in Böhl. »Das Gelände gehört einem Mitarbeiter des Hochbauamtes, genauer gesagt: dem Mann, der bei der Baugenehmigung für den Friso-Tower tonangebend war.«

»Wie bitte?«, rief Fenna aus. »Schon wieder ein Anschlag auf jemanden, der mit diesem Bau zu tun hat?« Sie ließ sich die Adresse nennen und gab sie in das Navigationssystem ein. »Wir fahren sofort dahin«, sagte sie dem Beamten und beendete das Gespräch.

Der Ansage des Navis folgend, bog Tammo bei der nächsten Gelegenheit rechts ab, steuerte auf die Einmündung einer anderen Hauptstraße zu und folgte der Straße in Richtung des Grundstücks, auf dem der Brand ausgebrochen war.

In immer kürzeren Abständen guckte Tammo in den Rückspiegel. »Ich glaube, wir werden verfolgt.« Er gab verstärkt Gas, bis Fenna ihn ermahnte, sich an die Geschwindigkeitsbeschränkung zu halten.

Der Sportwagen überholte ihn schließlich.

»Den bitten wir zur Kasse«, wütete Tammo und heftete sich an das Heck des Wagens.

Fenna stöhnte. »Pass auf, du hängst gleich drauf.«

Die Zufahrt zu dem Grundstück, das sie anpeilten, war durch einen der Feuerwehrwagen versperrt. Der Fahrer des Wagens vor ihnen verlangsamte das Tempo und parkte vor dem Gartenzaun.

»Der hat dasselbe Ziel wie wir«, stellte Fenna fest. »Der wohnt wahrscheinlich hier.«

»Ja«, sagte Merle, als der Mann aus seinem Wagen sprang. »Das ist der Mann vom Hochbauamt. Ich kenne ihn aus Zeitungsberichten über die Diskussionen zum Friso-Tower.«

»Stimmt«, sagte Fenna. »An das Gesicht erinnere ich mich auch.«

»Er hat sich heftig mit den ›Grünen Windmühlen‹ angelegt«, sagte Merle noch, bevor sie alle drei ausstiegen.

Von den Ermittlern nahm der Mann kaum Notiz. Er lief auf den Führer des Löschzuges zu, sprach mit ihm und gestikulierte dabei lebhaft.

Tammo, Fenna und Merle stellten sich dazu.

Der Feuerwehrmann erkannte sie sofort. »Ah, die Kripo. Ihr kommt gerade recht.« Er stellte sie dem Beamten der Baubehörde vor.

Der Mann streckte ihnen die Hand entgegen. »Heiner Bendixen.«

Seine Stimme zitterte, und auch die nervöse Mimik und das hochrote Gesicht des untersetzten Mannes in dem zu eng sitzenden, aus feinstem Stoff geschneiderten Anzug signalisierten Fenna, in welcher Aufregung er sich befand.

Die Arbeit der Feuerwehrmänner, die einen Wasserschlauch an einen Hydranten angeschlossen hatten, zeigte unterdessen Erfolge. Das Feuer war offensichtlich unter Kontrolle. Der Schuppen selbst war jedoch abbruchreif, wie sich unschwer erkennen ließ.

»Was ist da drin untergebracht?«, fragte Fenna den Besitzer. Gleichzeitig nahm sie die große Villa wahr, die in einigem Abstand zu dem Schuppen stand.

»Früher war das ein Geräteschuppen«, erklärte Bendixen. »Auf dem Grundstück hatten meine Großeltern einen Bauernhof. Die alten Gebäude habe ich abreißen lassen, nur den Schuppen nicht. Zeitweise haben wir ihn als Unterstand für unsere Motorräder, Fahrräder und den Elektrorasenmäher benutzt. Jetzt steht er leer.«

»War der Leerstand allseits bekannt?«

»Was heißt ›allseits‹? Am Rathaus angeschlagen habe ich es nicht, dass unsere Zweiräder seit einiger Zeit im Garagenanbau untergestellt sind.«

»Moment«, sagte Fenna. »Sie bewohnen die Villa da vorne, Sie haben einen leerstehenden Geräteschuppen, und es gibt obendrein eine Garage mitsamt Anbau?«

»Das sag ich doch die ganze Zeit«, erwiderte Bendixen ungehalten. Er zeigte mit dem ausgestreckten Arm auf den Schuppen, aus dem nur noch schwarzer Qualm aufstieg. »Was soll der Schwachsinn? Wer steckt ausgerechnet das olle Ding in Brand, das sowieso zu nichts mehr nütze ist?«

Tammo platzte sichtlich der Kragen. »Hätten Sie es lieber gesehen, man hätte Ihre Villa abgefackelt oder die Garage mit dem Zweit- und Drittwagen darin? Oder doch eher den Anbau mit der Harley?«

Bendixen riss den Mund auf. Dann begriff er den Grund für Tammos Unmut und zog den Kopf ein. »'türlich nicht«, sagte er kleinlaut und guckte die Kommissare unterwürfig an. »Aber wer macht denn so was? Die Holzhütte ist nichts wert, und abgerissen hätte ich sie sowieso bald. Die steht nur im Weg.«

»Fühlen Sie sich bedroht?«, lenkte Fenna ab. »Haben Sie Feinde, haben Sie in letzter Zeit Hinweise auf einen geplanten Anschlag erhalten?«

Bendixen winkte ab. »Drohungen bekomme ich ständig, und Feinde hab ich mehr als der Regent von Nordkorea. Damit lebe ich tagtäglich. Aber wenn Sie es genau wissen wollen, dann fragen Sie mal die ›Grünen Windmühlen‹. Fragen Sie mal die Lina Kraus, wo sie war, als die Hütte in Brand gesetzt wurde.«

»Die Antwort können wir Ihnen jetzt schon geben«, erwiderte Tammo dröge. »Sie war zu dem Zeitpunkt im Gespräch mit uns dreien«. Er beschrieb mit dem Kinn einen Halbkreis, der Fenna und Merle mit einbezog.

»Trotzdem«, erwiderte Bendixen bockig. Er lockerte die Krawatte und öffnete den obersten Knopf seines Hemdes. Sein fleischiger Nacken war rot angelaufen.

Fenna übernahm das Gespräch wieder. »Sehen Sie einen Zusammenhang zwischen diesem Anschlag und den Protesten der Aktivisten gegen den Friso-Tower?«

»Natürlich. Das Grundstück, auf dem der Neubau entstehen soll, hat einem Freund von mir gehört. Er besitzt ein riesiges Areal unten beim Golfklub. Das hat er geteilt, weil es ihm zu groß wurde. Er wird auch nicht jünger.«

»Ach«, sagte Tammo, »dann hat Friso Wiborg das Grundstück zufällig für sich entdeckt und von Ihrem Freund abgekauft, und Sie haben sich dafür eingesetzt, dass der rührige Architekt sich dort sein Denkmal errichten darf.«

Bendixen machte die Ellenbogen breit und ging in Verteidigungsposition. »Damals war noch nicht die Rede davon, dass der Kasten nach ihm benannt werden soll. Friso hat sich erst zu einem späteren Zeitpunkt dazu entschlossen, dem Gebäude seinen Namen zu verpassen.«

Einer der Feuerwehrmänner kam auf die Gruppe zu. »Es handelt sich tatsächlich um Brandstiftung. Wir haben einen Brandbeschleuniger gefunden.«

»Danke«, sagte Fenna. Der Feuerwehrmann entfernte sich, und sie wandte sich wieder an Bendixen. »Können Sie sich erklären, warum der Brandanschlag ausgerechnet auf diesen Schuppen verübt wurde und nicht auf Ihre Villa oder die Garage?«

»Also ...« Bendixen blies die Backen auf, stieß die Luft wieder aus und hob die Achseln. »Keine Ahnung.«

»Befindet sich zurzeit jemand aus Ihrer Familie in einem der anderen Gebäude?«

»Nein. Meine Frau arbeitet in Heide. Unsere Kinder sind ausgeflogen. Die studieren in England und Italien.«

»Okay«, sagte Fenna. »Ich schlage vor, wir warten den Bericht der Feuerwehrleute ab. Dann sehen wir weiter. Da dieser Anschlag nicht in unser Ressort fällt, werden Sie im weiteren Verlauf mit Kollegen von uns zu tun haben. Aber wir behalten die Sache im Rahmen unserer Mordermittlungen im Auge.«

Bendixen verbeugte sich andeutungsweise vor der Kommissarin und bekundete damit sein Einverständnis mit dem Vorschlag.

Die Ermittler verabschiedeten sich von ihm und den Feuerwehrmännern.

Zurück im Auto sprudelte es gleich aus Fenna heraus. »Wir haben drei Verbrechen innerhalb kurzer Zeit, die miteinander zusammenhängen, und ich frage mich, ob zwei davon überhaupt ernst gemeint waren.«

»Wie kommst du darauf?«, fragte Tammo.

»Wir haben einen Schuss, der die Zielperson nicht traf, obwohl der Täter den Mann kinderleicht hätte töten können. Wir haben einen Brandanschlag auf einen leerstehenden Geräteschuppen statt auf eine Villa, die zur Stunde zwar unbewohnt, aber sicher mit wertvollen Gegenständen eingerichtet ist.« Sie sah Tammo an und wandte sich auch zu Merle auf der Rückbank um. »Kann es sein, dass diese beiden Verbrechen nur dazu dienten, vom Motiv für den Mord an Friso Wiborg abzulenken?«

Tammo rieb sich das Kinn. »Hm, gar nicht so dumm, der Gedanke.«

25

Nach dem Besuch der Ermittler hatte Lina Kraus ihre Leute zusammengetrommelt. Am Abend trudelten sie der Reihe nach in dem Schuppen auf dem Grundstück ein, das ihre Tante und ihr Onkel ihr vor Jahren als Nistplatz für ihre Projekte überlassen hatten. Die Sonne stand tief im Westen und ließ das kniehohe saftige Gras in einem satten Grün erscheinen, das wie mit goldenen Strähnchen durchzogen war.

Der Reihe nach hakte sie die Namen der eintreffenden Mitglieder ihrer Gruppe auf einer Liste ab. »Es fehlt nur noch Markus«, sagte sie.

»Dahinten kommt er«, rief eine Frau, die ihre Nase an eine der staubigen Fensterscheiben drückte.

Wie so oft roch es an diesem Abend nach Heu und Schweiß in der ehemaligen Scheune. Lina behagte diese Mischung. Es war ein reeller, natürlicher Duft.

Als alle eingetreten waren und sich auf den Klappstühlen oder im Schneidersitz auf dem Boden niedergelassen hatten, stellte Lina sich vor sie hin. Sie schob ihren rotblonden überlangen Pony aus dem Gesicht, und ihr Wahrzeichen kam zum Vorschein: eine grüne Windmühle, die auf ihre Stirn tätowiert war. Nur sie trug dieses Zeichen – als Beleg dafür, dass sie die alleinige Anführerin der von ihr selbst gegründeten Initiative war.

Markus stand auf und erhob das Wort, noch bevor Lina ihre Mitstreiter begrüßt hatte.

»Ich finde«, sagte er in einer Lautstärke und mit einer Sicherheit, die Lina in dieser Form bei ihm noch nie erlebt hatte, »ich finde, du bist heute Vormittag, als die Leute von der Kripo hier waren, ein verdammt hohes Risiko eingegangen.«

»So, findest du?« Lina hob den Kopf und sah ihn herausfordernd an. Markus hatte ihr in letzter Zeit oft Kontra gegeben. War er auf einen Umsturz aus?

»Du hast den Beamten Antworten gegeben, die darauf schließen lassen, dass wir mit dem Mord an Friso Wiborg zu tun haben. Von heute an ist jeder von uns verdächtig.« Er wies auf die Leute um ihn herum. »Die werden uns der Reihe nach unter die Lupe nehmen.«

»Na und? Ich weiß, was ich tue.«

»Dann erläutere uns das doch bitte mal.« Mit seinen Blicken suchte Markus die Zustimmung der anderen. Einige nickten ihm stumm zu, andere schienen unschlüssig zu sein, was sie von dem Dialog halten sollten.

Eine Frau meldete sich zu Wort. »Erzählt doch mal, wovon überhaupt die Rede ist.«

Lina berichtete von dem Besuch der Kommissare am Vormittag, als sie selbst, Markus und zwei weitere Mitglieder Plakate für die nächste Protestaktion vorbereiteten. »Ich habe nicht auf jede Frage wie ein wohlerzogenes Fräulein aus gutem Hause geantwortet. Aber das kann auch niemand von mir erwarten. Ich habe keinen Mord gestanden, deshalb verstehe ich die ganze Aufregung nicht, die du veranstaltest, Markus.«

»Es stimmt, du hast keinen Mord gestanden. Aber wenn du auf die Frage, wie weit wir zu gehen bereit sind, so antwortest, wie du das getan hast, und wenn du dann keine Zeugen dafür benennen kannst, wo du mit deiner engsten Clique während der Tatzeit warst, dann wirft das Fragen auf. Die sind doch nicht begriffsstutzig, diese Kripo-Leute. Die legen jede Antwort zehnmal auf die Goldwaage und interpretieren sie, wo immer es geht, zu unserem Nachteil. Der, der ums Leben gekommen ist, ist eher einer von denen als einer von uns, vergiss das nicht. Wir gehören nicht gerade zum Lager der braven, angepassten Bürger.«

»Jetzt pass mal auf, mein Lieber.« Lina verschränkte die Arme und ging langsam auf Markus zu. Einen Schritt vor ihm blieb sie stehen. »Unser Ziel ist es, Bauten wie den Friso-Tower auf Eiderstedt für alle Zeiten zu verhindern und die Natur an der Küste zu erhalten. Du weißt selbst, dass es immer wieder Leute gibt, die mit aller Macht das Gegenteil erreichen wollen.«

»Das stimmt«, sagte eine Frau, die auf dem Boden hockte. »Wir wollen und müssen breite Teile der Bevölkerung aufrütteln, um die Küste von diesen großen Kästen freizuhalten. Wenn es nicht anders geht, dann eben mit Gewalt.« Sie warf die geballte Faust in die Luft.

Lina nickte ihr zu und fuhr an Markus und die anderen gewandt fort. »Wir haben noch nie so viel Aufmerksamkeit bekommen wie seit Friso Wiborgs Tod. Auf einmal berichten überregionale Tageszeitungen über uns. Nächste Woche habe ich einen Termin mit einem Redakteur von einem lokalen Fernsehsender. Viele Touristen hören zum ersten Mal von uns, und viele von ihnen werden uns Sympathien entgegenbringen. Die meisten wollen doch selbst keinen Friso-Tower am Strand. Die Leute wollen sanften Tourismus. Was meinst du, warum ich heute früh damit begonnen habe, die nächste Aktion vorzubereiten?«

Markus war keinen Zentimeter zurückgewichen, als Lina auf ihn zukam. Er hatte die Hände in die Hosentaschen geschoben, und es schien, als hätte er die Beine fest im Boden verankert. »Und wenn es jemand von uns war, der Friso Wiborg zur Sandskulptur umfunktioniert hat? Was ist, wenn du die Polizei jetzt genau auf denjenigen gestoßen hast?«

»Meinst du ›denjenigen‹ oder ›diejenige‹?«, fragte Lina.

Markus rührte sich nicht. Er hielt ihrem giftigen Blick stand.

Lina trat ganz nah an ihn heran. Ihre Nasenspitze berührte fast sein Kinn. »Weißt du, wie man eine Sandskulptur erstellt?«

»Nein.«

»Na also.« Sie drehte sich von ihm weg. »Wir liegen alle auf einer Linie. Wenn wir alle zusammenhalten, wird auch niemand von uns vor Gericht gestellt. Wir müssen nur solidarisch sein.« Sie wartete einen Moment, bis sich das aufkommende Gemurmel legte. »Hat noch jemand eine Frage zu heute Vormittag? Wenn nicht, lasst uns darangehen, die Plakate für die Aktion am kommenden Samstag fertigzustellen.«

26

Fenna staunte nicht schlecht, als sie keine zwanzig Stunden nach dem Gespräch mit Lina Kraus die Liste der Mitglieder der ›Grünen Windmühlen‹ in ihrer Mailbox fand. Den Vormittag verbrachten Tammo und sie konzentriert damit, polizeiliche Erkundigungen über die Mitglieder der Initiative einzuziehen.

Am Mittag sah Tammo frustriert auf. »Ich hab meinen Teil abgearbeitet. Viel Arbeit für nichts. Keiner von denen wurde bisher erkennungsdienstlich behandelt, und von keinem ist bekannt, dass er eine Waffe besitzt.«

»Die scheinen durch und durch harmlos zu sein«, bestätigte Fenna, als auch sie ihren Part der Recherche abgeschlossen hatte. »Und trotzdem – Lina Kraus kommt mir zwiespältig vor.«

»Mir auch.« Tammo schob Büroklammern auf seiner Schreibtischplatte hin und her, als legte er ein Puzzle. »Sie ist eine Mischung aus Freundlichkeit und Verschlagenheit. Bei diesen Menschen weiß man nie, woran man wirklich ist. Ihr traue ich alles zu.«

Fenna packte ein Käsebrötchen aus, das sie sich am Morgen zu Hause zubereitet hatte. »Du auch?«

Tammo nickte. »Mit Schinken, wenn's geht.«

»Lina Kraus hat ein Motiv. Und sie war zum Tatzeitpunkt ganz in der Nähe des Tatortes, wenn nicht gar direkt am Ort.« Aus einer großen Frischhaltedose holte Fenna ein Brötchen hervor und reichte es Tammo an.

»Aber«, sie hob einen Finger, »ich behaupte: Wenn sie an dem Mord beteiligt ist, dann war sie es nicht allein.«

»Eher nicht. Sie ist zu klein, um einen Mann wie Friso Wiborg auf einen Sandblock zu hieven und all die weiteren Arbeiten zu verrichten, die für dieses ›Kunstwerk‹ nötig waren. Die Frage ist auch, ob sie überhaupt weiß, wie man so eine Skulptur herstellt.«

Fenna zog die Stirn kraus. »Das halte ich nicht mal für so relevant. So kunstvoll war die Leiche nicht hergerichtet, und ich glaube, man kann sich auch von jemandem, der weiß, wie es geht, genug erzählen lassen, damit es für ein eher stümperhaftes Werk wie dieses reicht.«

»Stümperhaft? Ich bitte Sie, Frau Kommissarin, lassen Sie das bloß nicht den Täter hören.«

Fennas Telefon klingelte. »Das ist Eike.« Hoffnung keimte in ihr auf, dass die Kriminaltechnik eine brauchbare Spur gefunden hatte. Sie nahm das Gespräch entgegen und schaltete den Lautsprecher ein.

»Moin, mein Lieber. Ich hoffe, du hast gute Nachrichten für uns.«

»Moin, ihr beiden. Ich habe gute wie auch schlechte Nachrichten, aber ich frage euch jetzt nicht, welche ich zuerst vorbringen soll. Erst einmal geht es um das Haar, das wir gefunden haben.«

»Ja?« Im Bruchteil einer Sekunde waren Fennas Nerven gespannt wie Hochseile im Zirkuszelt.

»Es stammt leider von einem Hund. Von einem Golden Retriever vermutlich. Eigentlich hätten wir das noch am Fundort mit bloßem Auge erkennen müssen. Aber ihr wisst, die Hoffnung stirbt zuletzt, und man weiß nie, welche Wunder die Natur für Leute unseres Berufs bereithält.«

»Schade. Verdammt, es wäre so schön gewesen.«

»Sei nicht so enttäuscht«, sagte Tammo. »Eike hat doch auch was Nettes für uns auf Lager.«

Eike holte so tief Luft, dass Fenna meinte, das Papier auf ihrem Schreibtisch würde durch die Leitung eingesogen. »Die Arbeiten zu diesem Fall, fordern uns eine Menge ab. Vor allem Geduld. Wisst ihr, wie viele Sandkörner wir zu analysieren haben?«

»Es ist wahrscheinlich eine Ziffer mit zwölf Nullen hintendran«, sagte Tammo. »Wie viel ist das in Worten? Eine Billion?«

»Meine Leute zählen noch«, ging Eike auf den müden Scherz ein. »Da wir wegen des armseligen Budgets unserer Behörde nur Rechenschieber zur Verfügung haben, müsst ihr euch noch eine Zeit gedulden, bis uns die genaue Anzahl vorliegt.«

Fennas Geduld reichte schon jetzt nicht mehr aus. »Eike, die guten Nachrichten bitte.«

»Eine Reihe Hautschuppen haben wir in dem Sand gefunden. Die DNA-Analyse wird ihre Zeit brauchen. Aber wenn ihr uns einen Verdächtigen liefert, können wir den Abgleich machen. Und das ist noch nicht alles.«

Er unterbrach sich, um zu niesen. Lautstark schnäuzte er sich die Nase.

»Was habt ihr noch gefunden?« Fenna dauerte wieder einmal alles zu lange.

»Bonbonpapier.«

Die Ermittler guckten sich über die Schreibtische hinweg an. »Das glaub ich jetzt nicht.« Tammo schüttelte fassungslos den Kopf. »Du meinst, der Mörder hat beim Erstellen der Skulptur Bonschis gelutscht? Das ist nicht dein Ernst.«

»Das hab ich nicht behauptet«, erwiderte Eike. »Ob das Papier vom Täter stammt oder ob eine andere Person es in den Sand hat fallen lassen, können wir natürlich nicht feststellen. Bei einem Workshop, wie er gerade stattgefunden hat, buddeln bekanntlich mehrere Leute in der Halle herum. Jeder von ihnen könnte es verloren haben. Ich kann euch also nur sagen, dass wir es gefunden haben, aber auch, dass es noch nicht allzu lange im Sand gelegen hat. Ob es euch auf die Spur des Täters bringen kann, müsst ihr selbst herausfinden.«

»Was für Bonbons sind es?«, fragte Fenna. »Hoffentlich welche, die man nicht in jedem Supermarkt findet.«

»Das zumindest kann ich mit Sicherheit sagen. Meine Leute haben gründlich recherchiert. Ich schicke euch gleich ein Foto des auseinandergefalteten Papiers, damit ihr wisst, wonach ihr suchen müsst.« Er war eine Weile still. »So, jetzt ist es an euch rausgegangen.«

Die Mailsysteme auf den Computern von Fenna und Tammo signalisierten den Eingang der Nachricht mit dem angehängten Foto. Beide Ermittler stürzten sich darauf, um sich das Bonbonpapier anzusehen.

Tammo grinste, als er auf den Monitor stierte. »Habt ihr das Papier für den Fototermin gebügelt?«

Fenna ließ Eike keine Zeit, die unsinnige Frage zu beantworten. »Ist das eine englische Marke?«

»British.« Eike sprach das Wort aus wie ein vornehmer Engländer. »Very British. Es handelt sich um Karamellbonbons, die in einer Manufaktur in Cornwall hergestellt werden. Der Familienbetrieb hat nur die Zentrale in England, keine Filialen in anderen Ländern. Sie betreiben aber einen Internet-Shop, über den Kunden aus aller Welt die Produkte bestellen können.«

»Unser Mörder ist demnach eine Naschkatze«, stellte Tammo fest.

»Oder ein Naschkater«, erwiderte Eike.

»Oder das. Im Grunde genommen brauchen wir jetzt nur flächendeckend herumzufragen, von wem bekannt ist, dass er solche Bonbons lutscht.«

Fenna hob beide Hände. »Vorsicht! Wenn wir offen danach forschen, laufen wir Gefahr, den Falschen zu befragen, bevor wir den Richtigen gefunden haben. Der warnt unsere Zielperson dann bewusst oder unbewusst vor, und die lässt die Bonbons schnell verschwinden.«

»Falls noch welche übrig sind«, gab Tammo grinsend zu bedenken. »So was futtern schnell die Mäuse weg.«

»Nee, Tammo« sagte Eike, »wer sich eine bestimmte Sorte Bonbons aus dem Ausland bestellt, der ist ein echter Liebhaber, der ist süchtig. Solche Leute bestellen zehn Kilo auf einmal, und sie ordern nach, lange bevor der Vorrat vernascht ist.«

Fenna wurde nachdenklich. »Auch wenn wir im Kreis derjenigen, die wir zu den Verdächtigen zählen, jemanden finden sollten, der diese Bonbons besitzt, reicht das noch lange nicht aus, der Person die Tat zu unterstellen, geschweige denn, sie ihr damit nachzuweisen. Das Bonbonpapier kann bestenfalls ein Indiz sein.« Einen Hoffnungsschimmer sah sie dennoch: »Habt ihr DNA daran gefunden?«

»Leider nicht. Wenn überhaupt welche dran war, ist die in der Zeit, die das Papier in dem feuchten Sand gelegen hat, verloren gegangen.«

Fenna schlug mit den Fäusten auf den Schreibtisch. »So ein Mist. Wir haben so viel Sand und keine brauchbaren Spuren darin.«

»Keine Panik«, sagte Eike. »Ich darf euch noch mal an die Hautschuppen erinnern, die wir gefunden haben. Und dann hab ich noch ein Bonbon für euch.«

Eike hielt offenbar selbst die Luft an und genoss die gespannte Stille, die ihm durchs Telefon entgegenschlug. Als er fortfuhr, hörte Fenna aus seiner Stimme förmlich sein verschmitztes Lächeln heraus.

»Einer meiner Leute hat in dem Graben, der das Grundstück der Sandskulpturenwerkstatt umgibt, eine Taschenlampe gefunden.«

»Lag sie im Wasser?«, fragte Fenna.

»Nein, der Graben führt zurzeit kein Wasser. Sie lag in dem Gestrüpp verborgen, das am Rand des Grabens steht. Und wisst ihr was?«

»Nun sag schon«, fauchte Fenna ihn an.

»Es kleben Hautzellen und Blut des Opfers daran.«

Fenna sprang vom Stuhl auf und riss die Arme hoch. »Ihr habt die Tatwaffe gefunden.«

»Siehst du, Fenna«, meinte Eike gelassen, »jetzt ist eure Laune wieder am oberen Ende der Skala.«

»Sind Fingerabdrücke auf der Lampe?«, fragte Tammo, der ebenfalls auf einmal munter wurde.

»Jein«, sagte Eike. »Ja, es sind Fingerabdrücke drauf. Aber sie stammen von zwei Personen.«

Fenna plumpste auf den Stuhl zurück. »Es wäre sonst auch viel zu einfach gewesen.«

»Kopf hoch«, erwiderte Eike. »Wie ich euch kenne, werdet ihr den Täter finden. Ihr sammelt noch eine Reihe von Indizien, und wenn sie auf eine bestimmte Person hindeuten, machen wir den DNA-Abgleich mit den Hautschuppen aus dem Sand und den Vergleich mit den Fingerabdrücken auf der Taschenlampe. Wer weiß, vielleicht erweist sich das Bonbonpapier am Ende sogar als das i-Tüpfelchen auf euren Ermittlungen?«

Fenna nickte dem Telefonapparat zu, aus dem Eikes optimistische Stimme ertönte. »Danke fürs Mutmachen, Kollege. Wir werden tun, was wir können. Und wenn das Papier uns wirklich hilft, den Täter zu überführen, bestell ich dir drei Kilo Bonschis aus England, verlass dich drauf.«

Eikes sonore Lache erfüllte den Raum. »Okay, ihr zwei. Ich freu mich schon heute auf die Nascherei. Bis dahin.«

»Bis bald, Eike.« Erschöpft streckte Fenna die Beine von sich. »Und jetzt?«, fragte sie mit Blick auf Tammo. »Ein Nachmittagstee zur Stärkung?«

Er guckte auf die Uhr und schüttelte den Kopf. »Vergiss unseren Termin beim Doktor nicht. Wir müssen los. Du willst ihn doch wirklich sprechen?«

»Ja«, sagte Fenna. »Ich will wissen, was es mit dem Herzmedikament auf sich hatte.«

27

Die Praxis des Hausarztes von Friso Wiborg lag in derselben Straße wie das Viergenerationenhaus der Familie Anders und Stern. Es stand jedoch dichter am Ortszentrum von Sankt Peter-Bad als ihr Zuhause. Dem Reetdach des gediegenen Backsteinbaus sah man an, dass es erst kürzlich erneuert worden war. Es fehlten jegliche Spuren von Sonne und Regen, die ältere Dächer erst richtig heimelig erscheinen ließen.

›Dr. med. Rüdiger Conrads‹ stand in schwarzen Lettern auf dem Messingschild. Die Eingangstür stand offen. Die Ermittler traten ein.

Die Mitarbeiterin an der Rezeption wusste offenbar sofort, wen sie vor sich hatte. »Der letzte Patient für heute ist gerade beim Doktor. Nehmen Sie bitte einen Augenblick im Wartezimmer Platz.« Sie deutete mit der Hand auf die Tür zu dem Raum.

Fenna suchte an einem Zeitschriftenständer nach einem Magazin, mit dem sie sich die Wartezeit vertreiben konnte. Tammo hatte treffsicher eine Automobilzeitschrift erwischt. Doch kaum hatte er sich damit hingesetzt, wurde eine Tür geöffnet, und die Stimme des Arztes dröhnte über den Flur.

»Marlies, bitte noch eine Überweisung zum Kardiologen für den Herrn Siemers.« Anschließend ging er auf das Wartezimmer zu, blieb aber an der Schwelle stehen. »Dann kommen Sie mal mit.«

»Bitte«, flüsterte Fenna so leise, dass nur Tammo ihre Stimme hören konnte.

Der Arzt hatte sich bereits abgewandt und war wieder in seinem Behandlungszimmer verschwunden. Er wartete an der Tür, bis seine Besucher eingetreten waren. »Sie können dann gehen, Marlies«, rief er seiner Mitarbeiterin zu. Er schloss die Tür und setzte sich ächzend auf den breiten, mit Leder bezogenen Stuhl hinter dem wuchtigen, Respekt einflößenden Schreibtisch.

Unwillkürlich musste Fenna an den Thron denken, auf dem Friso Wiborg gewaltsam sein Leben gelassen hatte. Tammo und sie ließen sich auf den Besucherstühlen dem Mediziner gegenüber nieder.

Conrads setzte eine staatstragende Miene auf und legte die verschränkten Hände auf den Schreibtisch, wie wohl jeder Arzt der Welt das tat, wenn er seinem Patienten oder dessen Angehörigen eine ernste Botschaft zu überbringen hatte. »Ein Gespräch wollte ich Ihnen nicht von vornherein verweigern. Aber über meine Schweigepflicht brauche ich Sie nicht weiter aufzuklären.«

Unverbindlich und direkt – das konnte Fenna auch. »Sie haben Friso Wiborg ein Herzmittel verschrieben.« Dass sie wusste, wie wirkungslos die Pillen waren, verschwieg sie dem Arzt bewusst.

»Ich habe ihm ein Mittel verschrieben, wie das bei Patienten mit Herzbeschwerden üblich ist.«

»Selbstverständlich respektieren wir Ihre Schweigepflicht«, sagte Fenna kalt lächelnd. »Wir möchten auch nicht allzu tief in Ihre Patientenakten vordringen. Es ist nur so …« Sie beugte sich vor, stützte einen Ellenbogen auf den Schreibtisch und legte Daumen und Zeigefinger ans Kinn. »Bei der Obduktion der Leiche von Herrn

186

Wiborg haben sich im Zusammenhang mit seinem Herzen Erkenntnisse ergeben, die – lassen Sie es mich so ausdrücken: Erkenntnisse, die nicht zweifelsfrei für Ihre ärztliche Kunst sprechen.«

Conrads Augenbrauen schnellten vor Schreck in die Höhe. »Was wollen Sie damit sagen?«

Fenna lehnte sich wieder zurück. »Auch wir haben unsere Schweigepflicht. Nur so viel: Es gibt einige Ungereimtheiten, und wenn es ganz dumm kommen sollte, werden wir den Staatsanwalt einschalten müssen.«

Doktor Conrads rang die Hände. Seine Mundwinkel zuckten nervös. »Nun, wenn ich Ihnen irgendwie helfen kann, Fragen zu klären, ohne allzu viel über den verstorbenen Patienten preisgeben zu müssen, lassen Sie uns gerne versuchen, einen gemeinsamen Weg zu finden.«

Na also, es ging doch. Nun versuchte Conrads sich sogar an einem freundlichen Lächeln.

»Wie kam es zu der seltsamen Medikation?«, fragte Fenna geradeheraus.

Conrads lehnte sich zurück. Seine Blicke schweiften nach links, als läge dort die Vergangenheit, die er sich in die Erinnerung zurückrufen wollte. »Es ist einige Jahre her, da klagte Herr Wiborg über Herzbeschwerden. Ich selbst konnte keine Unregelmäßigkeiten feststellen.« Er wandte sich wieder den Ermittlern zu. »Sie wissen, ich bin Hausarzt und Internist. Ich habe ihn zum Kardiologen geschickt. Auch der konnte keine Herzerkrankung diagnostizieren. Herr Wiborg bestand jedoch darauf, dass da irgendetwas Anormales sei. Er gab keine Ruhe.«

»Was macht man in so einem Fall?«, fragte Tammo.

»Was macht man da?« Conrads öffnete die Hände und faltete sie wieder zusammen. »In diesem speziellen

Fall habe ich ein Placebo verordnet. Manchmal ist das erforderlich, um einen Patienten wieder zur Ruhe kommen zu lassen. Solche Menschen reden sich sonst eine Herzkrankheit regelrecht ein. Sie achten so lange darauf, ob ihr Herz nicht doch unregelmäßig schlägt, bis es das tut und dieser Zustand chronisch wird. Sie kennen sicher die Verflechtung der Seele mit dem Körper.«

Tammo nickte. »Psychosomatik nennt man das.«

»Sie sagen es.« Conrads wies mit der Hand auf den Kommissar, um gleich darauf abzuwehren. »Wenn Friso Wiborg jetzt an einer Herzkrankheit gestorben sollte, dann handelt es sich nicht um einen Diagnosefehler, den mein geschätzter Kollege aus der Kardiologie oder meine Wenigkeit begangen hätten. Ich versichere Ihnen, in dem Fall muss es sich um eine Erkrankung handeln, die erst kürzlich ganz neu aufgetreten ist und mit der Herr Wiborg bei mir nicht vorstellig wurde.«

Beide Ermittler schwiegen eine Weile.

Doktor Conrads griff nach einer Patientenakte, die auf einer Ecke des überdimensionalen Tisches lag, und ließ sie in einer der Hängeregistraturen des Schreibtischcontainers verschwinden.

»Ging es Herrn Wiborg wieder gut«, fragte Tammo, »seit er die Tabletten nahm?«

Conrads nickte. »Ja, es ging ihm gut damit.«

Fenna sah ihn prüfend an. Sie nahm ihm die Geschichte nicht ab. Sie klang zu glatt. »Wusste Herr Wiborg, was er da schluckte?«

»Er ging davon aus, dass das Medikament, das ich ihm verschrieben hatte, seine Wirkung zeigte.«

»Und Frau Wiborg? Wusste sie, welche Wirkung das Herzmittel ihres Mannes hatte?«

Doktor Conrads schwieg zu lange. Er schien abzuwägen, was in Fenna vorging und warum sie diese verfängliche Frage stellte. Feindseligkeit hing plötzlich in der Luft. Fenna konnte sie förmlich riechen.

»Herr Doktor Conrads«, sagte Tammo. »Wie war das mit Frau Wiborg? Sie ist doch auch Ihre Patientin.«

Langsam gewann der Arzt wieder Boden unter den Füßen. »Hat sie etwa das Medikament ihres Mannes heimlich gegen ein anderes ausgetauscht?«

Fenna beäugte ihn amüsiert. »Sie wissen doch, Herr Doktor, unsere Schweigepflicht verbietet es uns, anderen Menschen gegenüber Wissen über einen laufenden Fall preiszugeben.«

Rüdiger Conrads lehnte sich zurück. Er legte beide Hände auf die Kante seines Schreibtisches und tippte hektisch mit allen zehn Fingern herum. »Sie dürfen mir nichts über das Obduktionsergebnis sagen?«

Die Ermittler schüttelten synchron den Kopf.

»Und später? Wenn der Täter gefunden wurde? Für mich wäre es wichtig, um für meine anderen Patienten etwas zu lernen, falls ich einen Fehler gemacht habe.«

»Sie hören von uns, wenn der Fall abgeschlossen ist.« Fenna stand auf. »Danke, Herr Doktor Conrads.« Sie verabschiedete sich und verließ mit Tammo die Praxis.

»Ich hätte nie gedacht«, sagte Tammo, »dass ich mit diesem Gefühl da rausgehen würde, aber ich glaube wirklich, das Placebo spielt in diesem Fall eine Rolle.«

Fluchend wich Fenna einem Hundehaufen aus. »Ich hab es geahnt, deshalb wollte ich mit Conrads sprechen. Wenn ich nur eine Erklärung dafür wüsste, wie das alles zusammenhängt.«

28

Erschöpft kehrten die Ermittler am Abend in das Viergenerationenhaus zurück, und im ersten Moment glaubte Fenna, es liefe ein schlechter Film.

»Der Paule ist spitze«, drang eine Stimme aus der Wohnküche bis zu ihnen auf den Flur. »Er liebt Kinder. Die Geburtstagsfeier auf Sandiek wird der Hit für Hilkes Töchter. Jonah und ich sind natürlich mit dabei.«

Fenna zog ihre Schuhe aus, kickte sie in die Ecke und stürmte in die Küche.

Ihre Tochter Fee saß mit dem Rücken zu ihr am Esstisch, Magda neben ihr. Jonah thronte wie üblich bei Frido auf dem Schoß.

Fee war so ins Schwärmen verfallen, dass sie nicht registrierte, wer gerade das Haus betreten hatte. »Wenn Jonah erst mal so alt ist, dass er Sandskulpturen schnitzen kann«, erzählte sie weiter, »glaubt mir, der wird hingerissen sein von Paule. Stimmt's, Lütter?«

Jonah grinste sie an. »Bauuula«, lallte er und strahlte über beide Pausbäckchen.

»Fee!« Fenna baute sich neben dem Tisch auf und stemmte die Hände in die Hüften. Tammo stellte sich zur moralischen Unterstützung dicht hinter sie. »Wirklich, Fee, wenn du dich mit Paule Gertjes triffst, bringst du uns in allergrößte Schwierigkeiten.« Sie streckte einen Arm aus, als wollte sie auf Westerhever zeigen. »Da draußen läuft ein Mörder herum, den Tammo und ich überführen müssen. Wenn herauskommt, dass du mit dem Sandbildhauer von Westerhever verbandelt bist, wird uns der Fall Friso Wiborg augenblicklich entzogen. Und dabei allein wird es vermutlich nicht bleiben.«

»Deine Mutter hat recht«, pflichtete Tammo ihr bei. »Das geht nicht. Nicht, solange der Fall noch in der Schwebe ist. Später könnt ihr tun, was ihr wollt. Aber der Typ ist doch bestimmt zehn Jahre älter als du.«

Fee sprang auf. »Was ist denn das für ein Argument? Und wollt ihr etwa andeuten, dass ihr Paule für den Mörder haltet?«

»Was wir denken«, erwiderte Fenna mit bebender Stimme, »spielt im Moment überhaupt keine Rolle. Es geht ums Prinzip. Du bist meine Tochter und Tammos Stieftochter. Wir leben zusammen unter einem Dach. Du kannst jetzt nicht mit dem Mann befreundet sein, in dessen engster Umgebung ein Mord verübt wurde. Sobald wir von eurer Beziehung Kenntnis erlangen, müssen wir den Fall abgeben, und das kommt für uns überhaupt nicht infrage.«

Tammo nickte gewichtig. »Es gibt Vorschriften.«

Doch Fee war zu keinem Gespräch mehr bereit. Sie nahm ihren Sohn von Fridos Schoß und giftete Fenna an. »Ich bin volljährig und selbstbestimmt. So bin ich von dir persönlich erzogen worden. Ich weiß, was ich zu tun und zu lassen habe, und ich entscheide selbst, mit wem ich mich treffe.« Sie verließ die Küche. Dann öffnete sie noch einmal die Tür. »Wenn du es genau wissen willst, Tammo, der Paule ist nicht zehn, er ist elfeinhalb Jahre älter als ich. Er wird bald siebenunddreißig.« Sie knallte die Tür zu und stapfte die Treppe hinauf in ihre Wohnung, die sie sich mit Fiona teilte.

»Wo ist Fiona eigentlich schon wieder abgeblieben?«, fragte Fenna, der dieser Streit die Stimmung verhagelt hatte. »Man sieht sie überhaupt nicht mehr.«

»Sie macht zurzeit viele Überstunden, genau wie ihr«, berichtete Magda. »Das Naturschutzprojekt, das sie zurzeit auf Nordstrand leitet, fordert all ihre Kraft. Aber am Wochenende wird sie zu Hause sein.«

Mit fröhlicher Miene zog Frido einen Prospekt zwischen einem Stapel Broschüren hervor und schwenkte ihn durch die Luft wie eine Fahne. »Dafür werden Magda und ich bald für einige Zeit verschwinden.«

Fenna griff danach. »Zeig mal her, was ist denn das?«

»Ein Reiseprospekt«, sagte Magda. »Wir wollen eine Schiffsreise machen.«

»Eine Schiffsreise, soso.« Fenna blätterte durch den Katalog. »Die Hurtigruten. Ihr wollt mit dem Postschiff die norwegische Küste entlang?«

Magdas Augen leuchteten selig. »Frido und ich träumen schon seit einer Ewigkeit davon, und langsam wird es Zeit, dass wir uns diesen Traum erfüllen.«

»Es sei euch gegönnt.« Fenna gab Frido den Prospekt zurück. »Wann soll es losgehen? Habt ihr schon einen festen Termin gebucht?«

»Wir haben uns für den Spätsommer vormerken lassen«, sagte Frido. »Fest gebucht ist das aber noch nicht. Wir haben uns eine Woche Bedenkzeit erbeten. Am liebsten würde ich Jonah mitnehmen.«

»Jonah? Das ist nicht dein Ernst. Oder kommt Fee auch mit auf die Reise?«

»War nur ein Spaß«, beruhigte Magda sie. »Du weißt doch, dass Frido sich kaum einen Tag ohne Jonah vorstellen kann. Aber da wird er sich entscheiden müssen.

Zwei Wochen ohne seinen Enkel, dafür hat er mich ganz allein für sich, oder umgekehrt.« Sie grinste.

Frido wedelte mit der Hand durch die Luft, als hätte er sich die Finger verbrannt. »Das wird eine Bewährungsprobe.« Er grinste Magda an, dann redete er aufgeregt weiter. »Wisst ihr, wen wir im Reisebüro gesehen haben? Na?«

Magda rollte mit den Augen. »Frido, erzähl schon.«

»Elisa Wiborg. Lustige Witwe sag ich dazu nur.«

Fenna ließ sich auf den Stuhl gleiten, der seinem gegenüberstand. »Elisa Wiborg will verreisen?«

Sie kam sich vor wie eine tratschende Nachbarin. Warum sollte die Frau sich nicht eine Reise gönnen nach all dem, was sie gerade durchgemacht hatte?

»Sie war vor uns dran«, sagte Magda. »Wir haben die letzten Sätze mitbekommen, die sie mit der Angestellten im Reisebüro gewechselt hat.«

»Und? Leistet sie euch auf der Norwegenfahrt Gesellschaft?« fragte Fenna spaßeshalber.

»Wer weiß?«, sagte Frido. »Ausschließen kann ich das nicht. Sie hat einen Wellnessurlaub auf Sylt gebucht. Irgendein schniekes Hotel mit Schwimmbad, Sauna und Massagen in List. Soll demnächst losgehen. Und später im Jahr plant sie die Fahrt mit dem Postschiff, die auch wir machen. Die Frau muss ganz schön Kohle haben.«

Fenna wurde nachdenklich. »Offensichtlich zieht es sie von Sankt Peter-Ording weg.«

»Soll ich euch etwas zu essen machen?« fragte Magda.

Tammo schüttelte den Kopf. »Ihr zwei beschäftigt euch in aller Ruhe mit euren Reiseplänen, und ich lade meine Frau zum Essen ein.«

29

Fenna fröstelte. Sie kuschelte sich an Tammo, der neben ihr auf der Bank im Außenbereich von Gosch saß. Bevor sie das Restaurant aufgesucht hatten, waren sie zur Entspannung bis ans Ende der Seebrücke spaziert und hatten einen langen, sehnsuchtsvollen Blick in die Ferne geworfen.

Zur blauen Stunde, der Zeitspanne zwischen Dämmerung und Sonnenuntergang, war der Himmel in ein märchenhaft leuchtendes Marineblau gefärbt gewesen, von dessen Anblick Fenna sich kaum hatte lösen können. Jetzt, nachdem ihrer beider Mägen gesättigt waren, erschien die See durchtränkt vom flammenden Orangerot der untergehenden Sonne. Der Wind hatte sich gelegt, die Luft fühlte sich an wie ein feucht-kaltes Tuch und kroch die Hosenbeine hinauf.

Fenna schlang die Arme um den Oberkörper und klemmte die Hände unter die Achseln, um sie zu wärmen. »Die Hurtigruten!« Sie stieß einen sehnsüchtigen Seufzer aus. »Die Tour, die Magda und Frido vorhaben, würde ich mit dir auch gern mal machen.«

»Wenn wir Silberhochzeit feiern«, redete Tammo, der notorische Reisemuffel, sich heraus.

»Ach, du schon wieder. Zu unserer Hochzeit hab ich dich von Greetsiel nach Dagebüll entführt. Für die nächste Entwicklungsstufe wirst du wohl nicht schlappe fünfundzwanzig Jahre brauchen.«

Tammo schwieg eisern. Beim Thema Reisen ließ er sich traditionell auf keine Diskussionen ein. Er musste in der richtigen Stimmung sein, wenn sie ihn überreden wollte, und heute war offenbar nicht der passende Tag.

»Na gut.« Sie nahm den Kopf von seiner Schulter und setzte sich auf. »Kommen wir noch mal zu Elisa Wiborg. Was denkst du, warum sie heute diese Reisen gebucht hat? Hat es mit dem Tod ihres Mannes zu tun, mit dem neuen Leben, das sie als Witwe führt?«

Tammo knabberte indes an einer anderen Frage. Er hob eine Hand und spielte mit Fennas Haar. »Ich denke, du hast recht mit deiner Vermutung. Das Herzmittel hat irgendwie mit der ganzen Geschichte zu tun.«

»Aber wie?« Fenna strich ihr Haar hinters Ohr, womit sie Tammo bewusst dazu veranlasste, die Hand zurückzuziehen. Sie waren im Feierabend, und doch steckten sie mitten in einer Mordsache. Es war nicht der rechte Augenblick für Zärtlichkeiten in der Öffentlichkeit. »Wir haben mit familiären Unstimmigkeiten zu tun, mit Konkurrenz unter den Kollegen im Architekturbüro und mit den ›Grünen Windmühlen‹. Dann das Placebo. Ich hab das Gefühl, dass alles miteinander zusammenspielt, aber ich bringe einfach keine rote Linie hinein.«

Tammo stimmte ihr zu. »Wenn wir wüssten, ob Elisa Wiborg ihrem Mann nicht doch ein Medikament gebracht hat, auch wenn sie bestreitet, es getan zu haben. Irgendein Mittel, das ihm geschadet hat.«

»Das hätte Gerhild festgestellt.«

»Und wenn nicht? Wenn sie ausnahmsweise mal was übersehen hat? Oder es war etwas, das man nur in den ersten wenigen Stunden nach dem Tod feststellen kann und danach nicht mehr.«

Fenna dachte über Tammos Worte nach. »Weißt du was? Ich ruf Eike an und frag ihn, ob seine Leute in Friso Wiborgs Kleidung oder auf seinem Zimmer eine Arznei gefunden haben.« Sie griff zum Handy.

»Lass ihn heute Abend in Ruhe«, sagte Tammo.

Doch Fenna hatte Eike Hoböken bereits in der Leitung. Sie entschuldigte sich bei ihm für die Störung, stellte ihm die Frage, die ihr auf der Seele lag, und lauschte gespannt, was er darüber berichten konnte.

Eike gab in seiner geduldigen Art Auskunft, dann wünschte er ihr eine gute Nacht.

»Nichts.« Fenna schob das Smartphone in die Tasche zurück. »In Westerhever haben sie kein Medikament bei ihm gefunden.« Angestrengt guckte sie in Richtung See. Die Sonne war inzwischen untergegangen. Der leuchtendrote Streifen am Horizont wurde immer schmaler. »Ich kann mir nicht vorstellen, dass Elisa Wiborg es hingenommen hat, dass ihr Mann das Herzmittel nicht bei sich hatte. Wenn sie ihren Sohn, ausgerechnet Harder, der sich mit dem Vater überworfen hat, dazu drängen wollte, es ihm zu bringen, und er hat sich geweigert – ist sie dann nicht vielleicht doch selbst hingefahren, nachdem Oda nach Hause zurückgekehrt ist?«

»Und dann?«, fragte Tammo. »Nehmen wir an, sie ist hingefahren. Wozu? Das Medikament hat sie ihm nicht gebracht. Dann hätte Eike es gefunden.«

»Vielleicht hatte sie es dabei, und dann kam es zum Streit.« Fenna versuchte, sich eine Begegnung zwischen dem eitlen Friso Wiborg und der ewig besorgten Elisa vorzustellen. »Er hat sie beschimpft, weil sie ihn bemutterte. Er hat ihre Fürsorge als lächerlich empfunden. Vielleicht hat Knut Appel sich über ihn lustig gemacht.«

Tammo wiegte skeptisch den Kopf. »Du unterstellst, dass es zu einem Schlagabtausch zwischen den beiden kam, der in eine tödliche Schlägerei übergegangen ist? Und am Ende hat irgendwer Elisa Wiborg geholfen, die Leiche auf den Thron zu hieven?«

Fenna nickte zaghaft. »So ungefähr könnte es sich abgespielt haben.«

»Wer soll der Helfer gewesen sein?«

»Knut Appel? Lina Kraus? Oder beide zusammen?« Fenna war sich bewusst, wie gewagt ihre Überlegungen waren. Doch sie boten eine Erklärung dafür, warum es ausgerechnet in Westerhever zum Mord an dem schon lange als problematisch angesehenen Architekten kam, und ihr erdachtes Szenario schloss alle Parteien ein, die mit Friso zu Lebzeiten aneinandergeraten waren.

Tammo trank seinen Weißwein aus und hob Fenna das leere Glas entgegen. »Du auch noch einen?«

»Warum nicht?«

Kaum hatte sie zugestimmt, klingelte ihr Smartphone. Unwillig kramte sie das Telefon aus der Tasche hervor. »Können wir nicht einmal in Ruhe Feierabend haben?«

Tammo schmunzelte. »Das wird Eike auch gedacht haben, als du ihn vorhin angerufen hast.«

Fenna warf einen Blick aufs Handy. »Oh, die Kollegen auf der Wache. Was ist denn nun schon wieder los?« Sie nahm das Gespräch an. »Fenna Stern. Was gibt's?«

»Moin, Fenna. Ritschie hier. Sorry für die Störung, aber es ist wichtig. Ein Unfall. Es ist nicht wirklich was passiert, nur – deine Tochter hat mit im Auto gesessen.«

Fenna schrie auf. »Fiona?«

»Nein, nicht Fiona. Fee. Wie gesagt, ihr ist nichts passiert. Sie ist mit dem Schrecken davongekommen. Aber der Wagen gehört Paule Gertjes. Wir dachten, es wäre gut, wenn ihr dazukommen könntet.«

»Paule Gertjes?« Fennas Blutdruck schnellte augenblicklich in die Höhe. Sie versuchte, sich zu sammeln. »Wo ist der Unfall passiert?«

Tammo sah sie mit sorgenvoll fragenden Augen an.

»Auf dem Weg nach Westerhever«, sagte der Kollege. »Kurz vor der Süderheverkoog-Chaussee. Könnt ihr euch auf den Weg dahin machen?«

»Ja, aber das dauert. Wir sitzen gerade bei Gosch an der Seebrücke und sind zu Fuß unterwegs. Wir müssen erst nach Hause, den Wagen holen.«

»Vergiss das«, sagte Ritschie. »Wir machen das anders. Seid ihr mit dem Essen fertig?«

Fenna schnappte nach Atem. Es war rücksichtsvoll gemeint von dem Kollegen, aber wie könnte ihr in dieser Situation das Essen wichtig sein? »Und wenn wir es nicht wären, das wäre egal.«

»Wir holen euch in ein paar Minuten ab. Wir treffen uns vorm Nationalpark-Haus, okay? Bis gleich.«

30

Fenna saß auf der Rückbank, Tammo hatte einen Arm um ihre Schultern gelegt und drückte sie an sich, als befürchtete er, sie könne in der nächsten Kurve aus dem Wagen geschleudert werden.

Der Kollege, der sie in Begleitung eines zweiten Beamten abgeholt hatte, fuhr auf die Unfallstelle zu. Die Scheinwerfer mehrerer Autos erhellten die Straße.

Fenna erkannte einen Wagen, der halb im Straßengraben hing. Ein Rettungswagen und zwei Polizeistreifen waren bereits eingetroffen. Ein weißer SUV stand quer auf der Fahrbahn. Fenna vermutete, dass er in den Unfall verwickelt war.

»Was für ein grauenhafter Anblick«, sagte sie tonlos, als sie sich dicht vor der Unglücksstelle befanden. Verzweifelt hielt sie Ausschau nach Fee. Erst nach längerem Hinsehen erkannte sie Paule Gertjes, der vor dem geöffneten Rettungswagen stand.

Ihr Kollege hielt in gebührendem Abstand am Straßenrand an. Fenna löste sich aus Tammos Arm, sprang aus dem Polizeiauto und lief auf den Rettungswagen zu. Paule wich zur Seite. Jetzt sah Fenna die Sanitäter, die sich im Inneren des Wagens um Fee kümmerten.

»Fee, wie geht es dir?«, rief sie aus. »Bist du verletzt? Was ist passiert?«

Einer der beiden Sanitäter maß Fees Blutdruck. »Ihre Tochter scheint riesiges Glück gehabt zu haben. Gebrochen ist nichts, soweit wir feststellen konnten. Sie hat ein paar Prellungen davongetragen und einen gehörigen Schrecken. Wir würden aber auf jeden Fall empfehlen, dass sie sich zur Beobachtung ins Krankenhaus bringen lässt. Dasselbe gilt für den Herrn.« Er wies mit dem Kopf auf Paule, als ginge auch er Fenna etwas an.

»Unbedingt soll sie das«, erwiderte sie. »In welche Klinik bringen Sie sie?«

»In keine«, sagte Fee, bevor der Sanitäter antworten konnte. »Ich will nicht ins Krankenhaus, Paule auch nicht.«

»Darüber ist das letzte Wort noch nicht gesprochen.« Verärgert suchte Fenna den Blickkontakt zu Paule.

Er sah verschämt zu Boden. Sicher wusste er, was sie von seiner Beziehung zu ihrer Tochter hielt. Nach einigen Momenten des Schweigens redete er. »Ich denke, wir können es verantworten, ohne weitere Untersuchung nach Hause zu fahren. Uns ist nichts passiert.«

»Das können Sie einfach so feststellen?«, giftete Fenna ihn an. »Dann verstehen Sie wohl mehr von Verletzungen und Unfallfolgen als diese beiden Herren.«

»Mama«, sagte Fee flehentlich, »Paule kann nichts dazu, dass der Unfall passiert ist. Ich bin gefahren, und wir sind von hinten angegriffen worden.«

»Was seid ihr?« Der Boden unter Fennas Füßen geriet ins Wanken. Ihr wurde übel. Sie legte eine Hand aufs Herz. »Wo ist eigentlich Jonah? Wo ist mein Enkel?«

Tammo trat von hinten an sie heran und hielt sie an den Schultern fest.

»Jonah ist zu Hause. Fiona passt auf ihn auf.« Fee sah schuldbewusst zu Paule hinüber. »Wir wollten nach Westerheversand, die Stimmung bei Nacht erleben.«

»Ihr wolltet zum Leuchtturm?« Dass ihre Tochter eine romantische Ader hatte, war Fenna bisher verborgen geblieben. Es mochte sein, dass Paule, die Künstlerseele, diese Seite in ihr zum Leben erweckt hatte. Doch dass Fee ihren kleinen Sohn dafür auf sträfliche Weise vernachlässigte, würde noch ein Nachspiel haben.

»Ich vermute, ihr wart auf dem Weg zum Parkplatz am Deich«, sagte Tammo, der als Einziger im Moment einen klaren Kopf zu behalten schien. »Was ist passiert, dass ihr im Graben gelandet seid?« Er sah Fee an.

Sie gab den Blick an Paule weiter. »Erzähl du.«

Paule behagte es sichtlich nicht, in diesem Kreis im Zentrum der Aufmerksamkeit zu stehen. Notgedrungen begann er, zu berichten.

»Ich hab Fee ans Steuer gelassen, damit sie mehr Fahrpraxis bekommt. Seit sie den Führerschein hat, ist sie kaum noch gefahren. Ich hab sie gelotst. Den Weg von Sankt Peter nach Westerhever kenne ich aus dem Effeff. Ich fahre ihn fast täglich. Auf einmal sagt Fee: ›Da ist einer hinter uns, der drängelt. Soll ich ihn vorbeilassen?‹ Ich guck mich um, sehe einen Wagen und sag: ›Jo, mach mal.‹ Sie fährt also rechts ran. Da bleibt der hinter uns ebenfalls stehen.«

»Was für ein Wagen war das?«, fragte Tammo.

»Das konnten wir nicht sehen, es war zu dunkel. Ich hab Fee gesagt: ›Fahr man weiter.‹ Sie gibt Gas, da fährt der Typ hinter uns auch wieder los. Auf einmal wird er immer schneller und stößt uns von hinten an. Fee ist fast durchgedreht vor Angst. Na ja, ich auch irgendwie.« Er erschauderte bei der Erinnerung. »War eine verdammt unheimliche Situation. Und plötzlich kommt uns der weiße SUV entgegen.« Er zeigte auf den Wagen.

Paule drehte sich nach dem weißen Geländewagen um, der einige Meter entfernt parkte. Die Fahrertür stand offen, der Fahrer saß hinter dem Steuer und ließ ein Bein baumeln. Paule winkte den Mann heran.

Er rutschte vom Sitz herunter und kam auf die Gruppe zu. »Folkert Neeb«, stellte er sich vor.

»Erzähl mal«, sagte Paule zu ihm, »was du gesehen hast, als du auf uns zugefahren bist.«

»Ich hab die beiden Wagen auf mich zukommen sehen«, berichtete Neeb. »Den hier von Paule Gertjes und einen alten Polo, der hintendran hing und immer wieder versuchte, Paules Wagen von der Straße zu schieben. Dem Fahrer ist wohl erst relativ spät bewusst geworden, dass ihm einer entgegenkam. Er ist noch einmal gegen Paules Wagen, dann hat er scharf abgebremst und mitten auf der Straße gedreht. In dem Moment hab ich aber schon fast auf der Höhe gestanden, auf der Paules Wagen von der Straße abgekommen ist. Ich bin sofort aus meiner Karre gesprungen, um den beiden zu helfen. Fast hätte der Typ in dem Polo mich noch umgenietet, so wüst hat der hier gedreht. Der musste mehrmals vor und zurück rangieren und höllisch aufpassen, dass er nicht selbst im Graben landete. Beinahe hätte ich ihn vom Fahrersitz gezogen, aber dann war er weg.«

»Sie haben den Fahrer gesehen?«, fragte Tammo.

»Gesehen hab ich ihn, soweit das bei der Dämmerung möglich war. Aber wer es war, das weiß ich nicht.«

»Was für ein Wagen war das? Ein Polo, sagten Sie?«

Folkert Neeb nickte. »Ein Polo, uralt, quietschegrün.«

»Das Kennzeichen, haben Sie das gesehen?«

»Auch das. Hab es natürlich sofort notiert«, erwiderte Neeb stolz und nannte es dem Kommissar.

»Quietschegrün?«, wiederholte Fenna. »Sie meinen so etwas wie grasgrün?«

»So kann man das auch nennen. Zusammengehalten wurde der Wagen jedenfalls nur noch von der Farbe, das können Sie mir glauben. Das war eine richtig alte, verrostete Gurke.«

Fenna schluckte. Sie suchte Tammos Blick. Es bestand kein Zweifel: Dieser Anschlag hatte Paule Gertjes gegolten, und der Wagen, mit dem sein eigener angegriffen wurde, war wahrscheinlich eins der bunten Schrottautos der ›Grünen Windmühlen‹ gewesen. Anhand des amtlichen Kennzeichens würden sie das herausfinden. Vermutlich hatte Lina Kraus persönlich die Attacke in Auftrag gegeben. Fenna war sicher: Diese Aktion hatte mit dem Mord an Friso Wiborg zu tun.

Und Fee, ihre Tochter, war mit reingezogen worden.

»Herr Neeb.« Fennas Stimme versagte fast, sie räusperte sich. »Können Sie morgen im Laufe des Tages zu uns auf die Polizeistation kommen? Wir werden einen Polizeizeichner zu uns bitten, der nach Ihren Beschreibungen ein Phantombild des Flüchtigen anfertigen soll. Damit werden wir dann flächendeckend in Nordfriesland nach dem Mann fahnden.«

Neeb zuckte mit den Schultern. »Klar. Ich bin zwar nicht sonderlich gut darin, Gesichter zu beschreiben. Aber wenn der Zeichner meint, er macht was draus — um wie viel Uhr soll ich kommen und wohin?«

Fenna gab ihm ihre Visitenkarte. »Würden Sie mir Ihre Handynummer verraten? Ich rufe Sie an, sobald ich weiß, wann der Zeichner bei uns sein kann.«

»Klar«, sagte Neeb wieder. Auch er überreichte der Kommissarin seine Karte.

»Und du«, sagte Fenna in scharfem Ton zu Fee, »du lässt dich jetzt ins Krankenhaus bringen und durchchecken.« Auf Fees protestierende Miene hin hob sie die Hände. »Keine Widerrede. Bei uns zu Hause wirst du diese Nacht nicht verbringen, das glaub mir. Ich will sicher sein, dass du unter ärztlicher Beobachtung bist.«

»Vernünftig ist das«, pflichtete der eine der Sanitäter ihr bei. »Wenn Ihre Tochter Verletzungen im Hirn hat, die sich erst in ein, zwei Stunden bemerkbar machen, ist Eile angesagt. Dann darf keine Minute verloren gehen.«

Bei seinen Worten wurde Fee blass. »Okay«, sagte sie kleinlaut. »Aber nur, wenn Paule mitkommt und sich auch untersuchen lässt.«

»Solange Sie kein Doppelzimmer erwarten, geht das in Ordnung«, sagte der Sanitäter lachend. Er winkte Paule in den Wagen. »Steigen Sie ein.«

»Und wenn du wieder zu Hause bist«, rief Fenna ihrer Tochter zu, während die Türen geschlossen wurden, »dann setzt es was. Verlass dich drauf!«

31

Tammo, Fenna und die uniformierten Kollegen stiegen wieder in den Dienstwagen ein, um den Rückweg nach Sankt Peter-Ording anzutreten.

Während der Streifenwagen anfuhr, rief Tammo die Einsatzzentrale an und gab die Beschreibung und das Kennzeichen des grünen Polos durch. »Wir brauchen den Namen des Besitzers. Und löst bitte sofort eine Fahndung aus, auch über Nordfriesland hinaus und an der Grenze zu Dänemark.«

Einen viel zu langen Moment war es still im Wagen. Fenna krümmte sich vor Bauchschmerzen. Groß war die Angst, dass Fee und auch Paule Gertjes doch nicht ganz ohne innere Verletzungen davongekommen sein könnten. Zudem befürchtete sie, dass der Attentäter den Fluchtwagen wechseln und im Nirwana verschwinden würde. Der Mann, der den beiden das angetan hatte, sollte für seine Taten büßen!

Gerade wollte sie Tammo etwas sagen, da hob er die Hand, um ihr zu bedeuten, dass sie schweigen solle. »Ihr habt den Besitzer des Polos gefunden?«, sprach er ins Telefon und schaltete den Lautsprecher des Handys ein.

»Das Kennzeichen gehört nicht zu dem genannten Wagen«, knarzte die Stimme der Kollegin. »Vergangenen Samstag wurde es uns als gestohlen gemeldet.«

»Was für ein Wagen ist denn unter dieser Nummer registriert?«

»Ein silberner Mercedes der S-Klasse. Der Besitzer wohnt in Sankt Peter-Böhl. Er war mit seiner Frau zwei Wochen auf Gran Canaria. Nach der Rückkehr aus dem Urlaub hat er festgestellt, dass die Nummernschilder fehlten. Sein Wagen steht neben seinem Haus in einem Carport. Das Grundstück ist nur schwer einsehbar. Jemand muss sich die Abwesenheit der Bewohner und die versteckte Lage des Wagens zunutze gemacht haben, um die Schilder abzumontieren.«

»Na, sauber«, sagte Tammo. »Also, fahndet bitte sofort nach dem grünen Polo. Viel Erfolg!« Er steckte das Smartphone wieder ein. »Gran Canaria«, raunte er gedankenverloren. »Was machen die denn da?«

Der Kollege, der am Steuer saß, blickte sich kurz zu ihm um. »Sonne tanken.«

»Aber das kann man doch auch in Nordfriesland.«

Jetzt war es Fenna, die die Hand hob, damit er Ruhe gab. »Auch wenn es spät und dunkel ist, lasst uns zu den ›Grünen Windmühlen‹ fahren. Ich will wissen, ob der Wagen auf dem Grundstück der Aktivisten steht.«

Sie nannte dem Fahrer die Adresse. Die restliche Fahrt absolvierten sie angestrengt schweigend. Fenna stand nicht der Sinn danach, irgendeinen Klönschnack unter Kollegen zu führen. Zu vieles ging ihr durch den Kopf. Der Ärger über Fee, die ihren Sohn nach Lust und Laune bei Fiona oder Frido und Magda ablud. Die Sorge über Fees mögliche Verletzungen. Der schreckliche Gedanke, was ihrer Tochter hätte zustoßen und dass Jonah nun hätte verwaist sein können.

»In der Hütte brennt Licht«, sagte Tammo, als sie auf das Gelände zufuhren. »Da hält sich jemand auf. Also, wenn das nicht verdächtig ist?«

Der Kollege am Steuer ließ den Wagen ohne Rücksicht auf Verluste in hohem Tempo das letzte Stück über den Feldweg rumpeln. Als er Rasen unter den Rädern hatte, gab er noch einmal Gas, um kurz darauf eine Vollbremsung vor dem Schuppen hinzulegen.

Während die Ermittler ausstiegen, wurde die Tür zu dem Holzhaus geöffnet, und Lina Kraus stand vor ihnen. Wie angewurzelt blieb sie stehen. Mit diesem Besuch schien sie nicht gerechnet zu haben.

Auch der Beamte auf dem Beifahrersitz stieg aus. Der Fahrer ließ den Wagen ein paar Meter zurückrollen und positionierte ihn so, dass die Scheinwerfer die Fläche erleuchteten, auf der die Schrottautos der Aktivisten standen. Dann stieg auch er aus und stellte sich zu den anderen dreien.

»Hat hier nicht vorgestern, als wir Sie besucht haben, ein grasgrüner Polo gestanden?«, fragte Fenna. Wie eine Fotografie hatte sie jetzt das Bild vor Augen. Den gesuchten Wagen hatte sie links neben den anderen beiden Autos auf dem Parkplatz der Initiative gesehen.

»Ja«, sagte Lina. »Der hat hier gestanden. Und?«

»Und?«, fragte Fenna zurück. »Wo steht er jetzt?«

»Das weiß ich nicht. Ich hab ihn gestern abgemeldet.«

»Was für ein Zufall aber auch«, sagte Tammo. »Das sollen wir Ihnen glauben?«

Lina Kraus schien zu merken, dass die Beamten nicht gewillt waren, sich mit der simplen Erklärung abspeisen zu lassen. »Den Wagen hat heute Morgen ein Schrotthändler aus Hamburg abgeholt, der unsere Autos übernimmt, wenn sie das Zeitliche gesegnet haben. Wir sind seit ein paar Tagen nicht mehr damit gefahren, weil er so klapperte, dass er kaum noch verkehrssicher war.«

»Den Namen und die Kontaktdaten des Schrotthändlers bräuchten wir dann.«

Die Aktivistin zögerte. »Was ist denn überhaupt los, dass Sie so hinter der Kiste her sind? Ist doch noch jemand damit gefahren? Ist was passiert? Wenn ja, haben wir mit der Sache nichts zu tun. Wie gesagt, ich habe den Polo gestern abgemeldet, und bis dahin hat niemand von uns einen Unfall damit gebaut.«

»Wissen Sie immer, wer wann mit welchem Ihrer Autos unterwegs ist?«, fragte Tammo.

Fenna stand stumm daneben und analysierte jede kleinste Veränderung der Mimik, jede Geste und die gesamte Körperhaltung der Aktivistin.

»Natürlich«, erwiderte Lina Kraus. »Wir führen eine Liste, in die jeder, der sich einen der Wagen ausleiht, bestimmte Daten einträgt.«

»Als da wären?«

»Der Name«, antwortete Lina genervt. »Die Aktion, für die der Wagen benötigt wird. Den Zielort. Die Abfahrtszeit und hinterher die Ankunftszeit.«

»So viele Details hätte ich nicht erwartet«, gab Tammo zu.

»Wir machen das, damit klar ist, wer das Knöllchen bezahlt, wenn es mal ein Strafmandat gibt.«

»Aha.« Tammos Miene offenbarte, dass das Einkalkulieren der Bußgeldbescheide ihn wiederum nicht erstaunte. »Eine Kopie dieser Liste hätten wir gern. Kann jeder einfach an die Autoschlüssel ran?«

»Wir haben einen Schrank, dessen Zugang ich verwalte. Da sind die Schlüssel drin. Wenn ich hier bin, ist der Schrank offen. Dann kann sich jeder einen Wagen nehmen, wenn er sich in die Liste eingetragen hat.«

»Und wo kommen die Schlüssel hin«, fragte Fenna geistesgegenwärtig, »wenn derjenige, der einen Wagen geliehen hat, zurückkommt, und Sie haben den Schrank abgeschlossen und sind nicht mehr hier? Nimmt er den dann mit nach Hause?«

Die Aktivistin stand sprachlos da. Fenna triumphierte innerlich. Sie hatte Lina Kraus auf dem falschen Fuß erwischt.

»Wenn es so sein sollte«, fuhr Fenna fort, »wäre es möglich, dass eine andere Person den Wagen ausleiht, ohne sich auf der Liste eingetragen zu haben.«

Dem hatte Lina Kraus nichts entgegenzusetzen. »Ich hol dann mal die Liste«, sagte sie. »Einen Kopierer haben wir nicht. Ich überlasse Ihnen das Original. Aber bitte geben Sie es mir in den nächsten Tagen zurück.«

Sie verschwand in der Scheune und kehrte mit einem Heft zurück, das sie den Ermittlern überreichte.

»Bis dann«, sagte Tammo, tippte sich zum Gruß an die Stirn und ging gemeinsam mit Fenna und den anderen zwei Kollegen zum Streifenwagen zurück.

»Eine eventuelle Lücke in der Liste der Ausleiher«, sagte Tammo, »kommt in unserem Fall wohl nicht zum Tragen. Wenn der Schrotthändler den Wagen gestern abgeholt hat, wird ihn heute jemand gefahren haben, der mit den ›Grünen Windmühlen‹ nichts zu tun hat.«

»Die Betonung liegt auf ›Wenn‹«, erwiderte Fenna. »›Wenn‹ der Schrotthändler den Wagen abgeholt hat …«

32

Eilig verschlang Fenna das Krabbenbrot, das Tammo ihr zum Frühstück bereitet hatte.

Magda beobachtete sie skeptisch. »Es ist Wochenende, mein Kind. Entspann dich.«

Fenna hielt sich die Hand vor den Mund, während sie kaute. »Wochenende ist nur für Euch.« Sie schluckte hinunter und trank von ihrem Tee. »Wir sind mitten in einem Mordfall, wie du weißt, und langsam lichtet sich der Nebel.«

»Wer isses denn?«, fragte Frido vorwitzig, obwohl er genau wusste, dass weder Tammo noch Fenna ihm jemals auch nur andeutungsweise eine Antwort auf eine Frage dieser Art geben würden.

Das Telefon im Flur unterbrach das morgendliche Gespräch und bewahrte die Ermittler davor, auf Fridos Neugier reagieren zu müssen.

»Bleibt sitzen«, sagte Magda. »Ich geh dran. Das kann nur für mich oder für Frido sein.«

Fridos Ohren wurden lang, als Magda sich am Telefon meldete und dann eine merkwürdige Stille eintrat.

»Moment bitte«, hörten sie Magda sagen. Sie öffnete die Tür zur Küche, die sie angelehnt hatte, und steckte den Kopf hindurch. »Fenna, für euch.« Sie drückte die Hand auf die Sprechmuschel. »Ein Herr Derichsen.«

»Oh, Gott.« Fenna schob den Stuhl zurück, begab sich in den Flur und übernahm das Gespräch. Sie ahnte, was sie erwartete. Trotzdem brachte sie alle Kraft auf, um halbwegs unbefangen zu klingen. »Timo? Fenna hier. Was verschafft mir die Ehre deines Anrufs an einem Samstagmorgen?«

»Dir ist klar, dass ich euch den Fall entziehen muss«, donnerte Kriminalrat Derichsen los, ohne sich eine Begrüßungsformel abzuringen. »Ich brauche dir nicht zu erzählen, warum.« Auf Fennas bedrücktes Schweigen hin gab er dennoch eine Erklärung ab. Vielleicht auch deshalb, weil es sich so gehörte. »Deine Tochter Fee ist mit einer potenziell verdächtigen Person in der Mordsache Friso Wiborg verbandelt. So verbandelt, dass sie fast selbst Opfer eines tödlichen Anschlags wurde. Ich freue mich schon«, sagte er voller Sarkasmus, »auf die Stimmen in der Presse, wenn die Sache publik wird.«

Fennas Knie wurden weich. Sie ließ sich auf einen Hocker fallen, der neben der Kommode mit dem Telefon stand. »Timo, ich kann das erklären. Es ist nicht so, wie du denkst.« Sie fasste sich an die Stirn. Wie oft hatte sie diesen Spruch im Original-Wortlaut von Verdächtigen gehört, die sich um Kopf und Kragen redeten?

»Ich höre.« Timo Derichsen bebte innerlich. Fenna merkte es seiner Stimme an.

»Erst einmal dies: Dass Fee mit Paule Gertjes verbandelt ist, stimmt so nicht. Sie kennen sich. Eine Freundin von Fee plant mit ihren Kindern eine Geburtstagsfeier in der Sandskulpturenwerkstatt. Fee hat sie zum Beratungstermin begleitet, und dabei hat sie sich ein wenig mit Paule Gertjes angefreundet.«

»So wenig, dass sie am späten Abend mit ihm zu einem romantischen Rendezvous nach Westerheversand fahren wollte«, konterte Timo Derichsen.

Wie recht er hatte! Fenna tat, als hätte sie seinen Einwand nicht vernommen. »Zweitens«, fuhr sie fort, »gehört Paule Gertjes ganz sicher nicht zu den Verdächtigen. Es liegen keinerlei Indizien vor, dass er mit dem Mord zu tun haben könnte.«

»Solange ihr den Mörder nicht habt, ist jeder verdächtig, der sich zur Tatzeit im Dunstkreis von Friso Wiborg aufgehalten hat. Oder kann Paule Gertjes ein hieb- und stichfestes Alibi vorweisen?«

»Nein. Doch.« Fenna fielen die Aufzeichnungen der Teilnehmer des Workshops ein. »Es gibt eine Reihe von Zeugen. Er war den ganzen Abend mit dem Team von Friso Wiborg zusammen.«

»Soso. Und wenn Wiborgs Leute ihm nur ein Alibi geschenkt haben, weil sie so dankbar waren, dass es einen gegeben hat, der sie von ihrem egozentrischen Chef befreite?«

Fenna wurde wütend. Timo zog nun wirklich eine These an den Haaren herbei, die weder Hand noch Fuß hatte. »Wir haben drei Ermittlungsansätze, die vermutlich alle miteinander zusammenhängen. Einer davon konkretisiert sich gerade. Mit dem Anschlag auf Paule Gertjes gibt es eine Spur, die in Richtung der Aktivisten von den ›Grünen Windmühlen‹ führt.« Ganz bewusst ließ sie den Namen ihrer Tochter aus dem Spiel. Sie bemühte sich, im Ton sachlich zu bleiben. »Wir brauchen nachher einen Phantombildzeichner bei uns auf der Wache. Deswegen hatte ich dich sowieso nach dem Frühstück anrufen wollen. Wir haben einen Zeugen, der uns den Attentäter von gestern Abend beschreiben wird. Wenn wir den haben, haben wir vermutlich den Mörder. Du kannst uns jetzt nicht von dem Fall abziehen.«

Es blieb still in der Leitung.

»Timo? Bist du noch da?«

Der Kriminalrat räusperte sich. »So nah seid ihr an der Lösung dran?«

»Ja.« Fenna biss sich auf die Lippe. Sie wollte keine falschen Versprechen abgeben, aber sie war selbst überzeugt, dass Tammo und sie auf dem besten Weg waren, den Mörder zu fassen. »Ja«, wiederholte sie, »wir sind dicht dran. Lass uns die nächsten Tage in Ruhe arbeiten. Die Sache mit Paule Gertjes und Fee werde ich klären, sobald meine Tochter aus dem Krankenhaus zurück ist.«

Wieder kam kein Wort von Timo Derichsen. Er atmete schwer, wie er es immer tat, wenn er eine weitreichende Entscheidung fällte.

»Also gut«, sagte er schließlich. »Bringt den Fall zu Ende. Unter einer Bedingung.«

»Und die wäre?«

»Fee darf so lange keinen – ich wiederhole: keinen – Kontakt zu Paule Gertjes pflegen, bis der Mörder hinter Schloss und Riegel ist. Keine Treffen von Angesicht zu Angesicht, keine Telefonate, keine Chats. Nichts, wirklich nichts. Verstanden?«

»Verstanden. Ich kümmere mich darum.«

»Dann mal los. Ich wünsche euch ein erfolgreiches Wochenende. Ein Zeichner wird sich innerhalb der nächsten halben Stunde bei euch melden und einen Termin abstimmen.«

Erleichtert stand Fenna von dem Hocker auf. »Danke, Timo. Tausend Dank.«

33

Der Phantombildzeichner wohnte am Ortsrand von Sankt Peter-Ording, und er war notorischer Frühaufsteher. Kurz nach dem Telefonat mit Derichsen rief er Fenna an und stand schneller für das Treffen mit dem Zeugen bereit, als das Familienfrühstück beendet war.

Fenna blieb gerade noch die Zeit, Folkert Neeb zu fragen, ob er sofort zu ihnen kommen könne.

Der Zeuge zeigte sich ausgesprochen kooperativ. »Wenn ich dabei helfen kann, einen Mörder zu finden, mache ich alles möglich. In einer Viertelstunde bin ich bei Ihnen auf der Wache.«

Neeb kam gleichzeitig mit den Ermittlern vor der Polizeistation an. Merle Bloom, die Wochenenddienst hatte, hielt ihnen die Tür auf. »Der Phantomzeichner sitzt schon mit seinem Notebook und einer Kanne Tee im Besprechungszimmer.«

Der Mann, selbst ein Polizist, machte einen hoch konzentrierten Eindruck auf Fenna. Er guckte nur kurz von seinem Laptop auf und winkte den Eintretenden zu. »Bin sofort bereit. – So, kann losgehen.«

Fenna schob einen Stuhl neben den des Zeichners und bat Folkert Neeb, darauf Platz zu nehmen. Sie ermunterte ihn, einfach aus der Erinnerung zu plaudern, ohne großartig nachzudenken. Ihrer Erfahrung nach waren diejenigen Bilder die treffendsten, die nach spontanen Erinnerungen entstanden. Je länger ein Zeuge grübelte, desto mehr verfälschte er ungewollt das Erscheinungsbild des Menschen, den er beschreiben sollte.

»Fangen wir mit der Gesichtsform an«, sagte der Zeichner. Er warf Neeb einen kurzen, aber höchst intensiven Blick zu, als wollte er das Gesicht des Zeugen in sein eigenes fotografisches Gedächtnis aufnehmen. Anschließend wandte er sich seinem Zeichenprogramm zu. »Rund, oval, länglich?«

Seine Hand lag auf der Maus, und Fenna, die gemeinsam mit Tammo hinter den beiden Männern saß, registrierte die Anspannung in seinen Schultern.

»Kantig«, sagte Neeb spontan. »Also, rechteckig, würde ich sagen.« Er stierte auf das Display des Notebooks. »Ja, genau so. Vielleicht noch etwas länger. Ich hab den Mann ein paar Mal kurz von vorn gesehen. Dieses Kantige war mir sofort aufgefallen.«

»So okay?«

Neeb nickte.

»Haarfarbe?«, fragte der Zeichner als Nächstes.

»Hm, irgendwie hell. Aber wie hell genau, das kann ich nicht sagen.«

»Jedenfalls nicht braun und nicht schwarz?«

»Nein, dunkel waren sie sicher nicht.«

»Grau?«

So schnell der Phantomzeichner seine Fragen auch stellte, so viel Geduld offenbarte er. Wenn Neeb nachdenken musste, ruhte die Hand des Zeichners auf der Maus, sein Blick auf dem Bildschirm. Nichts und niemand durfte in dieser Situation den Zeugen bedrängen. Nichts durfte ihn dazu verleiten, eine vorschnelle Antwort zu geben. Und nichts durfte ihm das Gefühl vermitteln, ein schlechter, unbrauchbarer Zeuge zu sein.

»Nein, nicht grau«, sagte Neeb. »Jetzt erinnere ich mich wieder. Blond, ziemlich hellblond.«

»Schön«, schnarrte der Zeichner, »wir kommen der Sache immer näher.« Er schenkte Neeb ein freundliches Lächeln, und Fenna wunderte sich, wie viel Psychologie zu dem kurzen, aber wichtigen Miteinander eines Zeugen mit einem Phantombildzeichner gehörte.

»Gehen wir ins Detail. Wie war denn die Form der Augen?«

Neeb ging in sich. Mit dem Daumennagel fuhr er an seiner Unterlippe entlang. »Ganz normal«, sagte er schließlich. »Ich kann mich an nichts Auffälliges erinnern.« Mit einem Mal grinste er. »Ein Chinese war es jedenfalls nicht.«

»Keine sichelförmig geschnittenen Augen, wollen Sie damit sagen«, antwortete der Zeichner.

»Richtig, Entschuldigung. Sie haben es politisch korrekt ausgedrückt.«

»Die Augenbrauen, welche Form hatten die?«

Neeb überlegte. »Weiß ich nicht. Wirklich nicht. Ich glaube, die waren relativ dick und gerade.«

Der Zeichner suchte Augenbrauen aus seinem Programm. »So in etwa?«

Neeb wiegte den Kopf hin und her. »Nicht ganz so dick. Dafür aber ein bisschen mehr zur Nasenwurzel gezogen. – Ja, so. Das könnte es gewesen sein.«

»Haben Sie die Augenfarbe gesehen?«, fragte der Zeichner.

»Die Augenfarbe?« Neeb rieb sich das Kinn. Er lehnte sich zurück und blickte zur Decke. Dann senkte er die Lider. Unruhig rutschte er auf dem Stuhl herum. Seine Füße scharrten über den Boden.

Der Zeichner registrierte wohl die steigende Nervosität des Zeugen. Er ließ die Maus los und hielt seine Hand wie zur Beruhigung über den Arm von Folkert Neeb. »Wenn Sie sich nicht daran erinnern können, ist das kein Beinbruch. Manche Menschen ändern ihre Augenfarbe sowieso mit jedem neuen Lichteinfall.« Er lachte in sich hinein. »Das unterscheidet uns Menschen oft nicht von den Katzen.«

Neeb versuchte, ebenfalls zu lachen. »Es war einfach zu dunkel und die Begegnung zu kurz.«

Fenna merkte, dass das Anfertigen der Zeichnung ihn stärker belastete, als er sich das vorgestellt hatte.

»Die Form der Nase wäre wichtig. Können Sie mir dazu etwas sagen?«

»Ja«, erwiderte Neeb erleichtert. »Die war gerade. Lang, kräftig und gerade.«

Erstaunt guckte der Phantomzeichner ihn an. »Sie haben ihn so genau von der Seite gesehen?«

»Ja, sogar länger als von vorn. Meine Scheinwerfer haben ihn angestrahlt, als er ein paar Mal quer über die Straße vor- und zurückgesetzt hat. In der Zeit habe ich wie angewurzelt dagestanden und ihn mir angeguckt. Dabei hat sein Profil sich mir ganz gut eingeprägt.«

»Okay, verstehe.« Nach Neebs Beschreibung fertigte der Zeichner die Nase an.

Fasziniert guckte der Zeuge auf das Bild. »Schön. Ja, so saß die Nase im Gesicht.«

»Wie war denn der Mund geformt?«

»Ein breiter Mund, aber die Lippen waren schmal. Richtige Lippen, würde ich sagen, hatte der gar nicht. Kann aber sein, dass er sie in der Hektik nur so fest zusammengekniffen hat. Das war ja eine üble Situation.«

»Wir malen ihn so, wie Sie ihn gesehen haben. Also mit schmalen Lippen. Wer ihn kennt, wird ihn anhand der Zeichnung auch dann wiedererkennen, wenn er normalerweise vollere Lippen hat. Irgendwann kneift jeder mal den Mund zusammen.«

Wieder lächelte der Zeichner den Zeugen nachsichtig an, und wieder starrte Neeb gebannt auf das Bild, das immer mehr dem Gesicht eines echten Menschen glich.

»Das Kinn, Herr Neeb. Wenn Sie mir jetzt noch erzählen, wie das gestaltet war.«

»Das Kinn«, sagte Neeb und nickte. »Von der Seite betrachtet stand das vor, als gehörte es nicht zu diesem Gesicht. Als wäre es versehentlich rausgewachsen.«

»Sind Sie sicher, dass es kein Bart war, den Sie da gesehen haben? Ein gestutzter, borstiger Kinnbart?«

»Nee, das war kein Bart. Der Mann war rasiert. Hundertprozentig.«

»Okay.« Selbst in der Ansicht von vorn, die der Zeichner vornahm, stach das Kinn nach dieser letzten Anpassung auffällig aus dem Gesicht hervor.

»Perfekt.« Neeb guckte stolz auf das Porträt. Dann schluckte er und zeigte mit dem Finger auf den Monitor. »Wenn meine Erinnerungen mich getrübt haben sollten«, tastete er sich vorsichtig vor, »und Sie nehmen einen Unschuldigen fest, der diesem Bild zufällig ähnlich sieht, dann bekomme ich wohl Schwierigkeiten?«

»Nein, Herr Neeb«, sagte Fenna entschieden. »Das passiert auf keinen Fall. Es geht hier lediglich um Anhaltspunkte für die Fahndung. Die Verantwortung für eine Festnahme tragen Sie nicht.«

Fenna hatte atemlos zugesehen, wie das Phantombild entstand. Stumm gab sie Tammo ein Zeichen, ihr nach draußen zu folgen. »Das Profilbild vollenden Sie sicher auch ohne uns«, sagte sie zu Neeb und dem Zeichner. »Wir ziehen uns mal kurz zur Beratung zurück.«

Fenna lotste Tammo in ihr gemeinsames Büro und schloss die Tür. »Was hältst du von dem Bild?«

Tammo guckte sie entschlossen an. »Harder Wiborg.«

»Ja«, sagte Fenna. »Das ist eindeutig die Physiognomie von Friso Wiborgs Sohn. Der Mann ist unverwechselbar. Was hältst du davon, wenn wir eine Gegenüberstellung organisieren?«

»Das geht nicht hier, das geht nur auf dem Husumer Polizeirevier«, gab Tammo zu bedenken.

»Na und? Husum liegt nicht aus der Welt. Ich würde sagen, wir lassen Harder Wiborg sofort nach Husum bringen und bitten Timo, vier Kollegen zusammenzutrommeln. Er kennt die Leute, er weiß, wer in diesem Fall am besten geeignet ist.«

»Ja, okay, so machen wir das.«

Fenna spürte Hektik in sich aufkommen. »Dann lass uns die Sache so schnell wie möglich in die Wege leiten. Jetzt ist gerade zehn Uhr durch. Mit Chance kriegen wir die Veranstaltung noch heute Mittag oder am frühen Nachmittag über die Bühne. Die paar Minuten für die Gegenüberstellung werden die Kollegen an einem Samstag, an dem sonst nichts los ist, erübrigen können.« Sie nahm den Telefonhörer in die Hand.

»Du hast es aber eilig.«

»Ich weiß, was Timo erwartet.« Während Fenna darauf wartete, dass Timo sich meldete, dachte sie an das Versprechen, das sie ihm bei dem Telefonat heute Morgen gegeben hatte.

34

Folkert Neeb hatte eiskalte Hände, als er die Ermittler um die Mittagszeit erneut auf der Wache aufsuchte.

»Aufgeregt?«, fragte Tammo mit einem Augenzwinkern.

Neeb erwiderte den flapsigen Tonfall nicht. Er wusste wohl, woran der Kommissar seine Stimmungslage erkannt hatte. Schnell schob er die Hände in die Hosentaschen und zog, wie um sich zu schützen, die Schultern hoch. »Wären Sie nicht nervös, wenn Sie wüssten, dass Sie in einer Stunde einem Attentäter Auge in Auge gegenüberstehen und mit dem Finger auf ihn zeigen sollen, wenn auch in Anwesenheit der Kriminalpolizei?«

Fenna befürchtete, dass seine Hilfsbereitschaft, auf die sie unbedingt angewiesen waren, sich verflüchtigen könnte. »Angst brauchen Sie wirklich keine zu haben«, sagte sie schnell. »Der Verdächtige kennt Ihren Namen nicht. Sie werden zwar vor ihm stehen, aber Sie kennen das sicher aus Filmen: Die Glasscheibe, durch die Sie ihn sehen, ist auf seiner Seite verspiegelt. Er wird Sie nicht zu Gesicht bekommen, und er wird auch keinen Ton von Ihnen hören.«

Endlich lächelte Neeb wieder. »Wenn ich mich darauf verlassen kann ...« Er zog eine Hand aus der Tasche und rieb sich die Nasenspitze. »Aber wie ist das, wenn er vor Gericht gestellt wird? Da muss ich doch auch als Zeuge aussagen, und dann erfährt er meinen Namen.«

Tammos Telefon klingelte. »Timo Derichsen«, raunte er Fenna zu. »Ich sprech mal kurz mit ihm.«

Fenna verstand, was er damit sagen wollte. Sie lotste den Zeugen, der einen Kopf größer war als sie selbst, auf den Flur der Polizeistation und legte ihm mütterlich eine Hand an den Ellenbogen.

»Über ein späteres Gerichtsverfahren machen Sie sich jetzt bitte keine Gedanken. Erst gucken wir mal, ob Sie den Mann, den Sie im Auto gesehen haben, überhaupt unter den Herren erkennen, die hinter der Glasscheibe auf Sie warten. Und wenn es so kommen sollte, ist damit für den Verdächtigen noch längst nicht das Ende der Fahnenstange erreicht. Um ihn vor Gericht zu bringen, müssen wir von der Kripo noch ganz viel Arbeit leisten. So wichtig Ihre Aussage für uns ist, sie wird im positiven Fall nur der Anstoß für weitere intensive Recherchen sein.«

Mit ihrer langen Rede hatte sie Neeb offenbar überzeugt. Er nickte mehrmals. »Okay, dann hab ich das jetzt verstanden.«

Tammo kam aus dem Büro heraus. »Können wir dann? Der Kriminalrat hat alles soweit vorbereitet.«

Tammo und Fenna nahmen Neeb in ihre Mitte und geleiteten ihm zum Auto. Fenna versuchte auf dem kurzen Fußweg, mit dem Zeugen übers Wetter zu plaudern, doch er war nicht zu einem Smalltalk aufgelegt.

Neeb nahm auf der Rückbank Platz. Fenna überlegte, ob sie sich statt auf den Beifahrersitz zu ihm nach hinten setzen sollte, entschied sich dann jedoch um.

»Herr Kollege, heute fahr ich«, sagte sie entschlossen und streckte die Hand nach dem Autoschlüssel aus.

Tammo fügte sich und huschte auf den Beifahrersitz.

Zufrieden über diesen Schachzug schaltete Fenna den Motor ein. Sollte Tammo sich doch darum kümmern, den Zeugen bis Husum bei Laune zu halten. Sie musste sich auf den Verkehr konzentrieren.

Nach einigen Minuten peinlichen Schweigens wandte Tammo sich zu Folkert Neeb um. »Sie machen das zum ersten Mal, so eine Gegenüberstellung?«

»Hätte ich sonst die Hosen voll?«, erwiderte der Zeuge in einer Mischung aus Sarkasmus und Selbstironie.

Tammo nahm die Antwort zur Kenntnis und grübelte offenbar lange, wie er das missglückte Gespräch auf eine reibungslosere Ebene bringen könnte. »Ich frage mich, wie das wäre, wenn Sie den Fahrer des grünen Polos persönlich kennen würden.«

»Was sollte dann anders sein als jetzt?«, fragte Neeb.

»Nur hätte ich Ihnen in dem Fall den Namen genannt. Ich kenne Paule Gertjes, auch wenn ich nicht direkt mit ihm befreundet bin. Ich guck doch nicht zu, wie jemand den Mann über den Haufen fährt.«

»Zumal«, funkte Fenna dazwischen, bevor Tammo eine weitere unangebrachte Bemerkung von sich geben konnte, »noch eine zweite Person im Wagen saß, die mit der ganzen Geschichte, um die es hier geht, nicht das Geringste zu tun hat.«

Sie warf Tammo einen Blick zu, der besagen sollte: ›Schweige besser. Du findest heute nicht den richtigen Ton.‹

Er verstand und hielt den Mund.

An einem Tag wie diesem hatte Fenna Mühe, sich auf den Verkehr zu konzentrieren, wenn Tammo sich an ihrer Seite im Dampfplaudern übte. Noch immer stand das Ergebnis der Untersuchung ihrer Tochter aus.

Sie erreichte die Stadtgrenze von Husum. Nun dauerte es nur noch wenige Augenblicke, bis sie an der Polizeistation vorfuhren.

Timo Derichsen empfing sie an der Eingangstür, als hätte er die ganze Zeit dort auf sie gewartet. »Schön, dass ihr da seid. Wir können gleich loslegen. Die Herren befinden sich schon hinter der Scheibe.«

Er zog Fenna von den beiden Männern weg. »Schönen Gruß von Eike. Die Untersuchung des DNA-Materials im Zimmer von Berit Wilke hat ergeben, dass es nicht Friso Wiborg zuzuordnen ist. Es stammt fast ausschließlich von Frau Wilke selbst. Das Zimmer war noch nicht gereinigt, als seine Leute es betreten haben. Daher haben sie einige Haare auf dem Boden und in der Duschwanne gefunden. Umgekehrt findet sich übrigens in Wiborgs Zimmer auch keine DNA von der Wilke.«

Fenna zog die Stirn kraus. »Danke für die Info. Damit dürfte erwiesen sein, dass sie uns die Wahrheit gesagt hat.«

Timo Derichsen wandte sich dem Zeugen zu und führte ihn in den Raum, in dem Neeb den Verdächtigen identifizieren sollte. Auf dem Weg dorthin hatte Fenna Gelegenheit, Tammo beiseite zu ziehen. Sie berichtete ihm, was Derichsen ihr gerade eröffnet hatte.

»Dann sollten wir so fair sein«, sagte Tammo, »Berit Wilke über das Ergebnis zu unterrichten.«

Fenna nickte. »Das machen wir am Montag.«

Auch Tammo und sie betraten den Raum, der durch eine riesige Glasscheibe vom Nebenraum getrennt war.

Harder Wiborg trug ein Schild mit der Nummer vier in der Hand. Er stand in einer Reihe mit vier Kriminalbeamten. Einer von ihnen sah dem Verdächtigen in gewisser Weise ähnlich. Der Mann mit der Nummer zwei charakterisierte sich durch ein langes, eckiges Gesicht, ein markantes Kinn und hellblondes Haar.

Neeb postierte sich so vor der Scheibe, dass er alle fünf Männer gut sehen konnte.

Timo Derichsen stellte sich neben ihn. »Sehen Sie sich die Herren an, lassen Sie sich Zeit dabei. Stellen Sie sich ruhig dicht vor jeden einzelnen. Jetzt stehen alle fünf frontal zu Ihnen, aber in einigen Augenblicken werden sie sich zur Seite drehen, dann wieder nach vorn gucken und wieder einige Minuten später zur anderen Seite wenden. Wenn Sie weitere Bedenkzeit brauchen, spielen wir das Ganze noch mal durch. So oft, bis Sie sicher sind, dass Sie den Fahrer erkennen oder dass er sich nicht unter diesen Herren befindet.«

Der Kriminalrat trat zurück und überließ Folkert Neeb seinem Erinnerungsvermögen.

Der Zeuge guckte sich alle fünf Männer der Reihe nach an. Anschließend stellte er sich vor die Nummer vier, dann wanderte er zur Zwei. Hektisch kehrte er in die Mitte zurück, guckte mehrere Male nach rechts und links. Als die Männer sich zur Seite drehten, ging er mit großen Schritten zu der Vier. Er deutete auf den Mann. »Das ist er. Der hat den grünen Polo gefahren.«

»Gucken Sie noch mal in Ruhe«, sagte Timo Derichsen mit seiner ruhigen, sonoren Stimme.

Neeb schüttelte den Kopf. »Brauch ich nicht. Das ist der Mann. Ich erkenne ihn einwandfrei an seinem Aussehen, aber auch an diesem düsteren Blick.«

35

Nach der Gegenüberstellung nahmen die Ermittler Harder Wiborg wegen des dringenden Verdachts, das Attentat auf den Wagen von Paule Gertjes und seiner Begleiterin verübt zu haben, vorläufig fest. Noch immer vermied Fenna es, im Zusammenhang mit diesem Thema den Namen ihrer Tochter Fee auszusprechen.

Harder Wiborg machte seinem Vornamen, der soviel bedeutete wie ›der Harte‹ oder ›der Starke‹, alle Ehre. Er schwieg eisern. Das Einzige, was er zu Beginn des Verhörs von sich gab, waren die monoton wiederholten Worte: »Ohne meinen Anwalt sage ich nichts.«

Den Rechtsbeistand wollten und konnten sie Harder nicht verweigern. Doch bisher hatten sie den Mann telefonisch nicht erreicht. An einem Samstagnachmittag hatte auch ein Anwalt ein Recht auf sein Privatleben.

Während die Assistentin von Timo Derichsen weiter versuchte, den Juristen ausfindig zu machen, bemühten die Ermittler sich darum, Harder Wiborg weichzuklopfen. Sie waren überzeugt, dass er es auch gewesen war, der den verhassten Vater ermordet hatte.

»Ihre beruflichen Meinungsverschiedenheiten, Herr Wiborg«, sagte Tammo, »haben zum Zerwürfnis mit Ihrem Vater geführt. Sie haben sich nicht nur architektonisch auf Bauwerke spezialisiert, die mit dem Erhalt der Natur im Einklang stehen. Anscheinend haben Sie sich auch mit den ›Grünen Windmühlen‹ verbandelt.«

Harder hob kurz den Kopf. »Das ist eine haltlose Unterstellung. Darauf lasse ich mich nicht ein.« Wieder blickte er vor sich auf den Tisch, als gäbe es dort etwas, das er fixieren müsse.

»Der grüne Polo, den Sie gefahren haben, hat den Aktivisten gehört.«

»Mag sein, dass es mal so war«, antwortete Harder. »Am Freitag, als ich ihn gefahren habe, war das nicht mehr der Fall.« Weiter äußerte er sich nicht dazu.

»Woher hatten Sie den Wagen, Herr Wiborg?«, fragte Fenna. Der Schrotthändler, an den Lina Kraus den Polo angeblich verkauft hatte, war bisher ebenfalls unerreichbar gewesen. In dieser Sache würden sie wohl erst am Montag einen Schritt weiterkommen.

Harder zuckte mit den Schultern. »Vielleicht ist der Polo vom Transporter gefallen?«

Tammo stand kurz davor, zu explodieren. Fenna beschwichtigte ihn mit einer Geste.

Eike Hoböken war eine halbe Stunde nach der Festnahme des Verdächtigen in dessen Haus gefahren. Per Eilantrag hatte Timo Derichsen einen Durchsuchungsbeschluss dafür erwirkt. Fenna war sicher, er würde bald etwas finden, das ihren Verdacht erhärtete.

Sie stand auf und machte Tammo ein Zeichen, ihr hinaus zu folgen. »Wir kommen nicht weiter«, flüsterte sie, als sie auf dem Flur standen. »Lass uns warten, was Eike und seine Leute in Harders Haus finden.«

Verärgert schlug Tammo mit der Faust gegen die Wand. »Was anderes bleibt uns wohl nicht übrig.«

Sie ließen Harder in eine Zelle bringen und zogen sich in den Aufenthaltsraum der Husumer Polizeistation zurück.

Aus einem Automaten zog Fenna Sandwiches für sie beide. Sie fühlten sich an wie Gummi und lagen auch im Geschmack nicht weit davon entfernt. Tammo organisierte zwei Becher Kaffee und eine Flasche Wasser.

Nach dem lustlos eingenommenen Mahl warf Fenna einen Blick auf ihre Armbanduhr. »Ob die KTU schon was Brauchbares gefunden hat? Ich ruf Eike mal an.«

»Ich übernehm das«, sagte Tammo. »Wenn schon einer von uns beiden die Nervensäge spielen muss, lass mich das machen.«

Er zückte sein Smartphone, doch bevor er die Nummer von Eike Hoböken aus dem Speicher gesucht hatte, meldete der Chef der Kriminaltechniker sich auf Fennas Handy.

Fenna grinste Tammo an. »Moin, Eike«, redete sie munter drauflos. »Du hast wohl gespürt, dass wir sehnlichst auf eine Nachricht von dir warten. Seit Stunden üben wir uns brav in Geduld. Wir wollten natürlich auf keinen Fall drängeln.«

»Das hättet ihr ruhig machen können«, antwortete Eike aufgeräumt. »Es gibt eine Menge zu berichten. Wir fühlen uns hier, als wäre der Osterhase im Haus gewesen und hätte schöne bunte Eier für uns versteckt.«

»Wir haben also was verpasst?« Fenna rückte näher an Tammo heran, damit auch er sein Ohr an das Smartphone drücken konnte. Den Lautsprecher einzuschalten verbot sich in dieser Umgebung, in der Unbefugte mithören konnten.

»Wir haben sowohl den Bürotrakt des Hauses durchsucht als auch den privaten Bereich. Kommen wir erst zum Architekturbüro. Harder Wiborg hat Zeichnungen für ein alternatives Hotelprojekt auf dem Gelände angefertigt, auf dem der Friso-Tower errichtet werden soll. Das Grundstück war bekanntlich im Besitz von Friso Wiborg. Harder hätte seine Pläne demnach nur realisieren können, wenn er seinen Vater davon hätte überzeugen können, ihm das Grundstück zu überlassen, oder aber wenn er es geerbt hätte. Zu seiner Mutter muss er einen guten Draht haben. Es stehen alte und neue Fotos in seinem Wohnzimmer herum, die das bezeugen. Daher liegt die Vermutung nah, dass die Mutter als Haupterbin, die sie wohl sein dürfte, ihm den Baugrund im Erbfall überlassen würde. Vor diesem Hintergrund entbehren die Pläne nicht einer gewissen Brisanz.«

»Das ist ein Hammer«, sagte Fenna. »Mit der Anfertigung der Hotelpläne hat er sein Mordmotiv visuell dargestellt. Leichter konnte er es uns nicht machen.«

»Es kommt aber noch schöner«, sagte Eike. »Es gibt eine Verbindung zwischen Harder Wiborg und Merten Voss. Friso Wiborgs Juniorpartner ist uns während der Arbeiten in der Sandskulpturenwerkstatt mehrmals begegnet. Auf Fotos, die in Harder Wiborgs Wohnbereich liegen, haben wir ihn wiedererkannt. Es gibt ein Album, das die Freundschaft der beiden Männer dokumentiert. Offensichtlich haben sie zusammen studiert und stehen seit Jahren in engem Kontakt miteinander.«

»Die Bilder will ich sehen«, rief Fenna spontan aus.

»Den Wunsch kann ich dir erfüllen. Wir packen gerade unsere Sachen zusammen und fahren dann nach Husum. Und wir bringen euch noch was Hübsches mit.«

»Was denn?«

Eike lachte stolz. »Eine Schusswaffe, Munition und ein Glas mit Bonbons einer englischen Manufaktur.«

Fenna hielt den Atem an. »Das ist nicht wahr!«

»Lass dich überzeugen. Wir machen uns sofort auf den Weg. Habt bitte noch ein Stündchen Geduld.«

Fenna zog sich mit Tammo in eine Ecke zurück, in der sie genügend Abstand zu den anderen Kollegen hatten, und ging mit ihm das Gespräch mit dem Kriminaltechniker durch.

»Damit sieht es düster aus für Harder Wiborg«, sagte Tammo. »Wir sollten aber erst dann mit ihm darüber sprechen, wenn uns die Indizien vorliegen.«

»Auf jeden Fall.« Fenna stand auf. »Ich halt es nicht aus, so lange hier zu sitzen. Lass uns einen Gang zum Schlosspark machen. Ich muss mich abreagieren.«

Jeder in seine Gedanken versunken, marschierten sie vom Polizeirevier zum Park des Husumer Schlosses.

Wie jedes Jahr um diese Zeit stand der Krokos in voller Blüte. Vor dem Rasen, der übersät war mit violetten Blüten, blieben sie stehen. Überwältigt betrachteten sie das Spektakel, das Husum seinen Besuchern seit mehreren Hundert Jahren in jedem Frühling bot.

»Wahnsinn«, sagte Fenna. »Fünfzigtausend Quadratmeter, bepflanzt mit vier Millionen Krokussen.«

»Willst du dich nicht nächstes Jahr für die Wahl der Krokusblütenkönigin bewerben?« Tammo nahm sie in den Arm. »Der Titel würde dir gut zu Gesicht stehen.«

»Das wäre die Krönung meines Lebens«, ging Fenna auf seinen Scherz ein. »Ich stell mich zur Wahl. Aber nur, wenn Frido verspricht, nach meiner Krönung jeden Morgen einen Hofknicks vor mir zu machen.«

Tammo verzog das Gesicht. »Daraus wird nichts. Du weißt doch, Frido hat Rücken.«

Fenna hakte sich lachend bei ihm ein. »Lass uns zurückgehen, damit wir vor Eike auf dem Revier sind.«

Eike und seine Mitarbeiter trafen kurz nach den Ermittlern ein. Der KTU-Chef breitete Harder Wiborgs Plan für das Hotel vor den Ermittlern aus.

Fenna ließ sich von Eike erklären, woran er erkannt hatte, dass es um das Grundstück ging, auf dem der Friso-Tower errichtet werden sollte. Interessiert studierte sie die Grundrisse.

Eike deutete mit dem Finger auf eine Stelle, die auch Fenna gerade ins Auge gesprungen war. »Ein bisschen komisch ist Harder Wiborg schon«, sagte er schmunzelnd. »Guckt euch diese Herzchen an.«

»Die Herzchen.« Tammo legte seine Hand auf Fennas Schulter. »Davon hat uns doch Berit Wilke erzählt. Aber – es war nach ihren Worten nicht Harder Wiborg, der sie malte.«

»Nein«, sagte Fenna. »Die Herzchen sind Sache von Merten Voss.«

Der Kriminaltechniker hob verwundert die Achseln. »Dazu kann ich nichts sagen. Wir haben den Plan in Harder Wiborgs Büro gefunden. Alles Weitere müsst ihr recherchieren.«

Während die Ermittler sich weiter mit den Grundrissen beschäftigten, holte Eike eine Mappe hervor. »Hier sind die Fotos, auf denen eindeutig Harder Wiborg und Merten Voss zusammen abgebildet sind. Wenn ihr mich nach meinem Eindruck fragt: Es besteht seit Jahren eine innige Männerfreundschaft zwischen den beiden.«

»Was wiederum die Herzchen auf dem Grundriss erklären könnte«, sagte Fenna. »Die Frage ist nur: Von wem stammen diese Zeichnungen? Hat Harder Wiborg sie angefertigt und seinen Freund mit den Herzchen imitiert, oder stammen sie von Merten Voss selbst?«

»Entstanden sind sie auf dem Computer von Harder Wiborg«, sagte Eike. »Wir haben den Rechner eingeschaltet, und meine IT-Expertin hat die Dateien samt einiger Vorentwürfe darauf gefunden. Sie sind über einen längeren Zeitraum hinweg entstanden, zu Zeiten, in denen Merten Voss im Büro von Wiborg und Voss seiner Arbeit nachgegangen sein dürfte.«

»Kann Merten Voss die Entwürfe nach und nach per Mail an seinen Freund gesandt haben?«

Eike schüttelte den Kopf. »Das Programm, mit dem Harder Wiborg die Zeichnungen angefertigt hat, weist die Historie der Entstehung auf. Es besteht kein Zweifel: Harder Wiborg hat diese Entwürfe angefertigt.«

»Dann hat er sich von Merten Voss zu den Herzchen inspirieren lassen«, stellte Fenna fest.

Schließlich öffnete Eike Hoböken seinen klobigen silbernen Koffer. »Hier hab ich die versprochenen Bonschis für euch.« Er holte ein großes verschlossenes Glas hervor, in dem die Bonbons lagen, die auf den mutmaßlichen Mörder von Friso Wiborg hindeuteten.

Nachdenklich betrachtete Fenna die gesammelten Indizien. »Das alles werden wir jetzt dem Verdächtigen präsentieren. Mal sehen, ob wir ihn damit zu einem Geständnis bewegen.«

Harder wurde erneut in den Verhörraum geführt, und sie legten ihm die Beweisstücke vor. Doch der Verdächtige blieb beinhart bei seiner Strategie des Schweigens.

Tammo zeigte auf das Glas mit den Süßigkeiten. »Ein Papier von diesen Bonbons haben unsere Kriminaltechniker in dem Sand gefunden, der um die Leiche Ihres Vaters herum zusammengepresst worden war. Was sagen Sie dazu?«

Harder zuckte mit den Schultern. »Nichts.«

»Das ist uns zu wenig.«

Harder hob den Kopf mit einer Seelenruhe, die Fenna nur von Menschen kannte, die entweder zutiefst von ihrer Unschuld überzeugt oder völlig abgebrüht waren. »Mein Anwalt wird Ihnen alles erklären. Ich kann dazu im Moment nichts sagen, auch dann nicht, wenn Sie mich festhalten bis nächste Woche.«

Fenna beschloss, das Gespräch von einer anderen Seite aufzuziehen. »Sie kennen Merten Voss.«

Harders Gesicht blieb unverändert versteinert.

Mit einem Mal klopfte es an der Tür des Vernehmungsraumes. Timo Derichsen steckte seinen Kopf herein. »Fenna, Tammo, kann ich euch kurz sprechen?«

Die Ermittler verließen den Raum und folgten Timo ein paar Meter den Flur hinab. An einem Fenster blieben sie stehen.

»Die Mutter von Harder Wiborg ist hier«, sagte der Kriminalrat so leise, dass er kaum zu verstehen war. »Meine Assistentin hat sie am Nachmittag angerufen, damit sie uns hilft, den Rechtsbeistand ihres Sohnes ausfindig zu machen. Den Anwalt hat Elisa nicht gefunden, aber sie will eine Aussage machen. Dringend, sagt sie.«

Fenna sah zu Tammo auf.

Der versank in Nachdenklichkeit.

»O-kayyy«, sagte Fenna. »Wenn es denn was bringt?«

36

Elisa Wiborg saß in einem Zimmer, das weit genug vom Vernehmungsraum entfernt lag. Als die Ermittler es betraten, saß sie zitternd da, als hätte sie Schüttelfrost.

Fenna erschrak. »Brauchen Sie einen Arzt?«

Elisa schüttelte den Kopf. »Das geht gleich wieder, wenn ich das erzählt hab, was ich loswerden muss.«

»Trotzdem«, erwiderte Fenna. »Ich besorge Ihnen erst mal einen Tee.« Sie ging in das nächstgelegene Büro und bat einen Kollegen, sich darum zu kümmern, dass der Besucherin ein Tee mit Kandis und Sahne gebracht würde. Dann kehrte sie zurück.

Elisa fasste sich langsam. »Frau Kommissarin, Sie haben Harder verhaftet«, begann sie zaghaft. »Aber es ist alles ganz anders, als Sie denken. Ich hatte Ihnen ja schon erzählt, was an dem Abend gewesen ist. Das vergessene Herzmedikament, mein Anruf bei Harder. Aber das war nicht alles. Ich hab Ihnen was verschwiegen.«

Sie lehnte sich zurück und klammerte sich mit beiden Händen an der Tischkante fest.

Fenna beobachtete sie genau. Das Gesicht der Frau verlor rapide an Farbe. »Was haben Sie uns verschwiegen, Frau Wiborg?«, fragte sie, immer in der Befürchtung, die Witwe könne gleich in Ohnmacht fallen.

»Das Herzmittel, es war ein Placebo. Mein Sohn hat es mir am Telefon gesagt. Er wusste das, woher auch immer, und Friso hat mir jahrelang was vorgemacht.«

Die Tür wurde geöffnet, und der Kollege brachte der Besucherin den Tee und eine Schale Kekse dazu.

Elisa war den Tränen nah. »Das ist ja wie im Café«, sagte sie gerührt. Ihre Hand zitterte nur noch leicht, als sie Kandis in die Tasse gab, den Tee einschenkte und die Sahne dazu gab. Sie stützte die Ellenbogen auf und verschränkte die Hände über der Tasse, als wollte sie das Getränk schützen.

»Ich war wütend«, fuhr sie fort. »Ich war so stinkwütend. Zuerst wollte ich nicht wahrhaben, was Harder mir erzählt hat, aber dann dachte ich, mein Junge weiß, was er sagt. Er war schon immer so. Er sagt nur das, wovon er weiß, dass es stimmt.«

»Darin hat er sich von Ihrem Mann unterschieden?«, fragte Fenna.

Elisa winkte ab. »Die zwei waren krasse Gegensätze. Friso hat es mit der Wahrheit nie so genau genommen. Wahr war das, wovon er meinte, dass es ihm am besten ins Konzept passte.«

»Was haben Sie getan, nachdem Ihr Sohn Sie über das Herzmittel aufgeklärt hatte? Sie waren wütend, sagen Sie.«

»Ich hab Rüdiger Conrads angerufen, unseren Hausarzt. Wir sind seit Jahren mit ihm und seiner Frau befreundet. Ich hab ihm gesagt, ich muss ihn noch an diesem Abend sprechen, sobald meine Tochter wieder zu Hause ist. Er wollte mich auf den nächsten Tag vertrösten, aber ich hab ihm gesagt, bis dahin bin ich tot.«

Fenna glaubte Elisa aufs Wort, dass sie die Nacht nicht überstanden hätte. Sie wäre wohl vor lauter Wut und Ärger einem Herzinfarkt erlegen. »Er hat Ihre Worte ernst genommen?«

»Das hat er.« Elisa presste die Lippen fest aufeinander und nickte. »Er hat dann eingewilligt. Als Oda wieder zurück war, bin ich sofort zu Rüdiger gegangen. In seinem Arbeitszimmer haben wir geredet. Seine Frau saß vorm Fernseher und hat einen schönen Spielfilm geguckt. Sie hat mir nur kurz ›Hallo‹ gesagt.«

»Was haben Sie mit Doktor Conrads besprochen, Frau Wiborg?«, drängte Tammo sie, zur Sache zurückzukommen.

»Ich hab ihn ganz direkt auf das Herzmittel angesprochen und darauf, dass es ein Placebo ist. Er hat mich angeguckt, als hätte ich ihn ertappt. Zuerst war er sprachlos, dann hat er mich gefragt, wer das behauptet hat. Da war mir klar, dass es stimmte: Die Sache mit dem Herzmedikament war reine Show.«

Fenna führte sich vor Augen, in welcher Situation das Ehepaar sich all die Jahre über befunden hatte. Gerade von Herzkranken wusste sie, dass oft Rücksicht auf sie genommen werden musste. Sie durften sich nicht überanstrengen und vor allem nicht aufregen. Die stets besorgt wirkende Elisa Wiborg hatte sich vermutlich lange Zeit den vermeintlichen gesundheitlichen Anforderungen ihres Ehemannes bedingungslos untergeordnet.

»Sie sagten, Ihr Mann wusste, dass er nur ein Placebo nahm?«

»Und ob er das wusste«, schoss es aus Elisa heraus, und sie donnerte die Faust auf den Tisch. »Rüdiger hat es deutlich durchblicken lassen. All die Jahre hat Friso den Kranken gemimt. Wir mussten kuschen, wenn er sich die Hand auf die Brust legte. Mit dieser Geste und mit seinem schmerzverzerrten Gesicht hat er jede Diskussion, die ihm nicht passte, im Keim erstickt.«

Das war es, was Fenna vermutet hatte. »Er hat Sie mit seinem angeblichen Leiden unter Druck gesetzt.«

»Und wie! Es wurde von Jahr zu Jahr schlimmer. ›Ich werde nicht jünger‹, hat er oft ganz theatralisch gesagt. ›Mein Herz wird schwächer, je öfter ich mich aufrege.‹ Da kuscht man als Ehefrau sofort. Man will sich ja nicht dem Vorwurf aussetzen, man habe den eigenen Mann in den Herzinfarkt oder gar in den Tod getrieben.«

Plötzlich verstummte sie und guckte Fenna erschrocken an.

Fenna ließ das Schweigen eine Weile nachwirken. Ob gleich mit einem Paukenschlag ein Geständnis folgen würde? In dem Fall würden die Beweggründe, die zu der Tat geführt hatten, ausschlaggebend dafür sein, ob die Anklage auf Mord oder auf Totschlag lautete.

Doch Elisa wartete ihrerseits darauf, dass die Ermittler vorgaben, wie das Gespräch weitergehen sollte.

»Was ist in Ihnen vorgegangen«, fragte Fenna, »als Ihr Hausarzt Ihnen Harders Aussage bestätigt hat?«

»Zuerst hab ich gedacht: Was für ein Egoist! Da manipuliert er mich jahrelang mit seiner Schauspielerei. Er hat mich regelrecht erpresst nach dem Motto: Wenn du nicht machst, was ich will, jagst du mich geradewegs in den Tod. Was hab ich nicht alles von ihm ferngehalten? Probleme mit den Kindern, jeden Ärger in der Nachbarschaft. Ganz zu schweigen von meinen eigenen Gefühlen. Es ist ja nicht einfach, mit so einem Menschen verheiratet zu sein. Und was macht er? Vergnügt sich ein paar Tage in Westerhever, lässt sich von seinem Team umgarnen und von dieser Neuen anhimmeln, der Berit Wilke. Und ich bleib schön brav zu Hause, halte alles sauber und spiele die rücksichtsvolle, pflichtbewusste

Ehefrau und Oma. Ich hab mich in der Nacht die Krätze geärgert, dass ich mir das alles seit einer Ewigkeit gefallen lasse. Mit einem Mal ist mir der Faden gerissen, und dann war Schluss.«

Erneut schlug sie die Hand auf den Tisch, um ihre Worte zu bekräftigen.

Fennas Befürchtung verfestigte sich mit jedem Satz, den Elisa Wiborg sprach. »Dann war Schluss? Was genau meinen Sie damit?«, fragte sie.

Elisa überlegte nicht lange. »Harder ist unschuldig. Sie müssen ihn freilassen. Bitte.« Flehentlich und trotzig zugleich sah sie die Ermittler an.

»Frau Wiborg«, sagte Fenna, »wir sollten unsere Unterredung an dieser Stelle kurz unterbrechen. Mein Kollege und ich haben etwas zu besprechen. Bitte warten Sie hier, wir sind gleich wieder bei Ihnen.«

Den Blick auf den Boden geheftet, stand sie auf und ging hinaus. Tammo folgte ihr.

»Wir sollten das Gespräch im Verhörraum weiterführen«, sagte sie und rief Timo Derichsen an. »Lässt du Harder Wiborg bitte in seine Zelle bringen? Wir brauchen den Raum für ein Gespräch mit seiner Mutter.«

»Mach ich sofort«, antwortete der Kriminalrat. »Kann ich deinem Wunsch entnehmen, dass Elisa Wiborg geständig ist?«

Fenna spürte einen stechenden Schmerz in der Magengegend. Sie zögerte einen Augenblick. »Gibst du mir bitte Bescheid, wenn Harder in der Zelle ist? Zum jetzigen Zeitpunkt möchte ich eine Begegnung von Mutter und Sohn um jeden Preis verhindern.«

37

»Bin ich jetzt verhaftet?«, fragte Elisa, als sie im Verhörraum Platz genommen hatte. Ihre Nasenflügel flatterten wie die Nüstern eines nervösen Pferdes.

Fenna sprach die übliche Vorrede in das Aufnahmegerät. »Hören wir uns erst einmal an, was Sie uns noch zu erzählen haben«, sagte sie dann. »Was ist geschehen, nachdem Sie beschlossen hatten, dass nun Schluss sei?«

Elisa drehte sich halb zur Seite. Unsicher schielte sie nach dem Mikrofon, das auf sie gerichtet war. »Ich habe versucht, mich abzulenken. Zur Ruhe zu kommen. An etwas Schönes zu denken. Nichts davon ging. Mir wurde klar: Ich konnte nicht bis zu Frisos Rückkehr am Mittwochabend warten, um ihm zu sagen, dass das Maß voll ist und dass ich ihn verlasse. Was hab ich also gemacht?« Elisa breitete die Arme aus. »Ich hab mich ins Auto gesetzt und bin nach Westerhever gefahren.«

»Es muss schon relativ spät gewesen sein, als Sie ankamen«, sagte Fenna. »Haben Sie nicht damit gerechnet, dass Ihr Mann schon schlief?«

»Friso?« Elisa lachte. »Der steht mit den Hühnern auf, aber er geht nicht mit ihnen ins Bett. Wenn, dann nur im übertragenen Sinn. Es war immer eins dieser Tierchen da, die um ihn herumflattern, irgend so ein Gackervieh. Ich bin gegen elf Uhr auf dem Parkplatz angekommen. Womit ich nie gerechnet hätte: Friso lief mir direkt vor den Wagen.«

»Vor den Wagen?«

»Na ja, nicht wortwörtlich. Das war so: Als ich auf das Grundstück zufuhr, habe ich im Vorbeifahren gesehen, dass im ersten Stock der Sandskulpturenwerkstatt Licht brannte. Ich konnte die Köpfe einiger Mitarbeiter von Friso erkennen. Ich bin auf den Hof gefahren und hab meinen Wagen neben seinem geparkt. Dann bin ich mit der Taschenlampe in der Hand ausgestiegen.«

Auch wenn der Rekorder auf dem Tisch das Gespräch aufzeichnete, machte Fenna sich eine Notiz. Elisa gehörte also die Taschenlampe. Sie gab es unumwunden zu. Im Anschluss an dieses Gespräch würden sie veranlassen, dass die Fingerabdrücke abglichen wurden.

»Auf einmal sehe ich« redete Elisa weiter, »wie jemand aus der Tür der alten Schule kommt und davonstolziert. Ich mach die Taschenlampe an und leuchte in Richtung der Person. Die Statur und der Gang kamen mir seltsam bekannt vor.«

»Die Person war Friso«, mutmaßte Tammo.

Elisa nickte. »Ich denke, er war mit der Wilke auf deren Zimmer und wollte wieder zurück zum Team. Mir war klar, dass zwischen den beiden was lief. Er hat sicher vor seinen Leuten wieder die übliche Frauenheldennummer abgezogen. Als er den Strahl meiner Taschenlampe bemerkte, hat er zu mir rüber geguckt, und ich hatte den Eindruck, er fühlte sich erwischt.«

Fenna verschwieg ihr, dass ihre Vermutung über den Sex mit Berit nicht stimmte. Unnötig, der Frau jetzt im Moment zu sagen, dass sie sich in diesem Punkt geirrt hatte. »Wie hat er reagiert, als er Sie erkannte?«

»Na, wie wohl? Auf seine gewohnte Art und Weise. Er hat mich gefragt, ob ich ihm hinterherspioniere. Ich hab ihm gesagt: ›Ja, das mache ich, und zwar heute zum allerletzten Mal, denn ich werde dich verlassen, diese Woche noch. Wenn du zurückkommst, bin ich weg.‹«

Sie verschränkte die Arme und guckte, als erwartete sie von Fenna ein Lob für die erste konsequente Handlung in ihrem Leben als Frisos Ehefrau.

»Wie hat er reagiert?«, fragte Tammo. »Kam es zum Streit zwischen Ihnen? Hat er Sie angegriffen?«

»Er mich?« Elisa tippte sich heftig an die Stirn. Fenna sah darüber hinweg und stupste Tammo gegen das Knie, damit auch er sich zurückhielt. »Zum ersten Mal hab ich mich gewehrt. Ich, verstehen Sie?« Sie tippte sich vehement mit zwei Fingern an die Brust. »Ich hab ihn angebrüllt, dass er mir das wohl nicht zutraue oder warum er so blöde lächle. Da hat er sich umgedreht und ist gegangen. Ich hab den Arm mit der Taschenlampe hochgerissen und bin hinter ihm her.«

Fenna hielt den Atem an. Die Geständige erschien ihr wie in Rage. Als hätte sie sich vollständig in den Augenblick des Geschehens zurückversetzt.

Elisa keuchte mittlerweile wie nach einem Tausendmeterlauf. »In dem Moment, als ich hinter ihm stehe und zuschlagen will, dreht er sich um. Er hat blitzschnell reagiert wie ein Boxer im Ring und mir die Taschenlampe aus der Hand geschlagen. ›Du tust mir nichts‹, hat er gesagt, in dem Ton, in dem man spricht, wenn einen im Vorbeigehen ein wildfremder Mensch nach der Uhrzeit fragt. ›Und du verlässt mich nicht. Verstanden?‹, hat er noch hinterhergeschoben. Dann hat er die Taschenlampe, die auf dem Boden lag, weggekickt und ist weitergegangen, als wäre nichts geschehen.«

»Und Sie?«, fragte Tammo. »Was haben Sie getan?«

Elisa begann zu schluchzen wie ein trauriges Kind. »Ich war so wütend auf mich selbst. Da hatte ich einmal die Chance, ihn zu erledigen, ein einziges Mal, und dann hab ich das total vergeigt. Ich hab mich ins Auto gesetzt, bin nach Hause gefahren und hab die ganze Nacht geheult. Erst morgens um vier bin ich eingeschlafen.«

»Und als Sie aufgewacht sind?«, fragte Fenna.

»Da hab ich meine beste Freundin angerufen, die Mareike, und hab sie gefragt, ob ich am Nachmittag zu ihr kommen kann. Frisos Worte hingen mir im Ohr, dass ich ihn nicht verlassen würde. Er hatte ja recht. Aber da war auch dieses Gefühl, dass nichts mehr von unserer Liebe übrig war und dass ich wirklich gehen müsste. Ich war so hin und her gerissen.«

Fenna ließ das Gespräch auf sich wirken. Sie war enttäuscht und verwirrt zugleich. Vorhin, als sie den Verhörraum mit Elisa betraten, war sie so sicher gewesen, die Täterin vor sich zu haben. Die frustrierte Ehefrau eines egozentrischen Architekten, die ihr ganzes Leben den Wünschen ihres Mannes untergeordnet hatte und bei der plötzlich eine Winzigkeit das Fass zum Überlaufen brachte. Totschlag im Affekt hatte sie vermutet, ein altbekanntes, klassisches Tötungsdelikt.

»Wie ist Ihr Mann ums Leben gekommen?«, fragte sie.

Elisa zuckte mit den Schultern. »Ich weiß es nicht. Ich war nicht dabei, als es passierte.«

»Warum sind Sie so sicher, dass Ihr Sohn den Vater nicht auf dem Gewissen hat?«

»Nein, nein, nein.« Elisa hob beide Hände hoch und wischte die Vermutung weg. »Harder ist den ganzen Abend nicht aus dem Haus gegangen. Er war zu Hause, als ich ihn angerufen hab. Dann war ich bei Friso, und anschließend habe ich ihn wieder angerufen. Ich hab ihm die Geschichte erzählt. Er wäre gern zu mir kommen, um mit mir zu reden, aber er hatte den Gedanken am Telefon noch nicht ganz ausgesprochen, da hat seine Freundin ihn zurückgepfiffen. Die beiden hatten einige Glas Wein getrunken, und Harder fährt nicht alkoholisiert, schon gar nicht bis nach Westerhever. Er ist sehr gewissenhaft. Nein, Harder war das nicht. Aber ...«

Sie trippelte leise mit den Nägeln auf dem Tisch. Fenna drehte das Mikrofon des Aufnahmegerätes weg. Elisa verstand den Grund dafür und hielt die Hand still.

»An dem Vormittag, bevor ich zu Mareike fuhr, hat mein Sohn mich angerufen und gesagt, ich soll mir keine Sorgen machen, alles werde gut. Ich hab ihn gefragt, was er meine. Er hat gesagt: ›Papa kommt nicht mehr zurück.‹ Nichts weiter als das.«

Fenna verstand die Welt nicht mehr. »Dann war Ihr Sohn es also doch?«

»Nein«, erwiderte Elisa scharf. »Er war es nicht.«

Die Antwort verwunderte Fenna nicht. Jede Mutter hätte so reagiert. »Haben Sie nicht nachgehakt, wie Sie seine Äußerung verstehen sollten?«

»Doch, ich hab ihn gefragt, aber ich hab gleich darauf gesagt, er soll mir nichts erzählen. Ich wollte es von Friso hören. Ich hab versucht, ihn telefonisch zu erreichen, aber er hat sich nicht gemeldet. Dass er tot war, daran hab ich nicht gedacht. Ich dachte, er ist mit seinem Team zugange. Oder mit der Berit Wilke. Ich war froh, als ich endlich zu Mareike gehen konnte. Die Ungewissheit, als ich allein zu Hause war und Friso nicht als Telefon ging, hat mir den letzten Nerv geraubt.«

»Das kann ich mir vorstellen«, sagte Fenna.

Elisa nahm ihre Handtasche, die sie über die Rückenlehne des Stuhls gehängt hatte. »Kann ich dann gehen, oder brauchen Sie mich noch?« Sie schob ihren Stuhl zurück und stand auf. »Meine Adresse und Telefonnummer haben Sie. Wenn noch was ist, rufen Sie einfach an. Und meinen Sohn nehm ich am besten gleich mit. Wo ist er überhaupt?«

»Moment«, sagte Tammo und stand ebenfalls auf. »So einfach geht das nicht. Mit Ihrem Sohn haben wir noch ein Wörtchen zu reden.«

»Und außerdem«, sagte Fenna, »müssen wir Sie bitten, Ihre Fingerabdrücke zu hinterlassen.«

»Warum das denn? Werde ich also doch verhaftet?«

»Nein, Frau Wiborg«, sagte Fenna geduldig. »Wir haben in Westerhever eine Taschenlampe gefunden. Anhand Ihrer Fingerabdrücke wollen wir feststellen, ob es Ihre ist.«

38

Dort, wo gerade noch Elisa Wiborg ihre Geschichte gebeichtet hatte, saß nun wieder Harder. Noch immer war
sein Rechtsbeistand nicht auffindbar. Timo Derichsens
Assistentin hatte jedoch dessen Mitarbeiterin erreicht
und von ihr erfahren, dass der Anwalt zu seinem Bruder
nach Hamburg gefahren und am Montagmorgen wieder
in der Kanzlei sei. Er werde sich bei ihnen melden.

Fenna berichtete Harder, dass seine Mutter ihr Herz
erleichtert und ihnen versichert habe, dass er nicht der
Mörder seines Vaters sei. Tammo gelang es schließlich,
Harder vom Sinn eines Gesprächs mit den Ermittlern
zu überzeugen. Er machte ihm klar, dass ihn eine Anzei-
ge wegen des tätlichen Angriffs auf Paule Gertjes und
Fee Stern erwarte und eine Kooperation mit der Kriminalpolizei dem Strafmaß sicher zuträglich sei. Schließlich
erklärte Harder sich bereit, mit ihnen zu reden.

»Woher«, fragte Fenna, »wussten Sie, dass das Herzmedikament, das Ihr Vater einnahm, ein Placebo war?«

Die Antwort kam prompt. »Ich habe einen Schulfreund, der hat Pharmazie studiert. Heute besitzt er eine
Apotheke in Heide. Als mein Vater das Medikament
verschrieben bekam, hat er das Fläschchen mit den Pillen wie eine Trophäe in der Familie herumgezeigt und
getönt, dass wir ab sofort alle Rücksicht auf ihn nehmen
müssten. Daraufhin hab ich meinen Freund gefragt, wofür oder wogegen dieses Mittel eingenommen wird. Ich

habe nämlich nie so recht verstanden, was meinem Vater wirklich fehlte. Als ich meinem Freund den Namen der Arznei genannt hab, hat er gelacht und gemeint, wir brauchten uns überhaupt keine Sorgen zu machen. Das Präparat diene einzig dazu, dass unser Vater uns nach Lust und Laune auf der Nase herumtanzen könne.«

Fenna hob abwehrend die Hände. »Oh, oh, Vorsicht mit solchen Äußerungen. Sagen Sie lieber, er hat es aufgrund von Symptomen erhalten, die aus medizinischer Sicht nicht nachweisbar waren.«

Harder reagierte verärgert. »Nennen Sie es, wie Sie wollen. Ich bin jedenfalls überzeugt, als Vater schriftlich hatte, dass seine kardiologischen Probleme entweder psychischer Natur sein mussten oder vorgegaukelt waren, hat er darauf bestanden, wenigstens ein harmloses Medikament zu bekommen, damit er zu Hause seine Show abziehen konnte. Das Placebo war so eine Art Spielzeug für ihn. Ein Spielzeug, mit dem er die Familie im wahrsten Sinne des Wortes nach Herzenslust terrorisieren konnte.«

»Sie scheinen sehr viel von Ihrem Vater zu halten«, sagte Tammo sarkastisch.

»Wenn Sie jahrelang mit ihm unter einem Dach gelebt hätten, wüssten Sie, warum«, erwiderte Harder.

Der Schulfreund mit der Apotheke war das Stichwort für Fenna. »Sie haben noch einen interessanten Freund. Merten Voss.«

Harder zeigte sich unbeeindruckt. »Ich habe viele Freunde. Das bringt das Leben so mit sich. Soll ich Ihnen eine Liste der Namen zusammenstellen?«

»Nein, keine Liste. Uns interessiert nur Merten Voss.« Fenna breitete die Entwürfe des Hotels auf dem Tisch aus, die die KTU aus Harders Haus mitgebracht hatte. Sie deutete auf die Herzchen. »Dieses Symbol fügen Sie überall dort ein, wo in den Gebäuden Toiletten vorgesehen sind.«

»Richtig. Den Spaß erlaube ich mir.«

»Das haben Sie mit Ihrem Kumpel gemein. Wer von Ihnen ist der Urheber dieses Plans?«

»Was hat das mit dem Mord an meinem Vater zu tun oder mit meinem etwas rumpeligen Zusammentreffen mit Paule Gertjes?«

Mit einem Mal brach es aus Fenna heraus. »Meine Tochter saß auch in Paules Wagen. Sie hat einen kleinen Sohn, der zu Hause auf sie wartete, und sie hätte bei der Attacke sterben können.«

»Oh.« Harder schlug sich die Hand vor den Mund. »Das wusste ich nicht. Das tut mir leid.«

»Wir kommen später noch darauf zurück. Jetzt erst die Grundrisse. Von wem stammen die?«

»Von mir. Es war meine Idee. Merten hat mich dabei beraten. Wir liegen in vielen Dingen auf der gleichen Linie, als Freunde und als Architektenkollegen.«

»Ach.« Fenna beugte sich zu Harder vor und spießte ihn mit ihren Blicken auf. »Wie kommt es dann, dass Voss mit in das Architekturbüro von Friso Wiborg eingestiegen ist und nicht in das seines Sohnes?«

Hatten Harder Wiborg und Merten Voss gemeinsame Sache gemacht? Hatte Merten Voss sich bei Friso Wiborg eingeschlichen, um nach dessen Ausscheiden das Architekturbüro auf die Linie von Harder zu bringen und beide Büros zu fusionieren?

Hatten die beiden Freunde den Mord an Harders Vater gemeinsam begangen?

Harder erwiderte ihren Blick. Nach längerem Schweigen antwortete er. »Warum Merten sich mit meinem Vater zusammengetan hat, müssen Sie ihn selbst fragen. Er trifft seine Entscheidungen grundsätzlich, ohne mich zu konsultieren.«

»Okay.« Fenna sammelte sich einen Moment. Dann griff sie nach dem Bonbonglas. »Dieses Glas hat die Spurensicherung in Ihrem Haus gefunden.« Daneben legte sie das Foto, das die KTU von dem Bonbonpapier am Fundort der Leiche aufgenommen hatte. »Und dieses Papier war in den Sand eingearbeitet, der um die Leiche Ihres Vaters geschichtet war. Herr Wiborg, verraten Sie uns: Wer hat das Bonbonpapier in Westerhever verloren? Sie oder Ihr Freund Merten Voss?«

»Haben Sie keine DNA daran gefunden?«, fragte Harder gespielt naiv. »Die müsste Ihnen Aufschluss geben. Wenn Sie eine Probe von mir brauchen, bitte, gerne.«

Er schien sich seiner Sache sicher zu sein. Auch wenn er sich Mühe gab, Merten Voss aus dem Spiel zu halten, wurde es immer wahrscheinlicher, dass sein Freund in den Mord an Friso verwickelt war. Es würde jedoch verdammt schwierig werden, Harder selbst eine Beteiligung an der Tat nachzuweisen.

»Lassen wir den Mord an Ihrem Vater beiseite«, sagte Fenna. »Sie haben einen Waffenschein.« Sie legte ihm eine Kopie des Dokuments vor.

»Ja«, sagte Harder, »das ist meiner.«

»Sie haben Donnerstagfrüh am Strand auf Elmar Cordes geschossen«, behauptete sie.

»Warum sollte ich das tun?«

»Aus demselben Grund, aus dem Sie den Anschlag auf den Schuppen von Heiner Bendixen verübt haben.«

»Hab ich das getan?«

So aufreizend seine Worte waren, seine Stimme klang weich und sachlich. Fenna gelang es, innerlich Ruhe zu bewahren. Sie war sicher, dass diese zwei Anschläge auf Harders Kappe gingen. Doch bisher lagen ihnen keine Beweise dafür vor. Anders verhielt es sich mit dem Angriff auf den Sandbildhauer.

»Warum die Rempelei mit dem grünen Polo?«, fragte sie. »Warum haben Sie Paule Gertjes attackiert?«

Harder wehrte ab. »Um darauf eine Antwort zu erhalten, müssen Sie bitte warten, bis mein Anwalt hier ist.«

Für heute gab Fenna sich geschlagen. Sie änderte ihre Stimmlage. »Wie Sie wollen, Herr Wiborg. Wir sprechen uns am Montag wieder. Den Angriff auf Paule Gertjes legen wir vorerst als Mordversuch aus, und bezüglich der anderen beiden Taten sehen wir Verdunkelungsgefahr. Ihre Waffe wird zurzeit von der Kriminaltechnik daraufhin untersucht, ob in den letzten Tagen damit geschossen wurde. Auch Ihre Munition haben wir sichergestellt. Und auf dem Gelände von Heiner Bendixen suchen unsere Kollegen zurzeit nach Spuren des Brandstifters. Ich denke, in ein paar Tagen sehen wir klarer.«

Sie baten zwei Kollegen darum, ihn wieder in seine Zelle zu bringen.

Von den uniformierten Beamten frankiert, stiefelte Harder den Gang entlang.

Fenna sah ihm nachdenklich hinterher. Für den Angriff auf Paule Gertjes und Fee würde er sich auf jeden Fall vor Gericht verantworten müssen. Das Motiv für diese Tat würde er am Montag mit seinem Verteidiger auskungeln. Erst danach würden sie wissen, wie die Anklage lauten konnte.

Was die anderen beiden Taten betraf, waren sie darauf angewiesen, was Eike und sein Team an Indizien fanden. Blieb die KTU glücklos, würden sie Harder die Anschläge niemals nachweisen können.

»Was für ein harter Brocken«, brachte Fenna mit zusammengebissenen Zähnen hervor, als der Mann aus ihrem Blickfeld verschwand.

Tammo pflichtete ihr bei. »Seine Eltern werden gewusst haben, warum sie ihm diesen Namen verpasst haben.«

Fenna zuckte mit den Schultern. »Oder er ist so geworden, weil er so heißt.«

39

»Die Fingerabdrücke von Elisa Wiborg stimmen mit denen auf der Taschenlampe überein«, sagte Timo Derichsen, als die Ermittler nach den Verhören zu ihm kamen.

»Dann ist es wirklich ihre Lampe«, schloss Fenna.

Timo legte ihnen die Abdrücke von Elisa vor und die, die Eikes Leute auf der Lampe sichergestellt hatten. Er lächelte. »Jetzt ist alles ganz einfach. Ihr müsst nur noch rausfinden, wem die anderen Abdrücke gehören.«

Fenna berichtete ihm, wie die Gespräche mit Elisa und Harder verlaufen waren.

Mitten in der Unterredung erreichte sie endlich die Nachricht, dass ihre Tochter keine gravierenden Verletzungen davongetragen hatte. Auch Paule Gertjes konnte die Klinik verlassen. »Wir holen dich nachher aus dem Krankenhaus ab«, sagte Fenna zu Fee.

»Nicht nötig. Paule hat einen Freund, der uns beide nach Sankt Peter-Ording zurückbringt.«

»Ich bestehe darauf, dass er vorsichtig fährt.« Fenna legte auf und ärgerte sich sofort über ihre gluckenhafte Reaktion. »Auch wenn Fee erwachsen ist«, sagte sie zu ihrer eigenen Rechtfertigung, »sie bleibt mein Kind.«

»Ich versteh dich gut«, sagte Timo. »Vergiss nicht, ich bin selbst Stiefvater zweier Kinder von über zwanzig.«

Fenna suchte den Ausstieg aus der privaten Unterbrechung. »Zurück zur Sache. Ich bin sicher, dass Harder Wiborg alle drei Anschläge verübt hat – den auf Paule

Gertjes wie auch den auf den Mann vom Bauausschuss und den auf den Mitarbeiter vom Hochbauamt.«

»Aber was ist sein Motiv?«, fragte Tammo.

»Ich habe nur eine Erklärung«, gab Fenna zur Antwort. »Ich glaube, Harder weiß, wer seinen Vater umgebracht hat, und er wollte mit diesen Angriffen vom Täter ablenken.«

»Interessante These«, sagte Timo Derichsen. »Klärst du uns auf, wie du darauf kommst?«

Fenna zählte auf. »Elmar Cordes vom Bauausschuss hat den Bau des Friso-Towers genehmigt. Heiner Bendixen vom Hochbauamt hat das Projekt ebenfalls unterstützt. Alle beide dürften unter den ›Grünen Windmühlen‹ keine Freunde haben. Das trifft sicherlich auch auf Paule Gertjes zu, der ausgerechnet Friso Wiborg und sein Team in Sachen Kreativität trainierte. Was liegt da näher, als im Anschluss an den Mord an Friso Wiborg Anschläge auf Personen zu verüben, die in engerem oder weiterem Sinn mit seinem verhassten Projekt zu tun hatten, und dabei am Ende eine überdeutliche Spur zu den ›Grünen Windmühlen‹ zu legen?«

Timo zog die Stirn in Falten. »Du meinst, mithilfe des grünen Polos, der den Aktivisten gehört hat?«

»Genau.«

»Hmhm«, sagte Tammo. »Klingt plausibel. Wir müssten jetzt nur noch wissen, wer der Mörder von Friso Wiborg war. Und da hätte ich einen Vorschlag.«

»Merten Voss«, kam Fenna ihm zuvor. »Der alte Studienfreund und Gesinnungsgenosse von Harder.«

Tammo nickte und stierte auf die Bonbonniere. »Nur eins verstehe ich nicht. Angenommen, deine These stimmt, und angenommen, alle drei Attentate gehen auf

Harder Wiborgs Konto. Warum will der Mann den Verdacht ausgerechnet auf die ›Grünen Windmühlen‹ lenken? Er ist doch selbst ein Grüner.«

»Das stimmt«, sagte Fenna. »Aber wir wissen nicht, ob die beiden Parteien mal aufeinandergeprallt sind.«

Timo Derichsen lachte. »Das wird euch weder Harder Wiborg noch Merten Voss auf die Nase binden, wenn ihr sie darauf ansprecht.«

»Wir sollten in der Richtung recherchieren«, sagte Tammo. »Wir könnten im Internet nach Aktionen suchen, bei denen sie Probleme miteinander hatten.«

Fenna schüttelte den Kopf. »Wir fragen einfach Lina Kraus. Ich brauch sowieso noch eine Auskunft von ihr.«

»Was willst du von ihr wissen?«, fragte Tammo.

Fenna lächelte geheimnisvoll und stand auf. »Wirst schon sehen. Du fährst?«

»Wenn ich darf.«

Während der Fahrt nach Sankt Peter-Ording versuchte Tammo, aus Fenna herauszubekommen, warum sie Lina Kraus noch einmal sprechen wollte. Doch sie verweigerte ihm beharrlich die Antwort. »Gedulde dich, du erfährst es gleich.«

»Was ist, wenn uns auf dem Weg dahin ein Idiot in den Graben schiebt, und du liegst drei Wochen im Koma und kannst nicht reden?«

»Dann musst du dich weitere drei Wochen gedulden. Pass auf, wir sind gleich auf dem rumpeligen Feldweg.«

»Gut, dass du mich darauf hinweist.« Grantig lenkte Tammo den Wagen auf das letzte Stück des Weges.

Lina Kraus empfing sie mit überlegener Miene. »Ich habe das Rätsel gelöst, weshalb Sie gestern Abend nach dem grünen Polo gefragt haben.«

»Da bin ich aber gespannt.« Tammo baute sich in seiner typischen Cowboy-Manier vor ihr auf und guckte mit leicht geneigtem Kopf auf die Frau hinab.

»Ich weiß, was mit dem Wagen passiert ist, und ich weiß auch, wie Harder Wiborg ihn ergattert hat.«

»Wer hat ihnen verraten, dass er den Wagen hatte?«

»Ich höre Radio. In dem Bericht über das Attentat wurde der Nachname zwar abgekürzt, aber es gibt wohl nur einen Harder W. in unserer Gegend.«

»Und wie kam er nun an den Wagen?«, fragte Fenna.

»Harder hat beobachtet, wie die Rostlaube bei uns abgeholt wurde. Er ist dem Transporter gefolgt. Einige Kilometer von hier entfernt hat er den Fahrer angehalten und mit ihm einen Deal gemacht. Er hat ihm erzählt, er sei vom Film und bräuchte eine alte Kiste, die er zu Schrott fahren könne. Für eine relativ stattliche Summe hat der Fahrer ihm den Wagen überlassen.«

»Das war nicht gerade ein freundlicher Akt«, sagte Fenna und leitete damit zu den Feindseligkeiten über, die sie zwischen den Aktivisten und Harder vermutete. »Kann es sein, dass Harder Wiborg Ihnen und Ihrer Gruppe nicht sonderlich wohlgesinnt ist?«

Lina grinste. »Sie haben einen sehr feinen Instinkt für Konflikte, Frau Kommissarin, wenn ich das mal so ausdrücken darf.«

»Würden Sie uns auch über den Grund für die Konflikte aufklären?«

Lina wandte sich ihrem Holzschuppen zu. »Kommen Sie, setzen wir uns. Möchten Sie einen Tee?«

»Gerne.« Fenna hoffte darauf, in gemütlicher Atmosphäre eine sprudelnde Informationsquelle anzapfen zu können.

Sie beobachtete, wie die Aktivistin an einem uralten Kohleofen hantierte, um Wasser zu kochen und den Tee aufzusetzen.

Nachdem Lina ihre Gäste bewirtet hatte, setzte auch sie sich endlich an den Tisch. »Die Gründe für die Konflikte zwischen Harder und den ›Grünen Windmühlen‹ liegen schon eine ganze Zeit zurück.«

»Sie wirken aber bis heute nach?«, fragte Tammo.

»Offensichtlich ja. Zumindest auf Harders Seite. Dabei war unser Problem eigentlich immer nur sein Vater. Wir gehen schon seit Jahren gegen Friso vor, machen Aktionen gegen seine Projekte und prangern ihn an.«

»Davon hat natürlich auch Harder etwas abbekommen«, sagte Fenna. »Er hatte das schon angedeutet.«

Lina schien das leidzutun. »In den ersten Jahren, als er im Büro seines Vaters arbeitete, haben wir zwischen Friso und Harder nicht unterschieden. Nachdem Harder sich selbstständig gemacht hatte, hat er noch lange unter dem schlechten Ruf seines Vaters gelitten. Er hat viel Ablehnung geerntet, und es hat lange gedauert, bis er uns durch die Projekte, die er selbst entwarf, überzeugen konnte, dass er anders ist als Friso. Wenn sie sich umhören, stellen Sie fest, dass ihm das Image seines Vaters mancherorts noch heute anhaftet.«

»Deshalb ist er wütend auf Sie und schreckt nicht davor zurück, mit einem Ihrer Wagen ein Attentat zu verüben, um einen schlimmen Verdacht auf Sie zu lenken?«

»Ab und zu arbeitet Harder mit uns zusammen«, sagte Lina. »Manchmal hält er einen Vortrag auf einer unserer Veranstaltungen. Trotzdem bestehen noch immer gewisse Fronten zwischen ihm und uns. Ich hatte schnell den Gedanken, dass er uns in Verdacht bringen wollte, Friso auf dem Gewissen zu haben. Aber auf diese Möglichkeit mussten Sie selbst kommen. Uns hätten Sie es nicht abgenommen, wenn wir eine Vermutung in dieser Richtung geäußert hätten. Wir waren praktisch gezwungen, verdächtig zu erscheinen, damit Sie genau hinsehen und die Wahrheit erkennen.«

»Stimmt. Tut mir leid, dass es so war«, sagte Fenna. »Ich möchte Sie dafür um Entschuldigung bitten.«

»Kein Problem«, winkte Lina ab. »Wir sind es gewohnt, dass man immer zuerst uns den Schwarzen Peter zuschiebt. Wenn der Verdacht sich dann auflöst, sind wir die lachenden Dritten.«

»Schön, wenn Sie das so gelassen nehmen können.« Fenna druckste herum. »Ich habe eine letzte Frage, die den Tatabend betrifft. Sie sagten, Sie und Ihre Mitstreiter seien nach der Aktion vor der Sandskulpturenwerkstatt zum Leuchtturm Westerheversand gegangen.«

»Richtig.«

»In welcher Zeit waren Sie da?«

»Angekommen sind wir gegen acht Uhr abends. Geblieben sind wir bis kurz vor Mitternacht.«

»Sie haben uns bereits gesagt, dass Sie uns keine Zeugen dafür benennen können, dass Sie da waren.«

»Wir waren aber da, wirklich«, erwiderte Lina genervt und ihre Miene verfinsterte sich wieder.

»Wir glauben es Ihnen.« Fenna versuchte, die Aktivistin mit sanftem Tonfall und einem Lächeln zu versöhnen. »Wir drehen den Spieß jetzt um. Es geht nicht darum, dass Sie Zeugen für Ihre Anwesenheit am Leuchtturm zur Tatzeit benennen müssten. Unsere Frage lautet, ob Sie nicht doch bezeugen können, dass Ihnen am Leuchtturm oder auf dem Hin- oder Rückweg jemand begegnet ist. Sie haben uns gesagt, da sei niemand gewesen. Denken Sie bitte noch einmal ganz scharf nach.«

Lina ging kurz in sich. »Nein«, sagte sie entschieden, »außer uns war da niemand. Ganz sicher nicht.«

»Welchen Weg haben Sie genommen? Den, der über den Steckenstieg führt, oder den anderen?«

»Wir haben den Weg genommen, der dichter am Watt entlang verläuft. Der Steckenstieg ist nur zu bestimmten Zeiten geöffnet, und wir waren nicht sicher, ob er an dem Abend zugänglich war.«

»Vielen Dank, Frau Kraus. Ihre Aussage ist sehr wichtig für unsere weiteren Ermittlungen. Wir werden ein Protokoll davon anfertigen und müssten, wenn es vorliegt, ein Autogramm von Ihnen haben.«

Lina lächelte. »Das krieg ich hin.«

Mit einem Mal sah Fenna die Aktivistin in ganz anderem Licht als noch vor wenigen Tagen.

Als sie zum Auto gingen, winkte die Frau mit dem zotteligen rotblonden Haar, dem schwarzen Kajal und den farblich verschiedenen Strümpfen ihnen freundlich lächelnd hinterher.

Als Tammo in den Wagen stieg, winkte er ihr überschwänglich zurück, und als er den Wagen langsam vom Rasen auf den holprigen Feldweg zusteuerte, hupte er zum Abschied.

»Eigentlich«, sagte er zu Fenna, als sie die asphaltierte Straße erreichten, »ist die Frau gar nicht so übel.«

40

Als sie wieder über die Landstraße fuhren, suchte Fenna die Handynummer von Merten Voss aus dem Telefonspeicher heraus. Sie wartete darauf, dass er sich meldete, und sandte ein Gebet zum Himmel, dass er an diesem Samstagnachmittag zu Hause sein möge.

Nach dem fünften Klingeln ertönte seine Stimme. »Merten Voss.«

Der Tonfall war unverbindlich wie der eines Anrufbeantworters. Im ersten Augenblick war Fenna irritiert. Sie horchte, ob im Anschluss an den Namen ein Spruch von einem Band laufen würde.

»Hallo?« Merten klang verärgert. »Wer ist denn da?«

»Fenna Stern. Moin, Herr Voss, ich war mir nicht sicher, ob ich Sie in der Leitung habe oder den Anrufbeantworter. Entschuldigen Sie bitte die Störung. Ob Sie wohl ein paar Minuten für uns erübrigen könnten?«

Merten seufzte. »Nächste Woche habe ich ziemlich viel um die Ohren. Die Situation ohne Friso ist für uns alle neu. Wir müssen vieles umorganisieren und ...«

Fenna funkte dazwischen. »Ich meine nicht nächste Woche. Ich meine heute. Es ist dringend, glauben Sie mir, sonst hätte ich mit dem Anruf gewartet.«

»Also gut«, erwiderte er nach einigem Zögern. »Ich bin aber gerade nicht zu Hause.«

»Wo finden wir Sie?«

»An der Seebrücke, bei Gosch.«

»Wir sind gleich da.« Schnell beendete sie das Gespräch. »Das passt doch«, sagte sie zu Tammo. »Herr Voss erwartet uns bei Gosch. Da fällt mir ein: Eigentlich könntest du mich mal wieder zu Scampi einladen.«

»Warum immer ich?« Tammo bremste für eine Familie mit Kind, die per Rad die Straße überquerte.

»Weil ich nicht immer so emanzipiert bin, wie ich es nach Meinung anderer Frauen sein sollte.«

»Das ist ein Argument.« Tammo trat wieder aufs Gaspedal und legte eine Hand auf ihr Bein.

Sie schob sie sachte weg. »Spar dir das auf für später. Fass das Lenkrad lieber mit beiden Händen an. Wir wollen doch unfallfrei ankommen.«

Tammo fügte sich und konzentrierte sich aufs Autofahren. »Hoffentlich finden wir um diese Zeit im Ort einen Parkplatz. Hast du Kleingeld für den Parkautomaten dabei?«

»Hab ich. Guck, da vorne ist ein guter Platz.«

Tammo ließ das Fenster herab, zog ein Ticket aus dem Automaten am Nationalparkhaus und steuerte einen der wenigen freien Parkplätze an. Kurze Zeit später kamen sie am Fischrestaurant an.

»Hat er dir verraten, in welchem Bereich er sitzt?«, fragte Tammo. »Drinnen oder draußen?«

»Ich hab nicht gefragt. Aber ich glaub, ich seh ihn schon. Er sitzt da vorne.« Fenna hatte Merten Voss an einem Tisch direkt hinter dem Windschutz des überdachten Außenbereiches entdeckt. »Er ist nicht allein.«

Sie blickten auf den Rücken einer Frau. Die pfiffige Kurzhaarfrisur und die schmalen Schultern kamen Fenna bekannt vor. »Ist das nicht Berit Wilke?«

Merten Voss hob den Kopf und winkte ihnen zu.

Er und seine Begleiterin erhoben sich und begrüßten die Ermittler verlegen lächelnd.

Fenna machte sich ihren Reim darauf. Hatte Elisa nicht in einem ihrer Gespräche gemeint, Friso hätte mit Berit Wilke flirten wollen? Der König war tot, es lebe der König. Vermutlich setzte die junge Architektin ihre Hoffnungen nun auf Frisos Nachfolger.

Auch sie selbst wurde verlegen, denn an diesem Tisch saß eine Person zu viel. Zum Glück hatten Merten und Berit bereits gegessen. Zwei aufeinandergestapelte leere Teller mit Resten standen am Rand des Tisches. Eine Serviererin kam und räumte das Geschirr eilig ab.

»Herr Voss, ich will nicht unhöflich sein, aber wir würden Sie gern einen Moment alleine sprechen. Es dauert nur ein paar Minuten.«

Berit Wilke tat, als hätte sie die Worte nicht gehört.

»Berit«, sagte Merten. »Bist du so lieb und lässt uns ein Viertelstündchen allein?«

»Wenn es sein muss.« Berit lächelte, doch Fenna sah, dass sie im Geiste das Messer aus der Tasche zog. Unwillkürlich kam ihr der Gedanke, dass die Architektin womöglich eifersüchtig auf sie war. Ihrem Gefühl nach war Berit stutenbissig, auch wenn überhaupt kein Grund dafür vorlag.

»Na gut, ich geh ein Stück die Seebrücke entlang.« Berit entfernte sich von dem Tisch.

»Was kann ich für Sie tun?«, fragte Merten sanft. »Sie sind doch nicht etwa hier, weil Sie bauen möchten?«

Tammo wiegte den Kopf hin und her und schmunzelte. »Wie man's nimmt. Wir bauen uns einen Mörder.«

Merten nickte. »Aha. Und wie kann ich Ihnen dabei helfen?« Die Stimme klang noch immer weich.

Fenna beugte sich zu ihm vor. »Sie haben uns kürzlich gesagt, am Tatabend seien Sie zum Leuchtturm gegangen.« Sie deutete in Richtung Westerhever.

Merten, der sich bisher ebenfalls auf den Tisch gestützt hatte, wich zurück. »Richtig. Knut Appel und ich waren nach Westerheversand unterwegs.«

»Um welche Zeit war das noch mal?«

Merten zog die Augenbrauen zusammen. »Wann war das? Es müsste in den Aufzeichnungen stehen, die wir Ihnen gegeben haben. Ist schon eine Weile her. Ich hab das nicht mehr genau im Kopf.«

»Ungefähr«, beharrte Fenna.

Mit unwilliger Miene nahm Merten die Speisekarte in die Hand und blätterte darin herum. »Ein zweiter Gang dürfte es gerne noch sein.« Er fuhr mit dem Finger über die Spalte mit den Namen der Gerichte. Dann klappte er die Karte zu, legte sie weg und stützte sich wieder mit den Armen auf den Tisch. »Jetzt erinnere ich mich. Um kurz nach elf sind wir los, nach eins waren wir zurück.«

»Sind Ihnen irgendwann in dieser Zeit andere Menschen begegnet, am Leuchtturm oder auf dem Weg dahin oder zurück?«

»Sie meinen«, sagte er stockend, »ob uns der Mörder über den Weg gelaufen ist?«

Fenna spielte das Spiel mit. »Zum Beispiel. Der Mörder oder die Mörderin.«

»Die Mörderin?«

Sank Merten Voss das Blut in die Füße, oder bildete Fenna sich das ein? »War nur so dahingesagt.« Sie wiederholte die Frage, die sie vorhin Lina Kraus gestellt hatte. Welchen Weg haben Sie an dem Abend genommen, den über den Steckenstieg oder den anderen?«

»Den anderen«, antwortete er spontan.

Fenna nickte Merten bedächtig zu. »Okay.« Sie ließ ihren Blick zur Seebrücke schweifen.

Berit hatte sich nur ein kurzes Stück von Gosch entfernt, war dann stehen geblieben und hatte sich über die Brüstung gelehnt. Sie drehte den Kopf krampfhaft unauffällig dem Restaurant zu und versuchte offenbar, aus dem Augenwinkel zu ihnen hinüberzusehen. Ein mühsames Unterfangen, denn von ihrem Standort aus konnte sie durch den gläsernen Windschutz, in dem der Himmel sich spiegelte, sicher nur schwer etwas erkennen.

Tammo übernahm es, die nächste Frage zu stellen, und überraschte Merten sichtlich damit. »Sie sind ein alter Freund von Harder Wiborg, stimmt's?«

Merten reagierte zögerlich. »Sie haben Harder verhaftet, hab ich gehört.«

»Sie sind Freunde«, wiederholte Tammo.

Der Architekt öffnete die Hände und legte sie wieder zusammen. »Wir haben unser Studium beide zusammen im selben Semester an derselben Uni begonnen. Wenn man dann noch aus demselben Ort stammt, bleibt es nicht aus, dass eine Freundschaft entsteht.«

»Der Kontakt hält bis heute an?«

»Ja, klar.« Merten begriff offensichtlich nicht, worauf Tammo hinauswollte.

»Warum«, fragte Fenna, »sind Sie dann Juniorpartner von Friso Wiborg geworden? Wäre es nicht naheliegend gewesen, mit Harder zusammen ein Architekturbüro zu gründen?«

»Aus Ihrer Sicht mag das die plausibelste Lösung sein«, antwortete Voss. »Unserer Freundschaft wäre das aber nicht zuträglich gewesen. Man kann sich persönlich gut verstehen, beruflich dagegen unterschiedlicher Auffassung sein. Darunter hätte unsere Freundschaft gelitten, und letztlich wäre alles in die Brüche gegangen, das Berufliche wie das Private.«

Fenna tat, als dächte sie intensiv über seine Worte nach. »Klingt logisch.« Auch sie nahm die Speisekarte zur Hand und studierte sie kurz. Sie reichte sie mit einem stummen, fragenden Blick an Tammo weiter.

Der schüttelte den Kopf. »Jetzt nicht. Nachher.«

»Herr Voss«, schoss es unvermittelt aus Fenna heraus, »wie erklären Sie sich, dass Sie von Menschen, die sich Montagnacht zur selben Zeit am Leuchtturm aufgehalten haben wie Sie, nicht gesehen wurden, und dass auch Sie diesen Menschen nicht begegnet sind, obwohl Sie alle denselben Weg genommen haben?«

Im ersten Moment verschlug ihre Frage Merten Voss die Sprache. Dann lachte er. »Entweder hatten wir alle eine Tarnkappe auf, oder wir sind doch zu unterschiedlichen Zeiten unterwegs gewesen.« Fahrig schob er eine Hand in die Jackentasche, holte ein Bonbon hervor, wickelte es aus und steckte es in den Mund.

Fenna erstarrte. Es war eins der Bonbons, die die Kriminaltechniker bei Frisos Leiche und in Harders Haus gefunden hatten. Sie langte nach dem Papier, das Merten zu einem Kügelchen gerollt und neben sein Bierglas gelegt hatte, und faltete es auseinander.

»Englische Bonbons. Ist das nicht die Lieblingssorte von Harder Wiborg?«

Merten nickte, während er lutschte.

»Haben Sie das von ihm?«

Wieder nickte er. – Er ahnte offenbar nichts von dem Papierfund bei Frisos Leiche.

»Bei Harder hab ich sie zum ersten Mal probiert«, sagte er, als er das Bonbon gelutscht hatte. »Inzwischen beschaffe ich sie mir selbst. Man kann süchtig danach werden. Möchten Sie mal probieren?«

»Nein, danke«, erwiderte Fenna.

Tammo hob die Hand und setzte zu sprechen an. Fenna trat ihm auf den Fuß. Er verstand das Signal und schloss den Mund.

Fenna hielt das Bonbonpapier hoch. »Wir haben so ein Papier im Sand um Frisos Leiche gefunden.«

Merten riss die Augen auf, doch er brachte keinen Ton hervor.

Mit einem Schwung stand Fenna auf. »Danke, Herr Voss. Frau Wilke kann gerne zu Ihnen zurückkommen.«

Tammo folgte ihr zum Parkautomaten, dann zum Auto. Auf dem Weg dorthin sprachen sie kein Wort.

»Wolltest du dich nicht von mir zum Essen einladen lassen?«, fragte er, als sie im Auto saßen.

»Das holen wir nach.« Fenna nahm ihr Handy.

Tammo beobachtete sie beinahe amüsiert. »Wen rufst du an?«

»Merten Voss. Wetten, dass jetzt bei ihm besetzt ist?« Sie hielt sich das Gerät ans Ohr. »Tatsächlich. Besetzt.« Sie wählte eine andere Nummer.

»Und wen rufst du jetzt an?«, fragte Tammo.

»Knut Appel.« Wenige Sekunden später tippte sie nochmals auf das rote Hörersymbol. »Dachte ich es mir doch. Auch bei ihm ist besetzt.«

»Na, bravo«, sagte Tammo. »Was schließen wir daraus?« Die Antwort gab er sich selbst. »Merten Voss hat Knut Appel gerade vorgewarnt. Er rechnet damit, dass wir jeden Moment bei seinem Freund auftauchen.«

»Und genau das tun wir jetzt. Wir knacken das Alibi von Merten Voss. Bitte, fahr.«

»Wo wohnt er denn?«

Fenna holte Merles Liste aus der Umhängetasche, die die Anschriften der Mitarbeiter von Wiborg und Voss enthielt. Sie gab die Adresse von Knut Appel ins Navigationssystem ein und tippte auf dem Display auf ›Starten‹.

Die Stimme im System forderte dazu auf, geradeaus zu fahren und nach fünfzig Metern links abzubiegen.

»Ist nicht weit«, sagte Fenna. »Fahr zu.«

41

Wie erwartet, zeigte Knut Appel sich über den Besuch nicht überrascht. Er machte sich im Türrahmen breit wie ein Türsteher vor einer Diskothek.

»Es tut uns leid, dass wir Sie am Samstagabend überfallen«, sagte Fenna mit vorgespieltem Unbehagen. »Wir bräuchten eine einzige Auskunft von Ihnen oder zwei.«

Auf Fennas verlangenden Blick hin trat er zur Seite und ließ die Ermittler herein.

In der Diele seines Hauses standen sie sich gegenüber. Schweigend betrachtete Fenna die Fotos an den Wänden. Bauten, die Appel vermutlich selbst entworfen hatte, ausgestattet mit Reetdächern, Gauben, Holztüren und Sprossenfenstern. Den an der Fassade montierten Schildern nach handelte es sich um Pensionen und Hotels. Fenna stellte sich die Gebäude in Strandnähe vor.

Inzwischen waren lange Sekunden vergangen, und noch immer wartete sie darauf, dass Knut Appel sie ins Wohnzimmer bat.

Doch er nahm sie offenbar beim Wort. »Eine einzige Auskunft also. Was möchten Sie wissen?«

Zum dritten Mal an diesem ereignisreichen Tag stellte Fenna die Frage nach einer eventuellen Begegnung mit anderen Menschen in der Tatnacht am Leuchtturm Westerheversand.

Knut Appel reagierte nicht sofort darauf. »Das ist die Auskunft, die Sie brauchen? Deshalb sind Sie hier?«

Eine Antwort auf diese Fragen erübrigte sich nach Fennas Ansicht. Eisern hielt sie den Blick auf den Mitarbeiter von Wiborg und Voss gerichtet.

»Wir waren allein«, gab er endlich von sich.

»Das dachte ich mir.« Fenna machte Tammo mit dem Kopf ein Zeichen.

Tammo machte die Schultern breit wie Appel vorhin in der Eingangstür. »Herr Appel, dürfte ich mal kurz ihr Smartphone haben?«

Knut Appel schüttelte verdattert den Kopf. »Wozu? Sie haben doch selbst eins?«

»Wir brauchen aber Ihres. Sie haben die Wahl: Entweder Sie zeigen es uns freiwillig. Dann sind wir in ein paar Minuten wieder weg. Oder wir holen eine richterliche Genehmigung ein. In dem Fall müssten wir Sie bitten, uns aufs Polizeirevier zu begleiten und zu warten, bis wir die Unterlagen haben. Bekommen werden wir sie. Fragt sich nur, wie schnell das geht.« Er blickte auf die Armbanduhr. »Mit dem gemütlichen Samstagabend hat's sich dann.«

Knut Appel drehte sich auf dem Absatz um und verschwand in einem Raum. Wenig später kehrte er mit dem Smartphone zurück. Er reichte es Fenna.

Sie war vertraut mit dem Modell und sah innerhalb weniger Sekunden ihre Vermutung betätigt. »Herr Appel, Sie haben vor ein paar Minuten einen Anruf von Merten Voss erhalten.«

Appel nickte hektisch. »Merten hatte eine Frage zu einem Projekt. Zum Friso-Tower.«

»Das wollen Sie uns verkaufen?«, fragte Tammo.

»Lass nur«, sagte Fenna zu ihm. »Ich ruf Merten Voss an und frag ihn nach dem Inhalt des Telefonats.«

266

Sie zog ihr Handy hervor und scrollte demonstrativ langsam durch die Liste der gespeicherten Telefonnummern. Das Gerät hielt sie so, dass Tammo das Display sah. Sie hoffte darauf, dass er verstand, warum sie nicht die Wahlwiederholung nutzte.

Tammo ging sofort auf das Spiel ein, das sie spielte. »Moment, gib Herrn Appel eine Chance, die Sache richtigzustellen. Es hätte sonst zu üble Folgen für ihn.«

Fenna hörte auf, nach der Nummer zu suchen. Sie blickte Appel fragend an.

Seine Kieferknochen mahlten.

»Wir haben sowieso einen ganz speziellen Verdacht, Herr Appel«, sagte Tammo.

»Was für einen speziellen Verdacht?«

Fenna fuhr sich mit der Zunge über die Lippen. »Ihr Kind. Die Tochter, die Sie mit Oda Wiborg haben. Kurz vor seinem Tod haben Sie Friso Wiborg vor versammelter Mannschaft mit der Offenbarung über Ihre Vaterschaft brüskiert. Hat er sich im Anschluss draußen auf dem Parkplatz mit Ihnen gestritten?«

»Nein, hat er nicht. – Es war ganz anders.«

»Wie war es dann?«, fragte Fenna.

Appel gab klein bei. »Na gut, Sie haben es sowieso durchschaut.« Er lehnte sich gegen die Wand und sah auf Fenna hinab. »Ich war nicht dabei.«

»Etwas präziser bitte. Wo waren Sie nicht dabei?«

»An dem Abend am Leuchtturm. Ich hab mit Merten zusammen den Gemeinschaftsraum verlassen. Er wollte einen Spaziergang zum Deich machen, ich aber nicht. Ich wollte schlafen. Wir haben uns vor der Tür der alten Schule getrennt.«

»Was haben Sie dann gemacht?«, fragte Fenna.

»Das, was man macht, wenn man schlafen will. Ich bin ins Zimmer gegangen und hab mich ins Bett gelegt.«

»Herr Voss und Sie haben sich ein Zimmer geteilt«, sagte Tammo. »Um wie viel Uhr ist er von seinem Spaziergang zurückgekommen?«

»Weiß nicht. Ich hab geschlafen wie ein Walross nach der Jagd. An dem Abend hatte ich einiges getrunken.«

Fenna trat dichter an Appel heran. »Hat Herr Voss Ihnen am nächsten Tag erzählt, wie sein nächtlicher Spaziergang verlaufen ist?«

Appel schluckte und schüttelte den Kopf.

»Haben Sie sich nichts dabei gedacht, als die Leiche von Friso Wiborg gefunden wurde?«, fragte sie weiter.

Wieder verneinte Knut Appel stumm.

»Wie kam es dazu, dass Sie ihm das falsche Alibi gegeben haben?«

Appel hob die Schultern und ließ sie fallen. »Es war eine blöde Situation für Merten. Ausgerechnet er als Juniorchef hatte kein Alibi. Alle anderen hatten jemanden, der bestätigen konnte, dass sie Friso nicht ermordet hatten. Einzig und allein Merten stand dumm da. Und das auch nur, weil er zum Leuchtturm gegangen ist.«

»Wie er behauptet«, warf Tammo ein. »Was aber niemand bezeugen kann. Oder kennen Sie jemanden?«

»Ich hab es ihm jedenfalls geglaubt«, sagte Appel trotzig. »Und ich glaube ihm noch immer. Merten bringt doch Friso Wiborg nicht um. Warum sollte er das tun? Er hatte überhaupt keinen Grund dazu.«

Da hatte er vermutlich recht. Doch Fenna hatte sich im Hinterstübchen bereits einen Plan B zurechtgelegt.

»Ihren Worten entnehme ich«, sagte sie, »dass Sie Ihr Alibi für Merten Voss für die Tatzeit zurückziehen.«

Es kostete Knut Appel erhebliche Mühe, die Frage zu bejahen.

Fenna hob das Kinn. »Das«, sagte sie mit scharfer Stimme, »werden Sie zu Protokoll geben müssen. Wir erwarten Sie am Montag um acht bei uns auf dem Polizeirevier. Mein Kollege und ich lassen Sie jetzt allein. Kommen Sie bloß nicht auf die Idee, Merten Voss anzurufen und von unserem Gespräch zu erzählen.«

Sie wandte sich ab, nahm Tammos Hand und verließ das Haus.

42

Tammo ließ sich auf den Fahrersitz fallen wie ein Kartoffelsack. »Dem Appel hast du's aber gegeben.«

Fenna nestelte an ihrem Sicherheitsgurt herum. »Ich war auch ganz schön sauer auf ihn.«

»Aber glaubst du im Ernst, die Ermahnung reicht, um ihn von einem Anruf bei Merten Voss abzuhalten?«

»Natürlich glaube ich das. Oder glaubst du, der ruft seinen alten Kumpel an, um ihm fröhlich mitzuteilen, dass er ihn gerade an die Polizei verpfiffen hat?«

»Stimmt auch wieder. Weibliche Voraussicht. Manchmal beneide ich dich um deinen Instinkt.« Tammo steckte den Zündschlüssel ins Schloss. »Wieder zurück zu Gosch und Merten Voss festnehmen?«

Fenna schüttelte den Kopf. »Nein. Das machen wir anders. Wir bitten die Kollegen auf der Wache, Merten Voss und Berit Wilke aus dem Restaurant zu komplimentieren und zu uns auf die Wache zu bringen.«

»Auch Berit Wilke?«

Fenna nickte. »Was ich mir dabei denke, erklär ich dir nachher in Ruhe. Aber bevor ich das tue und bevor wir mit den beiden reden, organisieren wir eine Videoschaltung nach Husum und sprechen mit Harder Wiborg. Ich habe Fragen an ihn, die ich beantwortet haben will, bevor wir den letzten Schritt gehen.«

»Okay«, sagte Tammo. »Also erst Harder. Wenn wir mit ihm durch sind, konzentrieren wir uns aufs Finale.«

Während er den Wagen zum Polizeirevier steuerte, rief Fenna die diensthabenden Kollegen an und erklärte ihnen, was zu tun war.

»Personenbeschreibung brauch ich nicht«, sagte der Beamte am Telefon, als sie ihm genauere Informationen geben wollte. »Den Voss kenne ich. Der hat das Haus meines Nachbarn gebaut.«

»Es ist Gefahr im Verzug«, erklärte Fenna ihrem Kollegen. »Wir müssen schnell handeln, bevor der Mann flieht oder sich ein anderes vermeintliches Alibi bastelt.«

»Wir sind schon unterwegs«, sagte der Polizist.

Als nächstes rief Fenna Timo Derichsen an und bat ihn darum, die Konferenzschaltung vorzubereiten und Harder Wiborg aus seiner Zelle zu holen. Kurz nachdem sie auf der Polizeiwache eintrafen, konnten sie die Videokonferenz im Besprechungsraum beginnen.

Harder wirkte restlos geschafft. So cool, wie er sich anfänglich gegeben hatte, war er offensichtlich nicht.

»Herr Wiborg«, sagte Fenna, »über den Schuss auf Elmar Cordes und den Brandanschlag auf das Grundstück von Heiner Bendixen unterhalten wir uns nächste Woche im Beisein Ihres Anwalts. Heute Abend geht es einzig und allein um das Attentat auf Paule Gertjes.«

»Das kein Attentat war, sondern ein Versehen«, versuchte Harder, sich herauszureden.

Fenna schlug auf den Tisch. »Verdammt, Herr Wiborg, Sie wurden auf frischer Tat ertappt. Es gibt einen Zeugen für die Tat, und alkoholisiert waren Sie nicht. Sie sind heute nicht der Erste, der versucht, uns zu veräppeln. Sehen Sie zu, dass Sie es sich nicht mit uns verderben. Sonst geht das, was Sie sich eingebrockt haben, nicht gut für Sie aus.«

Harder guckte verkniffen in die Kamera.

»Warum«, fragte Fenna mit Nachdruck, »warum haben Sie Paule Gertjes angegriffen?«

Harder tat sich schwer mit der Antwort.

Fenna beschloss, ihm eine Brücke zu bauen. »Ich nehme an, es hat mit Ihrer Freundschaft zu Merten Voss zu tun.«

Harder ließ den Kopf hängen.

»Herr Wiborg, denken Sie daran, dass Sie sich auf jeden Fall wegen des Anschlags auf Paule Gertjes und meine Tochter vor Gericht verantworten müssen.«

Erschrocken sah der Beschuldigte auf.

Noch einmal erinnerte Fenna ihn an seine missliche Situation. »Wenn Sie mit uns kooperieren, kann sich das mildernd auf das Urteil auswirken.«

Harder ließ sich Zeit. Dann endlich setzte er sich aufrecht hin, rückte mit seinem Stuhl näher an den Tisch und blickte in die Kamera. »Die ›Grünen Windmühlen‹ haben mit meinem Vater immer im Clinch gelegen. Es hat sich angeboten, etwas zu tun, das den Verdacht auf sie lenkt. Ich war sicher, dass die Polizei den Aktivisten am Ende strafrechtlich nichts würde nachweisen können. Deshalb hab ich mir nicht viel dabei gedacht.«

Fenna merkte auf. Harder hatte gerade indirekt den Verdacht erhärtet, auch für die anderen beiden Anschläge verantwortlich zu sein. Zumindest ließ die Erklärung sich so interpretieren. Doch seine Worte waren kein Geständnis, und eine Vermutung war kein Beweis.

»Sie wollten vom Mörder Ihres Vaters ablenken. Ich nehme an, der Name des Mörders lautet Merten Voss.«

Harder wägte seine Worte lange ab. »Merten ist kein Mörder. Er ist wohl irgendwie in die Sache verstrickt.«

»Woher wissen Sie das? Hat er Ihnen die Tat gestanden?«

»Am Morgen nach Vaters Tod hat er mir im Vertrauen gesagt, dass er in Schwierigkeiten ist«, erwiderte Harder zögerlich. »Was das bedeutete, konnte ich mir denken. Mehr kann ich dazu nicht sagen. Ich möchte meinen Freund nicht zu Unrecht beschuldigen.«

Fenna wandte sich an Tammo. »Hast du noch eine Frage an Herrn Wiborg?«

Tammo verneinte.

Timo Derichsen saß im selben Raum wie der Verhörte. Er hatte das Gespräch beaufsichtigt.

»Timo?«, sagte Fenna.

Der Kriminalrat zeigte sich vor der Kamera.

»Wir sind für heute mit Herrn Wiborg durch. Ich vermute, Ihr lasst ihn vorerst frei.«

Timo Derichsen bestätigte das. »Unter Auflagen lassen wir ihn gleich gehen. Inzwischen haben wir auch mit seinem Anwalt gesprochen. Am Montagvormittag werden die zwei gemeinsam bei uns in Husum auf der Polizeistation erscheinen.«

Die Ermittler verabschiedeten sich von Timo.

Als die Kamera ausgeschaltet war, legte Tammo einen Arm um Fenna. »Jetzt erklärst du mir deinen Lösungsansatz, und dann gehen wir zwei das Finale an.«

43

Die Ermittler räumten den Besprechungsraum, um sich in ihr Büro zu begeben. Bevor sie den Weg über den Flur zurücklegten, vergewisserten sie sich, dass die Türen zu den Räumen, in denen Merten Voss und Berit Wilke getrennt voneinander und unter Aufsicht von Polizeibeamten auf sie warteten, geschlossen waren.

Es war später Abend. Draußen war es dunkel. Nur der Mond konnte sich gegen die Beleuchtung im Büro der Ermittler durchsetzen.

Tammo deutete mit dem Daumen auf den Himmelskörper. »Der Mann im Mond und ich sind gespannt wie ein Bettlaken, zu erfahren, warum du alle beide, Merten Voss und Berit Wilke, hast herbringen lassen.«

Wieder setzte Fenna ihr geheimnisvolles Lächeln auf. »Das Stichwort lautet ›Gemeinschaftstat‹. Du erinnerst dich an deine eigenen Worte vorgestern nach unserem ersten Gespräch mit Lina Kraus?«

»Ich erinnere mich. Die Tat würde ich Merten Voss aber auch alleine zugestehen. Er ist kräftig genug dafür.«

»Die Kraft hat er sicherlich«, sagte Fenna. »Die Gelegenheit zu der Tat hatte er auch, wie wir wissen, seit sein Alibi geplatzt ist. Aber was war sein Motiv?«

Fenna zog eine Schublade auf und holte eine Schachtel mit einzeln verpackten Schokoladentäfelchen hervor. »Ich brauche eine Stärkung. Du auch?« Sie nahm eine Tafel heraus und hielt Tammo die Packung hin.

Er griff zu, wickelte die Schokolade jedoch nicht aus. Stattdessen legte er sie vor sich auf den Tisch und starrte Fenna an.

Sie genoss in aller Ruhe die Nervennahrung, dann redete sie. »Friso Wiborg hat die Begegnung mit seiner Frau Elisa überlebt. Die Taschenlampe ist neben ihm auf den Boden gefallen. Jemand anderes muss sie aufgehoben und ihn damit bewusstlos geschlagen haben.«

»Logisch«, sagte Tammo. »Er selbst wird das nicht gewesen sein.«

»Als Täter kommt Merten Voss infrage. Er könnte die Szene zwischen Friso und Elisa heimlich beobachtet haben, als er zum Leuchtturm gehen wollte. Als er das Ehepaar sah, hat er sich hinter einem der Sträucher auf dem Grundstück oder hinter dem alten Schulgebäude versteckt, um zu lauschen.«

Tammo spann die Geschichte weiter. »Als Elisa weggefahren ist, ist er auf Friso zugegangen. Es kam zum Streit zwischen den beiden Männern. Friso wollte weitergehen. Da hat Merten die Lampe aufgehoben und ihm auf den Hinterkopf geschlagen. Anschließend hat er ihn hinter die Sandskulpturenwerkstatt geschleift, und den Rest kennen wir.«

Fenna nahm ein weiteres Täfelchen aus der Packung. »So könnte es gewesen sein«, sagte sie, während sie es auspackte. Sie schob die Schokolade in den Mund und ließ sie zergehen. »Der Knackpunkt für uns ist das Motiv: Worüber könnten die Männer so gestritten haben, dass die Diskussion tödlich geendet hat?«

»Über den Friso-Tower.«

Fenna zuckte mit den Achseln. »Die Pläne waren zu weit fortgeschritten, um noch einmal darüber zu streiten. Keiner der Mitarbeiter hat davon berichtet, dass es gravierende Meinungsverschiedenheiten zwischen den zwei führenden Köpfen des Architekturbüros gab.«

»Was Berit Wilke betrifft«, sagte Tammo, »wissen wir aber auch nichts von einer Auseinandersetzung zwischen ihr und Friso Wiborg.«

»Nicht, was die fachlichen Aspekte betrifft. Aber versetz dich doch mal in ihre Situation. Sie hat sich nah an Friso herangemacht. So nah, dass es selbst Elisa, die nicht in dem Büro tätig ist, auffallen musste, wie sie uns heute Mittag gebeichtet hat.«

Tammo kniff die Augen zusammen. »Jetzt weiß ich, worauf du hinauswillst. Friso hat Berit zur Haustür der alten Schule gebracht. So viel Gentleman war er, dass er sie nicht im Dunkeln allein von einem Gebäude zum anderen laufen ließ. Dann kam es zu der Begegnung zwischen ihm und Elisa. Elisa fuhr wieder nach Hause. Kurz danach hat ihm jemand die Taschenlampe auf den Kopf geschlagen. Und dieser Jemand war Berit Wilke.«

»Ich glaube nicht«, sagte Fenna, »dass Berit sich von Friso nur bis zur Haustür bringen lassen wollte. Sie wollte ihn auf ihr Zimmer locken. Aus einem Grund, den wir nicht kennen, hat er sich verweigert.«

»Weil er in letzter Konsequenz doch bei Elisa bleiben wollte«, mutmaßte Tammo. »Weil er die Familie nicht auseinanderreißen wollte. Damit hätte Berit ein Motiv.«

»Ein klassisches: verletzte Liebe, Eifersucht. Elisa hatte ihre Vermutungen, aber sie hat nicht mitbekommen, dass Friso Berit zur Tür des ehemaligen Schulgebäudes gebracht hat. Berit dagegen war schwer enttäuscht von ihm. Vermutlich hat sie abgewartet, bis Elisa wieder wegfuhr. Dann hat sie Friso zur Rede gestellt.«

Es klopfte an der Tür. Fenna guckte genervt dorthin und rief: »Ja, bitte?«

Merle öffnete einen Spalt breit. »Frau Wilke sagt, sie will nach Hause.«

»Das glaub ich ihr. Richte ihr bitte aus, wir hätten alle gern Feierabend, Tammo, du und ich. Wir würden jetzt auch lieber auf dem Sofa sitzen und Fernsehen gucken.« Sie lächelte entschuldigend. »Nein, sorry, Merle. Sag ihr bitte, sie möchte sich noch ein bisschen gedulden. Sie soll es für Friso Wiborg tun.«

»Den letzten Satz lasse ich lieber weg.« Merle schloss die Tür.

Fenna fuhr fort. »Ich stelle mir die Situation so vor: Berit ist nicht gleich nach dem Abschied von Friso auf ihr Zimmer gegangen. Sie ist an der Tür stehen geblieben. Vielleicht hat sie ihm noch etwas hinterhergerufen. Dann kam Elisa. Berit hat gesehen, wie Friso und seine Frau aufeinandertrafen. Sie hat beobachtet, wie er Elisa die Taschenlampe aus der Hand geschlagen hat.«

»Da hat sie ganz richtig einen ernsthaften Streit zwischen den Eheleuten vermutet und eine erneute Chance für sich selbst gesehen.«

Fenna nickte. »So wird es gewesen sein. Sie hat die alte Schule noch mal verlassen, ist zu ihm gegangen, und die beiden haben sich gestritten. Friso in seiner selbstherrlichen Art hat sie abblitzen lassen. Er hat sich abgewandt, um zu den anderen zurückzugehen. Daraufhin hat sie in ihrer Wut die Taschenlampe aufgehoben und ihn von hinten angegriffen.«

»Er ist bewusstlos zu Boden gegangen. Wahrscheinlich dachte sie, er ist tot.« Tammos Blicken, die an ihr vorbeischweiften, entnahm Fenna, dass er die Szene gerade vor seinem inneren Auge ablaufen ließ. Er tippte mit dem Finger ins Leere. »In dem Augenblick kam Merten von seinem Spaziergang zurück.«

»Berit Wilke allein konnte Friso Wiborg nicht auf den Thron hieven«, sagte Fenna. »Wenn es so abgelaufen ist, wie ich vermute, stellt sich die Frage, wer von den beiden auf die Idee mit dem Denkmal kam.«

Tammo guckte auf die Uhr. »Wenn wir ein bisschen Dampf machen, erfahren wir das vielleicht noch vor Mitternacht.«

Fenna stand auf. »Dann nichts wie ran. Zuerst befragen wir Merten Voss.«

44

Merten Voss schrak zusammen, als die Ermittler den Verhörraum betraten, in den sie ihn hatten bringen lassen. Der Polizeibeamte dagegen, der ihm seit seiner Ankunft auf dem Revier Gesellschaft geleistet hatte, grinste erleichtert. »Wenn ich jetzt auf die Tube drücke, komme ich rechtzeitig zum Spätfilm nach Hause.«

Tammo blickte zu der Uhr an der Wand und zog übertrieben streng die Augenbrauen zusammen. »Wenn du das Tempolimit nicht überschreiten willst, wird das knapp.« Er schlug dem Kollegen auf die Schulter. »Danke für die Überstunden. Dir und deiner Frau noch einen schönen Abend.«

Er nahm neben Fenna Platz, die sich Merten gegenüber an den Tisch gesetzt hatte.

Sie schaltete das Aufnahmegerät ein und diktierte die fürs Protokoll erforderlichen Angaben ins Mikrofon.

»Angesichts der fortgeschrittenen Uhrzeit will ich es kurz machen«, sagte sie ohne Umschweife. »Herr Voss, Ihr Alibi ist geplatzt. Herr Appel hat seine Aussage widerrufen. Sie sollten es ihm nicht verdenken. Es ist eine üble Sache, in die Sie ihn hineingezogen haben. Sie haben ihn dazu angestiftet, einen Mörder zu decken.«

»Nein, das hab ich nicht«, sagte Voss. Er guckte ihr offen ins Gesicht.

Fenna hatte Menschenkenntnis genug, um aus der Miene herauszulesen, dass dieser Mann nicht log.

»Sie wollen damit sagen, Sie sind nicht der Mörder?«

»Ich habe Friso Wiborg nicht umgebracht.«

Tammo rückte mit seinem Stuhl näher an das Mikrofon heran. Er schob die Ärmel seines Pullis zurück und legte die Arme auf den Tisch. »Dann müssen Sie uns bitte genauer erklären, warum Sie sich ein gefälschtes Alibi verschafft haben und wo Sie waren, als die Tat geschah.«

»Das möchte ich nur im Beisein eines Anwalts machen.«

»Das ist Ihr gutes Recht«, sagte Fenna. »Aber einen Anwalt werden wir heute Abend oder morgen, am Sonntag, nicht mehr auftreiben können. Sie werden also bis Montag Gast in unserem Hause sein.«

»In einer Zelle?«

»Was anderes haben wir gerade nicht frei.« Fenna wusste, welche Wirkung diese Worte auf den Verdächtigen haben würden.

Merten stützte die Ellenbogen auf, neigte die Stirn nach vorn und fuhr sich mit beiden Händen durchs Haar. Er hob den Kopf wieder. »Okay. Jetzt ist es sowieso egal.« Mehrmals atmete er tief durch. Er war offenbar auf der Suche nach dem passenden Ansatz.

Fenna gab ihm Starthilfe. »Wo waren Sie wirklich, als sie sich angeblich am Leuchtturm aufhielten?«

»Ich bin an dem Abend nur bis zum Deich gelaufen. Bis zum Leuchtturm wollte ich gar nicht. Der Weg war mir zu weit. Ich hatte einiges getrunken. Ich war nicht sternhagelvoll, aber doch alles andere nüchtern. Mir war danach, noch ein bisschen frische Luft zu schnappen. Und der Blick vom Deich zum Leuchtturm ist bei Nacht wirklich überwältigend.«

»Das glaub ich Ihnen«, sagte Fenna. »Und dann? Wann sind Sie zurückgekommen?«

Er schüttelte den Kopf, der zwischen den Schultern hing, als gehörte er nicht mehr recht zu diesem Körper. »Das weiß ich nicht mehr. Es war jedenfalls spät. Und als ich auf den Parkplatz kam und zum Schulgebäude gehen wollte, stand auf einmal Berit vor mir.«

»Berit Wilke.« Tammo nannte den vollen Namen, um die Anforderungen an das Protokoll zu erfüllen.

»Ja«, sagte Merten, der den Grund des Nachhakens wohl verstand. »Berit Wilke. Sie stand da mit einer Taschenlampe in der Hand. Und dann auf einmal sah ich, dass hinter ihr, zusammengekrümmt auf dem Boden, ein menschlicher Körper lag.«

Wieder war es Tammo, der die Lücke fürs Protokoll schloss. »Der Körper von Friso Wiborg.«

»Die Leiche von Friso Wiborg, ja.«

Fenna machte Tammo mit der Hand ein Zeichen, dass er diese Aussage so stehen lassen solle. Noch wollte sie Merten Voss in dem Glauben lassen, Friso Wiborg sei tot gewesen. So würden sie unverfälscht erfahren, was an diesem Abend weiter vorgegangen war. »Was ist dann passiert, Herr Voss?«

Merten schnaufte tief und hob die Schultern. »Berit stand da wie versteinert. Ich hab sie nur angeguckt. Auf einmal hat sie gesagt: ›Friso ist tot.‹ Ich hab überhaupt nicht verstanden, was Sache war. Dann hat sie die Taschenlampe hochgehalten und gesagt: ›Damit hab ich ihn erschlagen.‹ Ich hab sie gefragt, warum sie das getan hat. Ob sie sich gestritten haben.«

Er hörte auf, zu sprechen, drückte sich gegen die Rückenlehne und legte den Kopf in den Nacken.

»Was hat sie darauf geantwortet?«, fragte Fenna.

Merten schüttelte den Kopf. »Sie hatte sich wirklich eingebildet, sie könnte Friso von seiner Elisa loseisen. Friso hat zwar immer nach rechts und links geguckt. Er brauchte diese Bestätigung, dass er bei jungen Frauen landen konnte. Dieses Machtgefühl, dass jede Mitarbeiterin sich an ihn schmiss und alles tat, um ihm zu gefallen. Aber er hätte Elisa niemals verlassen. Seine Frau war viel zu geduldig mit ihm. Sie hat ihm alles gegeben, was er brauchte. Das hätte keine andere getan.«

Tammo richtete das Wort an ihn. »Hat Berit Wilke Ihnen den Grund für die Tat genannt? Hat sie gesagt, dass sie Friso die Taschenlampe auf den Kopf geschlagen hat, weil er sie abgewiesen hat?«

Merten senkte den Blick. »Ich will sie nicht verraten. Fragen Sie sie am besten selbst danach.«

Fenna übernahm die nächste Frage. »Was haben Sie mit Friso Wiborg gemacht?«

Merten machte eine Scheibenwischerbewegung vor seiner Stirn. »Wir waren bescheuert. Total bescheuert. Berit wurde auf einmal wütend. Sie gab Friso die Schuld dafür, dass er nun tot war. Sie sagte, er hätte sie mit seiner arroganten Art provoziert. Und weil er so arrogant war und immer den Herrscher spielte, wollte sie ihm das verschaffen, was er sich selbst für diesen Workshop als Motiv ausgedacht hatte: ein Denkmal. Friso Wiborg als Statue auf einem Thron.«

Fenna konnte ihr Gefühl der Abscheu kaum verbergen. »Sie haben diesen Thron aus Sand erstellt, Friso Wiborg daraufgesetzt und ihn mit Sand zugekleistert?«

Merten nickte verschämt. »Wir haben ihn hinter die Halle getragen, und dann haben wir mit der Skulptur begonnen. Die Verschalung zusammengebaut, mit der Schubkarre Sand geholt, eingefüllt und festgestampft. Wir haben den Thron geschnitzt, Friso Wiborg draufgesetzt und ganz viel Sand um ihn herum festgedrückt. Davon haben wir gerade so viel wieder abgeschabt, dass die Konturen seines Körpers erkennbar wurden. Wir mussten nur aufpassen, dass wir nicht zu viel wegnahmen, sonst wäre der Sand sofort zusammengefallen.«

»Wie lange haben Sie dafür gebraucht?«, fragte Fenna.

»Ich weiß es nicht. Stunden. Drei oder vier? Bis in den frühen Morgen.« Er schüttelte über sich selbst den Kopf. »Was mich persönlich betrifft, kann ich diesen Unfug nur mit meinem Alkoholpegel erklären.«

Tammo brauste auf. »So einfach geht das nicht. Da könnte ja jeder im Suff den größten Schwachsinn verzapfen und die Tat auf den Alkohol schieben.«

Merten nickte schuldbewusst. »Als ich am nächsten Morgen wach wurde, ist mir ganz heiß geworden. Mir war klar, dass es Leichenschändung war, was ich in der Nacht verbrochen hatte. Ich weiß nicht, warum ich mich dazu hab verleiten lassen. Ich weiß nur, dass ich dachte: Wenn herauskommt, dass Berit den Friso erschlagen hat, ist der gute Ruf unseres Hauses dahin.«

Außer sich vor Entrüstung schob Tammo den Stuhl zurück. »Ach, und mit dem toten Friso Wiborg auf dem Thron hat sich das Image Ihres Büros aus Ihrer Sicht attraktiver dargestellt?«

Fenna legte ihm beschwichtigend die Hand auf den Arm, hielt aber den Blick auf Merten gerichtet. »Herr Voss, ist Ihnen nicht aufgefallen, dass der Körper von Friso Wiborg warm war, als Sie ihn auf den Thron gesetzt haben?«

»Warm?« Merten überlegte. »Ich kann mich nicht erinnern. Wieso?«

»Das erzähl ich Ihnen gern«, sagte Fenna. »Sie irren in einem Punkt gewaltig. Friso Wiborg war nicht tot, als Sie ihn zu einem Denkmal verarbeitet haben. Friso Wiborg ist erstickt. An dem Sand, den Sie und Berit Wilke um ihn herum gepresst haben.«

»Nein«, rief Merten aus. »Das kann nicht sein.«

»Das klären Sie bitte mit unserer Rechtsmedizinerin«, erwiderte Tammo spitz.

Merten fiel förmlich in sich zusammen.

Fenna legte den Finger auf die Stopptaste des Rekorders, beendete die Aufnahme aber noch nicht. »Für die Tat werden Sie sich vor Gericht verantworten müssen. Mindestens wegen unterlassener Hilfeleistung mit Todesfolge, womöglich aber wegen fahrlässiger Tötung oder wegen Totschlags. Darüber wird der Staatsanwalt befinden.« Sie drückte auf die Taste, machte Tammo ein Zeichen und stand auf. »Gute Nacht.«

45

Berit Wilke machte auf Fenna den Eindruck einer Frau bei einem Bewerbungsgespräch. Sie prüfte den Sitz ihrer Frisur, fuhr sich mit der Zunge über die Lippen und korrigierte mehrfach ihre Haltung auf dem Stuhl, der zugegebenermaßen nicht zu den bequemsten gehörte.

»Frau Wilke, lassen Sie uns nicht um den heißen Brei herumreden. Sie haben Friso Wiborg auf dem Gewissen. Die Aussagen, die uns vorliegen, lassen keinen anderen Schluss zu.«

»Die Aus-sa-gen?« Berit betonte die letzte Silbe.

Diese Frau würde versuchen, Theater zu spielen. Doch Fenna wollte der mutmaßlichen Täterin gleich die Bühne, auf der sie ihre perfide Rolle spielte, unter den Füßen wegziehen. Es war spät. Tammo und sie hatten sich lange genug mit diesem Fall herumgetragen.

»Das Alibi von Merten Voss ist geplatzt. Er hat seine Beteiligung an der Tat gestanden. Wir müssen heute Abend nicht mehr darüber reden, was von dem Moment an geschah, als Merten Voss in der Tatnacht auf dem Parkplatz auf einmal vor Ihnen stand. Das Thema behandeln wir nächste Woche gemeinsam mit Ihrem Anwalt. Jetzt interessiert uns, warum Friso Wiborg sterben musste.«

Berit wich mit dem Oberkörper zurück und verschränkte die Arme. »Hier wird ein Spiel gespielt, bei dem ich nicht mitmache. Ich wurde verraten.«

Tammo legte die Miene eines gestrengen Staatsanwalts auf. »Ich glaube, Sie verkennen Ihre Situation, Frau Wilke. Wir haben die Taschenlampe gefunden, die als Tatwaffe gedient hat. Es sind Fingerabdrücke von Elisa Wiborg und einer weiteren Person darauf. Außerdem hat die Kriminaltechnik in dem Sand, in den Ihr Chef gepresst war, Hautschuppen gefunden. Die muss der Täter – oder soll ich sagen: die Täterin? – verloren haben, als er oder sie die kantigen Sandkörner mit den Händen fest an Friso Wiborgs Körper gedrückt hat. Wir werden später von Ihnen die Fingerabdrücke und von Merten Voss und Ihnen eine DNA-Probe nehmen.«

Berits Gesicht wurde noch blasser, als es von Natur aus war.

Fenna übernahm den Part der einfühlsamen Kommissarin. »Frau Wilke, es geht nicht mehr darum, ob Sie es waren oder nicht. Es geht darum, ob es Mord oder Totschlag war. Das hängt nun von Ihrem Geständnis ab und davon, wie glaubwürdig Sie es vorbringen werden. Denken Sie bitte auch daran, dass die Kooperation eines Täters bei der Aufklärung eines Verbrechens vor Gericht einige Pluspunkte einbringen kann.«

An Berits Mimik erkannte sie, dass deren Widerstand langsam brach.

Sie redete weiter auf die Verdächtige ein. »Erzählen Sie uns, was passiert ist, als Friso Wiborg Sie an dem Abend zur Tür der alten Schule gebracht hat.«

Berit legte die Hände auf den Tisch und spielte mit einem Ring. Sie zuckte mit den Schultern und begann schließlich, zu reden. »Ich dachte, er kommt mit hoch. Ich war sicher, dass er das tun würde. Es bot sich an diesem Abend an. Wir hatten uns gut unterhalten. Wir waren uns sowieso sehr nah.« Sie hob den Kopf, wie um sich zu vergewissern, dass Fenna die Situation, in der sie sich selbst an dem Abend gesehen hatte, verstand.

»Weiter bitte, Frau Wilke.«

»Er hat gekniffen. Können Sie das verstehen? All die Monate, seit ich bei ihm beschäftigt war, hat er mit mir geflirtet. An dem Abend war es soweit, er hätte mich haben können. Und was macht er? Bringt mich sozusagen bis vor die Schlafzimmertür und sagt dann: ›Gute Nacht, bis morgen.‹«

Sie schwieg.

Tammo räusperte sich. »So was kommt vor, Frau Wilke. Was geschah danach?«

»Wir standen vor der Haustür. Ich hab auf ihn eingeredet und ihm gesagt, wir wären ein perfektes Paar und wenn er wolle, könne er bis zum nächsten Morgen bei mir bleiben. Auf einmal hörten wir Stimmen. Ein paar Leute aus dem Team, die alle ein bisschen angeschickert waren, waren auf dem Weg zum Haus. Wir haben uns schnell hinter Büschen versteckt und abgewartet, bis sie die Treppe raufgegangen waren. Dann hab ich es noch einmal versucht.«

»Aber er hat sich Ihnen verweigert«, sagte Tammo.

»Ja«, hauchte Berit. »Ich bin ins Haus hinein, hab die Tür geschlossen und wollte die Treppe hochgehen. Auf einmal hörte ich ein Auto, das auf den Parkplatz fuhr. Ich weiß nicht, warum, aber ich bin die paar Stufen wieder runter gegangen und hab die Tür noch mal aufgemacht. Nur ganz wenig. Erst konnte ich nicht viel sehen, weil das Licht im Flur eingeschaltet war. Aber als es ausging, sah ich, wie Friso mit einer Frau redete.«

»Es war Elisa Wiborg, die da stand?«, fragte Fenna.

»Ja. Sie hatte diese Taschenlampe in der Hand. Zuerst war das Licht eingeschaltet, dann ging es aus. Ich hab nicht alles gehört, was Elisa und Friso geredet haben, aber dass sie gestritten haben, war klar. Friso drehte sich auf einmal um und ging weg. Da hat Elisa die Hand hochgehoben und wollte ihn mit der Lampe erschlagen. Ich hätte beinah laut geschrien. Aber er hat blitzschnell reagiert, sich nach ihr umgedreht und den Schlag abgewehrt. Kurz darauf ist Elisa weggefahren.«

»Und die Taschenlampe lag auf dem Boden.«

Berit nickte. Die Worte flossen aus ihr heraus. »Friso ist stehen geblieben und hat dem Wagen seiner Frau hinterhergeguckt. Da hab ich mich endlich getraut, noch einmal aus dem Haus zu gehen.«

»Sie sind zu Friso gegangen?«, fragte Tammo.

Berits Augen füllten sich mit Tränen. »Ich hab ihm gesagt: ›Begreifst du's endlich? Du gehörst zu mir.‹ Aber er stand nur an dieser einen Stelle, als hätte er gerade Wurzeln geschlagen, und guckte mich nicht mal an. Ich hab an seiner Schulter gerüttelt und seinen Namen gerufen. Da schlägt er meinen Arm weg, so wie vorher den von Elisa, und sagt: ›Lass mich, du Flittchen. Du kannst Elisa nicht das Wasser reichen‹, dreht sich um und geht.«

Sie hörte auf, zu reden, und schluchzte auf.

Tammo und Fenna blieben stumm. Sie hofften darauf, dass Berit sich schnell wieder fangen würde, und tatsächlich fand sie bald die Kraft, weiterzusprechen.

Berit hob beide Hände. »Du kannst Elisa nicht das Wasser reichen‹, verstehen Sie? Was macht denn diese Frau Großartiges? Sie kocht für ihn, sie putzt für ihn, sie stopft ihm die Strümpfe. Ich dagegen reiße mir den

Nämlichen auf, um mir die genialsten Entwürfe auszudenken, die dann unter dem Namen von Friso Wiborg in die Ausschreibungen und an die Öffentlichkeit gehen. Er schmückt sich mit meinen Federn, und das ist der Dank dafür. Ich kann Elisa nicht das Wasser reichen!«

»Auf diesen Spruch hin ist es bei Ihnen zu einer Kurzschlussreaktion gekommen«, sagte Fenna.

»Er hat sich weggedreht und wollte zurück zu den anderen. Da hab ich die Taschenlampe aufgehoben und ihn erschlagen. Ein einziger Hieb, und er war tot.«

Fenna änderte ihre Haltung von sanft auf Klartext. »Nein, Frau Wilke, er war nicht tot. Er war schwer verletzt, aber er lebte. Sie haben einen wehrlosen, sterbenden Mann mit der menschenunwürdigen Inszenierung als ›Denkmal‹, die wohl ein makabrer Gag werden sollte, ins Jenseits befördert. Friso Wiborg ist an dem Sand erstickt.«

Berit schlug die Hände vors Gesicht.

»Ersparen Sie sich und uns die Tränen«, sagte Fenna, bevor die ersten Ströme flossen. »Zum Weinen haben Sie später noch Zeit genug.«

Erstaunlich schnell ließ Berit die Hände sinken. Geistesabwesend blickte sie zu der Wand hinter den Ermittlern, als befände sich dort ein Fenster, durch das sie den Mond bei seiner Wanderung über den Himmel beobachten konnte. »Es war mir ernst mit Friso. Meine Gefühle für ihn waren echt. Ich habe fest daran geglaubt, dass wir eine gemeinsame Zukunft haben.«

Tammo sah Fenna an und verzog das Gesicht, als säßen sie vor einem rührseligen Film.

Berit wandte sich wieder den Ermittlern zu und lächelte, als wäre nichts von Bedeutung geschehen. »Ich wollte mit ihm auswandern, wenn er in Rente ist. Seit Jahren träume ich davon, mit einem Mann, der diese Bezeichnung verdient, in einem dieser hübschen roten Holzhäuschen an der schwedischen Küste zu leben und die Ruhe zu genießen. So ein Haus mit Friso, das wäre die Erfüllung gewesen.«

»Ruhe«, sagte Fenna, »werden Sie in den nächsten Jahren reichlich haben, und sogar schwedische Gardinen kann ich Ihnen versprechen. Nur die Lage des Hauses, in dem Sie die Zeit verbringen werden, wird eine andere sein als die, von der Sie träumen.«

46

Am Sonntagnachmittag hatte sich die Familie Anders und Stern zum Tee am Tisch in der Wohnküche versammelt. Auch Fiona, Fee und der Vertreter der vierten Generation im Haus, der kleine Jonah, waren mit dabei.

Frido nahm seinen Urenkel zu sich auf den Schoß und verteidigte entschlossen die Friesentorte, die Magda am Vormittag gebacken hatte.

Tammo reichte Fenna seinen Tablet-PC. Er hatte eine Website aufgerufen und deutete darauf. »Hier, du musst noch ein Versprechen erfüllen.«

Fenna übernahm das Tablet und registrierte sich als Kundin der englischen Bonbonmanufaktur. Sie bestellte drei Kilo der Sorte, die sie Eike für den Fall versprochen hatte, dass das Bonbonpapier dabei helfen würde, den Täter zu überführen. Dann machte sie bei der Mengenangabe aus der 3 eine 6.

»Du verdoppelst die Wettschuld?«, fragte Tammo.

»Nein. Drei Kilo für Eike und drei für uns.« Sie sandte die Bestellung ab, gab Tammo das Tablet zurück und griff gleich danach zu ihrem Smartphone, das einen eingehenden Anruf signalisierte.

»Das ist Eike.« Fenna nahm das Gespräch an. »Was gibt uns die Ehre deines Anrufs am Sonntag, lieber Kollege?«

»Gute Nachrichten«, sagte Eike stolz. »Die konnte ich euch nicht bis morgen vorenthalten.«

»Gute Nachrichten?« Fenna strahlte in die Runde.

Tammo strahlte zurück, und Frido drehte ihr neugierig ein Ohr zu. Doch Magda zog die Stirn in Falten.

»Einer meiner Männer hat den Morast unter der Arche Noah Quadratzentimeter für Quadratzentimeter abgetastet. Auf einmal hatte er eine Patronenhülse in der Hand. Die ballistische Untersuchung hat ergeben ...«

Fenna fiel ihm ins Wort. »... dass sie aus Harder Wiborgs Waffe abgeschossen wurde.«

Eike lachte dröhnend. »Wie hast du das nur wieder erraten? Aber ich hab noch ein weiteres Schmankerl für euch. Harder Wiborg ist ein extravaganter Mann. Selbst seine Joggingschuhe kauft er bei einem Hersteller, der eine ziemlich eigene Handschrift hat. Sie haben eine Profilsohle, die man so nur bei dieser Firma findet. Abdrücke von genau diesen Sohlen haben wir auf dem Gelände von Heiner Bendixen gefunden. Und Erdkrumen des Geländes stecken noch in dem Profil der Stiefel.«

»Dann hat sein Anwalt am Montag was zu tun«, sagte Fenna. »Danke, Eike. Falls du gerade in der Gegend bist, komm gern vorbei. Du hast dir ein Stück von Magdas exzellenter Friesentorte verdient.«

»Bringt morgen was davon mit auf die Wache«, schlug Eike vor und verabschiedete sich von Fenna.

Das Gespräch war keine drei Sekunden beendet, da klingelte das Handy erneut.

»Oh«, sagte Fenna, »ist das nicht die Nummer der Nordfriesenzeitung?« Sie hielt Tammo das Display hin.

Magda streckte den Arm aus und entriss ihr das Telefon. »Heute ist Sonntag.« Sie stand auf, stellte das Handy aus und verstaute es in einer der Küchenschubladen, auf nur sie Zugriff hatte.

Frido tätschelte Magdas Hand, als sie wieder neben ihm saß. »Hast du unserer Familie eigentlich schon erzählt, dass wir einen Kurs in Westerhever in der Sandskulpturenwerkstatt gebucht haben?«

Magda schüttelte den Kopf.

Fenna legte die Kuchengabel aus der Hand. »Ihr wollt Sandskulpturen schnitzen? Toll! Was für Figuren stellt ihr euch vor? Seepferdchen, Muscheln oder vielleicht eine Wellhornschnecke?«

Mit urgroßväterlichem Stolz blickte Frido auf Jonah. »Ich werde dem Lütten ein Denkmal setzen. Das könnte bei uns im Garten stehen.« Er wandte sich zum Fenster und zeigte hinaus. »Ich wüsste schon einen hübschen Platz dafür.«

Mit einem Mal sprang Fee auf. Sie beugte sich über den Tisch, pflückte ihren Sohn von Fridos Schoß und drückte ihn an sich. »Jonah als Denkmal? Nur über meine Leiche!«

Magda hob entsetzt die Hände. »Ach, du lieber Himmel, Fee!«

Bücher der Autorin

Reihe ›Ein Fall für Molly Bleck‹

1. Der Herzmuschelmörder
2. Der Strandhexenmord

Reihe ›Ein Fall für die Kripo Wattenmeer‹

1. Der Pfauenfedernmord
2. Jaspers letzter Flirt

Reihe ›Kripo Wattenmeer ermittelt‹

1. Flaschenpost vom Mörder
2. Mord auf der Hallig
3. Countdown in Westerland
4. Die Tote im Dünenhaus
5. Der Stalker von List
6. Der Seenebelmord

Reihe ›Anders und Stern ermitteln‹

1. Mordsrevanche
2. Mordsverrat
3. Mordsherz
4. Mordsblues
5. Mordssand

Reihe ›Kripo Greetsiel ermittelt‹

1. Tod am Deich
2. Mordskuss
3. Mordsleben
4. Mordsschwestern
5. Mordsfinale

Weitere Bücher
- Himmelhochjauchzendhellblau
- Leichte Mädchen haben's schwer
- Der Blaue Stern
- Tod auf Juist

Nachwort der Autorin

Liebe Leserin, lieber Leser,

schön, dass Sie mir bis hierhin gefolgt sind! Wenn Sie über meine Neuerscheinungen informiert werden möchten, bestellen Sie doch meinen Newsletter. Die Anmeldung dazu finden Sie auf meiner Website:

https://ulrike-busch.de/

Sobald ein neuer Titel erschienen ist, erhalten Sie eine Mail mit Informationen dazu.

Auf meiner Website finden Sie zudem Informationen über mich und meine bisher erschienenen Titel.

Gerne lade ich Sie auch auf meine Seiten bei Facebook und Instagram ein:

https://www.facebook.com/Autorin.Busch

https://www.instagram.com/ulrikebuschautorin/

Und wer weiß: Vielleicht begegnen wir uns einmal an einem meiner Lieblingsorte an der Nord- oder Ostsee?

Bis dahin, Ihre
Ulrike Busch